MANESSE BIBLIOTHEK DER WELTLITERATUR

EDMOND UND JULES
DE GONCOURT

MADAME GERVAISAIS

Roman

Aus dem Französischen übersetzt
und mit einem Nachwort
von Hugo Meier

MANESSE VERLAG
ZÜRICH

CIP-Titelaufnahme der Deutschen Bibliothek

Goncourt, Edmond de:
Madame Gervaisais : Roman /
Edmond und Jules de Goncourt
Aus d. Franz. übers. u. mit e. Nachw. von Hugo Meier
Zürich : Manesse Verlag, 1990
(Manesse Bibliothek der Weltliteratur)
Einheitssacht.: Madame Gervaisais ⟨dt.⟩
ISBN 3-7175-1790-2 Gewebe
ISBN 3-7175-1791-0 Ldr.

NE: Goncourt, Jules de:

*Madame *** zum Gedächtnis*

I

«Vierzig Scudi?»

«Ja, Signora.»

«Das macht in französischer Währung zweihundert Francs, nicht wahr?»

«Zweihundert Francs ...?» wiederholte die Römerin, die der Fremden die Wohnung zeigte. Sie schien nachzudenken, im Kopf zu rechnen. «Ja, ja, zweihundert Francs. Aber die Signora hat sich gar nicht richtig umgesehen ...»

Dann warf sie plötzlich ihren Schal auf ein ungemachtes Bett und schritt, die Hüften wiegend und mit der Zungenfertigkeit einer Padrona möblierter Zimmer, von einem Raum in den andern. «Schauen Sie, heute morgen sind sie ausgezogen ... Eine englische Familie ... unordentliche Leute. Überall haben sie Wasser verschüttet ... Alles ist drunter und drüber ... Wir haben noch keine Zeit gehabt, aufzuräumen ...»

Doch die Fremde hörte nicht zu. Sie war mit dem Kind, das sie mit sich führte und das sich in ihr Kleid schmiegte, an einem Fenster stehengeblieben und zeigte ihm, was man von dort aus sah: die

Piazza di Spagna und die Treppe der Trinità dei Monti. Darauf fragte sie es: «Willst du hier bleiben, Pierre-Charles?»

Das Kind gab keine Antwort, hob aber seine von Glück geweiteten Augen auf die Mutter.

«Che bellezza!» sagte die Vermieterin laut und mit der Begeisterung, die die Römer für alles Schöne empfinden.

Bei diesen Worten betrachtete die Fremde ihr Söhnchen eine Weile mit jenem mütterlichen Blick, der auf einem Kindergesicht all das zu liebkosen scheint, was andere daran schön finden.

«Und seine kleine Zunge, spricht die denn nicht?» fragte die Italienerin.

«Er ist etwas im Rückstand für sein Alter...» Das Gesicht der Fremden wurde mit einem Mal ernst. Und in brüskem Ton fügte sie sogleich hinzu: «Dann gilt also folgendes, nicht wahr: Eine kleine Diele, die Küche und ein Dienstbotenzimmer auf der andern Seite des Treppenflurs sowie diese vier Zimmer hier nebeneinander...»

«Ja, Signora. *Wir* werden uns in das kleine Zimmer ganz hinten zurückziehen... Wir brauchen nicht mehr für uns beide, nicht wahr, Mutter?»

Worauf die Römerin sich nach einer alten Frau mit stolzen, aber verbrauchten Zügen umwandte, die, aufrecht in der Würde ihres Witwenkleids, schweigend diesem Gespräch in einer ihr fremden Sprache gefolgt war, von dem sie mit der südländischen Intelligenz ihrer Augen alles zu verstehen schien.

«Dann also abgemacht...! Ich nehme die Wohnung.»

«Ach ja, Signora! Sie ist nicht teuer... Wenn es dieses Jahr mehr Fremde gäbe in Rom...»

«Sagt mir: Ist das Haus ruhig? Ist es nicht voller Lärm? Vorhin hab' ich nämlich ein anderes Haus betreten... Und als ich im Gang las: Maestro di Musica...»

«Oh, hier...! Unten ist, wie die Signora gesehen hat, ein Buchhändler mit dem Kupferstichkabinett, das früher meinem Vater gehörte... Und oben sind seine Lagerräume... Und was uns betrifft, so haben wir nie Besucher...»

«Ich bin nämlich kränklich – ein bißchen kränklich... Ich brauche Ruhe, viel Ruhe...»

«Ach! Madame ist kränklich?» sagte die Padrona langsam, und dabei beschlich sie jene unter den Zimmervermieterinnen Roms sehr verbreitete Angst vor ansteckenden Brustkrankheiten, der schon Chateaubriand begegnet war, als er für Madame de Beaumont* eine letzte Unterkunft suchte. Doch während sie sich noch im Geist einen Satz zurechtlegte, mit dem sie die Fremde dazu bringen konnte, sich über ihr Leiden genauer auszusprechen, sagte diese kurz und bündig: «Da, Mademoiselle, kommen wir zum Schluß. Hier sind die zweihundert Francs für den ersten Monat.»

Und damit legte sie das Geld auf den Tisch.

«Ich werde später sehen, ob ich mich hier wohl fühle...»

«Meine Mutter wird gleich das Aushängeschild entfernen», sagte die Tochter.

Und indem sie die Feder in die verdickte Brühe

---

* Anmerkungen zum Text finden sich auf den Seiten 289 ff.

eines Tintenfasses tauchte, fragte sie: «Auf welchen Namen soll ich die Quittung ausstellen?»

Die Fremde streckte ihr eine Karte hin, auf der *Madame Gervaisais* geschrieben stand.

Die Italienerin beugte sich vor, im Bemühen, den Namen richtig abzuschreiben. Als sie den Kopf wieder hob, bemerkte sie, wie das Kind die behandschuhte, nach außen gedrehte Handfläche seiner Mutter küßte.

«Wird der aber geliebt!»

«Ach, er hat dazu nur noch seine Mutter...», seufzte diese.

«Madame weiß, daß wir verpflichtet sind, der Polizei die Pässe abzugeben?»

«Der meine wurde im Hotel zurückbehalten. Ich gebe ihn Euch morgen, beim Einzug in die Wohnung.»

«Wünscht Madame auch das Frühstück?»

«Nein, ich gedenke in ein paar Tagen einen hiesigen Diener einzustellen, und der wird mir dann die Küche besorgen. Bis morgen also, meine Damen... Komm, Pierre-Charles.»

Dann sagte sie zu ihrer Kammerfrau, die sich, die Tränen zuvorderst wie bei allen Burgunderinnen in der Fremde, in eine Ecke verkrochen hatte: «Na, na, Honorine! Wir werden auch wieder einmal heimkehren, meine Liebe...»

Als sie schon auf der Türschwelle stand, lief ihr die Italienerin nach: «Ach ja! Damit ich's nicht vergesse, Madame: Ich muß Ihnen noch sagen wegen der Scarpe, der Schuhe... Es sei denn, Ihre Kammerfrau...»

«Meine Kammerfrau macht nur die Betten.»

«Dann kostet das noch zwei Baiocchi*. Das ist der kleine Verdienst der Serva.»

«Na schön. Die Serva soll ihre zwei Baiocchi haben.»

Madame Gervaisais konnte sich eines Lächelns nicht erwehren beim Gedanken, wie billig man in Rom den Armen zu einer Freude verhilft.

II

Die Tische des Hotels «Minerva» waren an jenem Abend alle besetzt, und hier und dort lasen gewissenhafte Touristen ihre auf die noch leeren Teller gelegten Reiseführer.

«Nein, für mich und mein Kind Suppe mit Fett», sagte Madame Gervaisais zu einem Kellner, der an dem für Diätkost vorgesehenen Tisch, an den sie sich versehentlich gesetzt hatte, eben eine fettlose Suppe auftragen wollte.

Bei dieser Bitte warf ihr ein temperamentvoller Geistlicher, der neben ihr stehend sein «Benedicite» heruntersagte, einen Blick zu, senkte ihn dann aber gleich und schob, während er sich setzte, ein wenig seinen Stuhl zurück.

In dem prunkhaften Eßsaal, wo auf gemalter Mosaikimitation sich Tugenden, Märtyrerinnen und Heldinnen des Christentums gipsern abhoben, speiste die buntgemischte Gesellschaft von Besuchern der Ewigen Stadt: Gäste von überall her, Katholiken, Laien in geistlichen Gehröcken, Priester jeglicher Gattung und in jeglichem Gewand, Vertreter des Kirchenvolkes und der Kirchenaristokratie, Bischöfe mit violetten Käppchen; zahlreiche Dorfpfarrer aus Landstrichen, wo der Wein so herb war wie die Sprache der Leute; hagere Abbés, welche ältliche Damen an die Wallfahrtsstätten ihrer gläubigen Neugier geleiteten; neureiche Kaufleute, die ihren Gattinnen Reisen bezahlten, wie es die feinen Leute taten; dickleibige Fabrikanten, die beim Sprechen die Namen heiliger Frauen verstümmelten, worauf sie von ihren Töchtern mit noch klosterschulfrischer Aussprache laut korrigiert wurden; Handelsreisende, die ihre Tischnachbarn sachkundig belehrten, daß die auch in milderen Himmelsgegenden bekannten Weine in römischen Landen leicht dazu neigen, schwerer zu werden; ferner der ganze Bodensatz eines vorüberziehenden, namenlosen, unpersönlichen und unbestimmten Volkes aus aller Welt, den der Hotelbetrieb und das enge Nebeneinander am Speisetisch erst so richtig durcheinanderwürfelt und in seiner Pöbelhaftigkeit vereint.

Gegen diese ganze Gesellschaft stach an einem Tischende ein Ritter des adeligen Ordens ab, der auf die Tafelgäste herabblickte, eingehüllt in einen jener Talare, die betagte Gläubige so schicklich mit ihrer weißen Eleganz kleideten. Er sprach mit weltmännischen Gebärden ins Ohr einer Italienerin, deren Haare eine feuerfarbene Schleife verknotete, ähnlich den Bändern bei antiken Frisuren.

Und je weiter die Mahlzeit fortschritt und die vollen Bäuche sich dehnten, desto mehr vermengten sich die Plaudereien von Tisch zu Tisch und wurden zu einem allgemeinen Gespräch. Da machte sich die Dummheit der an Gasttischen essenden Franzosen breit, die all ihre Vergleiche und Wertmaßstäbe aus Begriffen, Vorurteilen und Erzeugnissen ihres Landes ableiten, in der Fremde überall Frankreich wiedererkennen und keinem Volk das Recht zubilligen wollen, anders zu sein als sie. In schulmeisterlichen Worten und völliger Unkenntnis der Dinge bekrittelten sie die Sitten und Bräuche des Landes. Unter den Herren wurden Klagen laut, Klagen zivilisierter und in einem unwirtlichen Land ausgeschiffter Menschen, weil man ihnen Milchkaffee in Gläsern serviert hatte. Einige behaupteten, die Kleinheit der gebratenen Hähnchen lasse darauf schließen, wie jämmerlich es hier um die Regierung bestellt sein müsse, und ein glatzköpfiger Herr mit wichtiger Miene beschuldigte die Stadtväter, sie ließen nicht einmal jeden Morgen die Sankt-Peters-Gefängnisse ausfegen.

Madame Gervaisais freute sich beim Gedanken, daß dies ihr letztes Abendessen in der «Minerva» war. All das dümmliche Gerede ringsumher ärgerte sie, ja verletzte sie geradezu; Albernheit in solcher Lautstärke zu vernehmen, widerte sie an. Ihr französischer Nationalstolz, mehr noch, ihr pariserisches Selbstgefühl litt unter den Plattheiten, die sie aus dem Mund ihrer Landsleute vernahm; es beschämte sie, ja bereitete ihr fast schmerzlichen Verdruß, so nah und in ihrer plumpsten Ausprägung die überbordende Tölpelhaftigkeit zu spüren, die paradoxerweise ausgerechnet der Anblick der erhabensten Stadt der Welt das Vorrecht hatte, beim geistreichsten Volk der Erde auszulösen.

«Nimm eine Orange, und dann laß uns gehen», sagte sie schließlich, noch vor dem Nachtisch, zu ihrem Kind; sie war am Ende ihrer Geduld und entrüstet über das Gehaben ihres Tischgenossen, des Geistlichen, der das Gebet hergesagt hatte und nun, angeheitert durch die Mahlzeit und den Ellbogen zu ihr vorgestreckt, sich mit der Weinkarte die Schulter betätschelte.

Sie stieg die große Treppe hinauf und streifte dabei einen Kapuziner, der, unbeweglich an die Portiersloge gelehnt, den Vorübergehenden eine Bussola entgegenhielt; und durch lange Gänge, in deren Ecken das Reisegepäck von Prälaten lag – Koffer, ähnlich den Kasten für Silberzeug aus rotem Saffian mit Goldbeschlägen –, erreichte sie ihr Zimmer und schloß sich mit ihrem Kind ein.

Der Tag neigte sich, und mit der Neige des Tages wuchs in ihr jene Traurigkeit wieder, deren gewisse weibliche Naturen sich beim Nahen des Abends, zur Stunde der Dämmerung nicht zu erwehren vermögen. Allmählich fühlte sie sich von jener Wehmut durchdrungen, die einen nachdenklich und ängstlich stimmt und mit der das Dunkel und die drohende Nacht das Gemüt der Kranken überschattet. Sie nahm ihren Sohn auf die Knie und begann ihn zu wiegen, schmiegte den Entschlummernden an ihre Brust und sang ihm leise das Wiegenlied von Schumann, den Mund an seinen Kopf gelegt, die Stimme in seinem Haar.

Als die Kammerfrau sie zum Schlafen zurechtmachte, fragte jene ihre Herrin: «Nimmt Madame nicht die Mixtur, die ihr Monsieur Andral jeden Abend zu nehmen empfohlen hat?»

«Ach Gott, Honorine! Meinetwegen ... Gebt mir ein wenig. Vielleicht wird sie mich gegen die Flöhe der ‹Minerva› unempfindlich machen.»

III

Am nächsten Tag bezog Madame Gervaisais die Wohnung, die sie gemietet hatte.

Dem Kinde folgend, das die Stufen emporhüpfte, stieg sie die kurze, schwarz und weiß gewürfelte Marmortreppe hinauf, die Fenster erhellten, durch welche das Sonnenlicht zwischen Topfpflanzen einfiel. Nachdem die Tür sich hinter den Gepäckträgern geschlossen hatte, überkam sie ein Gefühl der wohligen Erlösung, wie nach dem Verlassen eines Gasthauses, eines Hotels oder einer Volksherberge. Mit stiller Freude genoß sie es, ihre Koffer auspacken zu lassen, sich häuslich einzurichten und an einem Ort zu wissen, wo sie sich für lange Zeit heimisch und geborgen fühlen würde.

Die Behausung war eine jener anspruchslosen möblierten Wohnungen, die in Rom an Forestieri vermietet werden, in der sich aber doch die Eigenart des römischen Mobiliars zeigte, insbesondere im großen Eckzimmer zwischen der Via delle Carrozze und der Piazza di Spagna. Die weiß bemalte Decke war in vier Felder gegliedert, ein weiß-rotes Netzmuster faßte beschwingte Arabesken ein, unter denen an Fäden Blumenkörbe schwebten. Einheitlich graue Verzierungen durchflochten sich auf dem blauen Grund der Tapete. Das Parkett verschwand unter den roten, gelben, schwarzen und weißen Bandstreifen eines türkischen Teppichs. Unter einem Behang aus gefranstem Damast flatterten an den Fenstern, von der Außenluft bewegt, Vorhänge aus Kaliko. In schrägem Winkel zur Wand lehnten mit antiker Steifheit kleine Nußbaumkanapees auf zierlichen, geschweiften, schwarzhölzernen Beinen und mit schmalen Rückenlehnen, in deren Mitte runde Fassungen, schlechten Intarsienmedaillons gleich, eine harfenzupfende Muse zeigten. Stühle derselben Machart standen im Kreis um ein Rundtischchen, das auf drei kothurnenartig gedrechselten Füßen ruhte, und Hermen mit Frauenköpfen aus vergoldetem Metall trugen gelbe Konsolen.

Auf der Seite der Via delle Carrozze befand sich ein offener Kamin aus weißem Marmor. Sein schmaler Sims trug einen dreiteiligen Spiegel in einem dreifachen Rahmen aus Rosenholz, gehalten von den vergoldeten Füßen eines Greifvogels und gekrönt von einem kleinen kupfernen Geländer, eine Art von Spiegel, die hierzulande üblich war und die dem losgerissenen Flügel einer Kabinettür glich.

Auf der Gegenseite stand, geöffnet, das Klavier, das Madame Gervaisais schon am Vortag hatte aufstellen lassen, unter einem großen Bild, einer auf schwarzem Stoff gestickten, von Schlüsseln und Tiaren umrahmten Zeittafel der Päpste, einer frommen Geduldsarbeit der Tochter des Hauses, umgeben von schief aufgehängten Landschaftsbildern Claude Lorrains, signiert vom Graveur Parboni.

Und im ganzen Zimmer, auf dem Kamin, den

Konsolen und den Rundtischchen lagen und standen, zusammengedrängt und vermischt, alle möglichen Nippes, verkleinerte Nachbildungen von Obelisken, Proben verschiedener Marmorarten, Alabasterschalen, Säulchen mit Bronzestatuetten darauf, ein Terrakottalöwe von Canova, eine Sammlung etruskischer Kuriositäten, eine Menge kleiner Stücke von großen Dingen, wie eine alte Jungfer sie auf ihrer Kommode anhäuft, als wären sie Spielzeug und Reliquien der Laren des römischen Bürgerstandes.

In diesem Raum schritt Madame Gervaisais nun von einem Sessel zum andern und ließ sich, müde, wie sie es von der Reise her noch ein wenig war, niedersinken, immer auf ihre Kammerfrau gestützt, der sie Anweisungen erteilte, dieses oder jenes umzustellen oder anders anzuordnen; sie erhob sich einzig, wenn ihr Knabe mit der Hand unverwandt auf einen Gegenstand wies, der über seiner Reichweite lag und den er, wie alle tastgierigen Knirpse seines Alters, begucken wollte, indem er ihn eine Weile in seinen kleinen Fingern hielt.

Schließlich setzte sie sich in einer Zimmerecke zur Ruhe, wo in einer dämmrigen Nische, vor der sich auf dem Teppich der Lichteinfall zweier Fenster kreuzte, ein früher Probedruck der «Trasfigurazione»* hing; sie fühlte sich wohl dort, glaubte ihren Winkel gefunden zu haben, den Lieblingsort, den jede Frau sich wählt und sich als Nest bereitet, um dort glücklich und geruhsam sich selber Gesellschaft zu leisten, zu lesen, zu schreiben und zu träumen. Sie grub sich eine Mulde zwischen den kleinen Kissen des Kanapees, schichtete sie als

Stütze rings um sich auf und hieß Honorine einen Tisch hinstellen und ihr Schreibpapier und ihre Bücher darauf legen. Über ihrem Kopf hing ein golden und weiß geflochtener Weidenkorb; sie ließ Blumen holen und ihn damit füllen. Und nachdem das Bett ihres Sohnes im anstoßenden Zimmer aufgestellt war, so daß sie das geliebte Kind gleichsam in Blickweite ihres Herzens hatte und es in seinem Schlaf durch die offene Tür sehen konnte, da erfüllte sie all das, was sie atmete und was sie umfing – das heitere Licht, das freundlicher gemachte, heitere Zimmer –, mit jener Zufriedenheit, die für kränkelnde, überempfindliche und durch Nichtigkeiten verletzliche Naturen von einer ansprechenden, gastfreundlichen und glückverheißenden Behausung ausgeht, aus der alles Leiden verbannt scheint.

IV

In ihrem Morgenschlummer fühlte Madame Gervaisais Licht und Wärme auf ihrem Gesicht. Es war, als hätte etwas sanft Blendendes ihre noch von Nacht umdunkelten geschlossenen Lider berührt.

Sie schlug die Augen auf: Ein Sonnenstrahl, der durch den schlecht geschlossenen Rolladen drang und voll auf ihr Kopfkissen fiel, lag auf ihr.

Sie stieg aus dem Bett, glücklich darüber, erstmals mit einer Lebensfreude zu erwachen, an die sich ein Bewohner von Paris mit seinen trüben Morgenstunden so wenig gewöhnen kann; und als sie sich einen Morgenrock über die Schultern geworfen und das Fenster weit geöffnet hatte, betrachtete sie jenen Himmel, der in Rom zu einem schönen Tag gehört; einen blauen Himmel, der anscheinend unaufhörlich schönes Wetter verhieß; einen Himmel voll von lichter, milder, milchiger Bläue, wie die Gouache auf einem Wasserfarbenhimmel; einen unermeßlichen blauen, wolkenlosen, flockenlosen, fleckenlosen, einen tiefen, durchsichtigen Himmel, der azurgleich zum Äther emporschwoll; einen Himmel, dem die kristallene Klarheit eines Firmaments eignete, das auf Wasser niederblickte, die Reinheit des Unendlichen, das über einem südlichen Meer schwebt; jenen römischen Himmel, dem das benachbarte Mittelmeer und alle unbekannten Ursachen himmlischer Glückseligkeit den ganzen Tag über Jugend, Frische und morgendliche Wachheit bewahren.

Sie vergaß sich selber; die Ellbogen auf die Fensterstange, eine Wange auf die Hand gestützt, saugte sie diese Bläue in sich, während die Vorhänge ihren Oberkörper umflatterten. Da ging hinter ihr die Tür auf.

«Schläft er noch?» fragte sie Honorine.

«Nein, Madame ... Wenn Madame vielleicht kommen wollte ...»

Honorine sagte dies lächelnd, führte ihre Herrin ins Kinderzimmer und ließ sie durch ein kleines Fenster hinuntergucken.

Unter dem Fenster lag ein Hof, eigentlich ein Loch oder ein Schacht, doch ein Lichtschacht, wie ihn hierzulande der lotrecht zwischen vier Mauern fallende Sonnenschein erzeugt. Und auf seinem Grund lag ein zauberfarbenes Gärtchen, dessen

Früchte goldenem Obst glichen und wo durch das leuchtende, wie bengalisches Feuer hin- und widerflackernde Blau des italienisch grell bemalten Gemäuers Wasser glitzerte, gleich einem flüssigen Staub aus Diamanten und Saphiren. Südliche Heiterkeit strich über die leuchtenden Blätter und Blüten, spielte in ihrem Glanz und durchsummte die Stille und die warme Luft; Schwärme von Insekten flirrten, weiß vor grünem, schwarz vor weißem Hintergrund, oder sie schwebten mit unmerklich zitternden Flügeln, im Äther hängenden Glücksstäubchen ähnlich. Ein am Spalier wachsender Orangenbaum, kleine Zitronensträucher in großen, rotirdenen Töpfen, Schneeball, an Stecken hochrankend, wo neben Schuhbürsten Fiaschetti – leere Orvieto-Weinflaschen – hingen: All dies gehörte zu diesem Garten, in dem hinten aus einer Felsgrotte eine lautere Quelle mit feinem Strahl auf die Überreste einer antiken Gruft niedersickerte.

Dort befand sich Pierre-Charles. Einem Naturtrieb folgend, war er zum Wasser oben in der Grotte gelaufen und stand nun auf der Marmorplatte mit ihrer verwischten Inschrift; sein durchnäßtes Nachthemd an den Rundungen seines kleinen Körpers klebend, die Arme bis zu den Schultern entblößt, die Füße in seinen ungeknöpften, hohen Stiefelchen steckend, den Kopf an das Gestein der Grotte gelehnt und die Haare mit herabhängenden Pflanzen vermengt – so hielt er seine hochgestreckten, hohlen Hände wie einen Becher um die Quelle und ließ, dicht an sie geduckt, ihr Wasser den Kelch seiner Finger überströmen, behutsam, unbeweglich, ja fast ernst und wohlwissend, wie reizend er sich in dieser Pose ausnahm, wie hübsch die kindliche Brunnensäule aussah, die er da aufgestellt hatte.

V

«Pierre-Charles!» rief seine Mutter ihm vom Fenster aus zu.

Geschwind sprang das Kind vom Brunnen herab, lief die Treppe hinauf und lag gleich darauf in den Armen seiner Mutter, frisch und nach nassen Blumen duftend, außer Atem, aber rosig, und so drückte es sich an sie, küßte sie auf Gesicht, Augen, Arme, Hände und hier und dort auf den Morgenrock, liebkoste sie wie ein zärtliches Tier und beleckte sie fast mit seinen Küssen.

«Auf, Honorine! Ziehen wir ihn rasch an ... Ich fühle mich heute morgen kräftig ... Wir gehen für den ganzen Tag aus ... Wir müssen meinen Sohn heute schön machen.»

Und so begann das Ankleiden. Die Mutter legte dem Kind eines der damals modischen Kräglein um den Hals, die jugendliche Wangen mit weißer Wäsche so hübsch in Röhrenfalten faßten. Dann zog sie ihm, unterstützt von Honorine, seine langen Schottenstrümpfe und die kurzen schwarzen Samthosen an. Der Kleine ließ alles mit sich geschehen und verfolgte, innig vergnügt, ja fast andächtig, wie man ihn anzog, von einem den Knaben seines Alters sonst fremden, mit tiefem Ernst vermischten Glücksgefühl durchströmt. Er schlüpfte in seine Samtweste. Um den Hals schlang ihm die Mutter ein kirschenfarbiges Seidenband. Dann zog ihm Honorine leichte Schuhe an und setzte ihm ein schwarzes Samtkäppchen auf den Kopf, das als Schmuck eine von einer distelförmigen Silberspange gehaltene Reiherfeder trug. Damit war das Kind angekleidet. Und entzückt über seine kunstvolle, etwas theatralische Aufmachung, die seine Mutter nach ihrem Geschmack ersonnen hatte, stand es da, offensichtlich voller Achtung vor sich selbst.

«Nun, Honorine», sagte Madame Gervaisais und fuhr dem Knaben mit einem Finger zwischen Kräglein und Hals, «die Damen des Hauses scheinen mir recht wackere Frauen zu sein ... Haben sie Euch schon ein bißchen ins Bild gesetzt?»

«Diese Frauen ...? Aber Madame, ich verstehe doch nichts von dem, was sie reden ... Nicht einmal die junge, die französisch spricht ...»

«Ihr werdet sie bald verstehen ... Ihr seid ja klug und ...»

«Ach, Madame!» seufzte Honorine mit dem ganzen Schmerz einer Frau aus dem Volk, welche zwischen sich und den andern die Schranke einer Sprache spürt, die nicht die ihre ist und ihr nie ganz verständlich sein wird.

«Nun ja, Honorine, ich kann nichts dafür ... Ihr wißt ja, wir sind hier, weil ...»

«Ich weiß es wohl, Madame, ich weiß es wohl ...»

Honorine senkte den Kopf. Dann fuhr sie fort: «Madame möge das nicht als einen Vorwurf auffassen ... Madame weiß genau, daß ich ihr bis ans Ende der Welt folgen würde ...»

Sie ereiferte sich, geriet in ein wahres Feuer:

«Ich, ohne sie... Nach dem, was sie für mich gewesen ist... Ich, ohne den Kleinen!»

Sie faßte das Kind und drückte es wie wild an sich. Dann sagte sie: «Ich...! Ich...!»

«Ihr seid von Sinnen, Honorine!» mahnte Madame Gervaisais und streckte die eine Hand nach ihr aus. Honorine warf sich in einem Tränenausbruch darauf.

«Geht, setzt Euren Hut auf! Wir ziehen los.»

«Arme Jungfer!» murmelte die Herrin, als sie der weggehenden Honorine nachblickte.

Am Anfang ihrer Schwangerschaft, als sie Pierre-Charles erwartete, hatte Madame Gervaisais als Kammerfrau die alte Dame eingestellt, die seinerzeit ihre eigene Erzieherin gewesen war. Als sich später für diese nicht rechtzeitig eine geeignete Ersatzperson fand, hatte sie einstweilen eine Werkfrau in Dienst genommen, die ihr Haus kannte und zwei- bis dreimal wöchentlich zu ihr zur Arbeit kam. Als sie nach einiger Zeit feststellte, wie sorgfältig und aufmerksam dieses Mädchen mit seiner ihr allmählich vertrauten Erscheinung war, ja, daß es sich durch Takt und eine stete Dienstfertigkeit auszeichnete, die ihr gefielen, machte sie es zu ihrer neuen Kammerfrau. Doch erst als der Zeitpunkt ihrer Entbindung kam, lernte sie Honorines ganze Ergebenheit kennen: Zehn Nächte lang weilte sie an ihrem Bett und rettete sie. Am Tage aber, als der Arzt Madame Gervaisais außer Gefahr erklärte, trat Honorine abends mit trostloser Miene in ihr Zimmer und sagte, sie wolle ihr nichts verheimlichen; sie sei nämlich in die Diebstahlaffäre Madame Wynants, der Frau des holländischen Bankiers, verwickelt gewesen. Wohl habe man sie hinterher als unschuldig erkannt und freigesprochen, doch habe sie eben, zusammen mit den Diebinnen, im Gefängnis und zwischen den Gendarmen auf der Anklagebank gesessen. Bei dieser Schilderung schien ihr die Schande gleichsam noch immer ins Gesicht geschrieben. Seither habe sie nach neuen Stellen gesucht, doch wenn sie jeweils ihre Geschichte beichtete, habe man sie nicht behalten. Und so sei sie gezwungen gewesen, als Taglöhnerin zu arbeiten.

Nach diesem Geständnis hätte Madame Gervaisais in einem ersten, bösen Impuls Honorine am liebsten ausbezahlt und sich damit ihrer entledigt. Als sie aber nochmals überdachte, was dieses Mädchen während ihrer Krankheit für sie gewesen war und welch andere Anerkennung als eine bloße Entlöhnung sie ihm schuldete, errötete sie fast darüber, daß sie der Unglücklichen einen Justizirrtum hatte als Verbrechen anlasten wollen. Sie zog beim Gerichtsvorsitzenden, einem Freund ihres Gatten, der die damaligen Verhandlungen geleitet hatte, Erkundigungen ein: Die Unschuld Honorines stand außer jedem Zweifel. Und so war sie Kammerfrau im Dienste Madame Gervaisais' geblieben, dankbar dafür, daß ihre Herrin sie besser behandelte, als es das Leben tat, und daß Madame Gervaisais, der öffentlichen Meinung zum Trotz, den Mut aufbrachte, sie zu behalten. Sie fühlte sich glücklich in ihrem Hause, bewahrte aber aus der Ungerechtigkeit heraus, die ihr widerfahren war, ein Mißtrauen, einen Rest von Bitterkeit gegenüber der ganzen Welt. Sie konnte nie vergessen.

Und immer wieder packte sie, wie an diesem Tage, ein Krampf, ähnlich dem eines verletzten Herzens, das unter den Zuckungen einer erstickten Leidenschaft zu bersten droht. Sie glaubte, ein Teil ihrer Ehrenhaftigkeit sei auf der Gerichtsbank geblieben. Sie ahnte, was an Verdacht oder mindestens an Voreingenommenheit gegen eine vor Gericht gezogene Frau ihresgleichen haftenblieb. Ihr Freispruch hatte sie nicht einmal in ihren eigenen Augen ganz reingewaschen von einem unauslöschlichen Makel, den sie, wenigstens teilweise, sogar sich selber zuschrieb.

Daher hatte sie nie heiraten wollen. Ihre einzige Zuneigung galt dieser Mutter und diesem Kind, zwei Wesen, denen sie sich mit Leib und Seele hingegeben, ja im wahrsten Sinne geweiht und verschrieben hatte und die sie mit eifersüchtiger, wilder, verzehrender Liebe umfing. Alles, was sie für die beiden empfand, spiegelte sich auf ihrem Gesicht, das zwar jung und hübsch war, durch die Qualen ihrer Vergangenheit und ihren Argwohn aber ein verzerrtes, verkniffenes, ja beinahe bissiges Aussehen bekommen hatte. Und so glich sie, wenn sie dieser Mutter und ihrem Sohn auf den Fersen folgte, jenen ergebenen, aber bösartigen, gehässigen Hunden, die zu kläffen anfangen und zu beißen drohen, sobald ihnen jemand zu nahe tritt.

Honorine war zurückgekehrt.

«Ruft auf dem Platz unten einen Wagen herbei!» wies Madame Gervaisais sie an.

VI

«Zum Forum...», sagte Madame Gervaisais.

Die Kutsche rollte durch eine breite, von Läden, Palästen und Kirchen gesäumte Straße und dann durch eine enge Via. Da plötzlich weitete sich um sie ein freier Raum, eine kleine, verlassene Ebene, ein unbebautes Gelände, ein von staubiger Erde bedecktes und von niedrigem Gras bewachsenes Feld.

Mechanisch, instinktiv hatte der Kutscher seine Pferde angehalten. Madame Gervaisais stand auf.

Das war der Campo Vaccino: Säulenhallen, die eingestürzte Tempel überlebten; freistehende Kolonnaden, die sich nur noch gegen den Himmel stemmten; von Blitzen getroffene Pfeiler, gekrönt von Gesimsen, an denen Gräser die Namen von Kaisern zernagten; Triumphbögen, zugeschüttet von zwanzig Fuß Erde und von zwanzig Jahrhunderten; Gräben, übersät mit Brocken und Bröckchen von Gebäuden; die riesigen Gewölbe von Basiliken, durch deren zerstörte Deckenfelder wieder der blaue Himmel hereinbrach; am Ende der Via sacra mächtige Bodenplatten, Lavablöcke, erhärtet in ihrer erkalteten Glut, ausgetreten unter dem Gang von Nationen in Ketten, ausgehöhlt von den Radspuren der Triumphwagen; hier das Altersgold der Steine, dort vor den Kirchen der verfallene heidnische Marmor; die matten, entblätterten und verwitterten Stümpfe aus Cipollinmarmor, von Schlägen verwundet, aufgeschlitzt wie Ritterrüstungen und durchlöchert wie alte Baumstämme; überall gewaltige Trümmer, kultisch und erhaben, wie angerostet unter Wasser und von der Flamme geschwärzt, von Feuersbrunst und Überschwemmung, von allen menschlichen und himmlischen Wutanfällen heimgesucht – dergestalt erschien Madame Gervaisais beim ersten Anblick das antike Rom in seiner unbezwungenen Größe.

Sie schlenderte lange und unermüdlich umher und zog das gelangweilt trödelnde Kind an der Hand hinter sich her.

Dann ging sie, am Triumphbogen hinten im Forum vorbei, zum Kolosseum. Sie schritt durch seine riesigen, lichteinlassenden und katakombenähnlichen Galerien, die auf ihren kleinen, aus zyklopenartigen Quadern gefügten Bögen das übergroße Amphitheater trugen und denen die Raserei der Barbaren keinen größeren Schaden hatte zufügen können als einige Wurmlöcher. Und sie stand in der Arena.

Dort stach die Sonne. Madame Gervaisais setzte sich in den schmalen Schattenstreifen, den eines der Altärchen warf, mit denen der Zirkus rundum besetzt und von denen längst die Farbe abgeblättert war. Und so überblickte sie das unermeßliche Theater, das ihr anfänglich den Blick und das Denken zu erdrücken schien.

Vögel flatterten ungescheut in diesem ungeheuren steinernen Nest umher; dort, wo jeder Fleck, und mochte er klein sein wie ein Gänseblümchen, einmal mit blutigem Tau besprengt worden war, sproß nun Gras, dasselbe gleichgültige Gras wie überall. Die ansteigenden Stufen der Sitzreihen waren wieder schroff geworden wie Felsen, die zerfallenen Gelasse bildeten sich zu natürlichen

Bauen für wilde Tiere, ja zu afrikanischen Höhlen zurück, aus denen Rom, ganze Steppen plündernd, seine Löwen herbrachte, auf daß sein allmächtiges Volk sich an ihnen ergötze. Bäume wuchsen, Buschwerk wucherte von Bank zu Bank, über achtzig Fuß tiefe, schattendunkle Klüfte hinweg. Die Ruine bröckelte in den Naturzustand zurück, wie es in Rom geschieht, wo Stein wieder zu Fels wird und Marmor zu Stein, wo Thermen sich in Grotten verwandeln und der Erdboden Paläste einebnet, wo die Wurzel eines Strauches Kuppeln sprengt und ein Korn, dem Schnabel eines Sperlings entfallen, Blöcke ins Rollen bringt, wo man in Theatern wie in einem unerschöpflichen Steinbruch Baumaterial abträgt, wo Gräber von selbst in den Boden versinken und Statuen zu Kieseln zerfallen – wo die ewige Erde der Ewigen Stadt so vieles abfordert und zu sich zurücknimmt.

Immer mehr gab sich Madame Gervaisais ernsten Betrachtungen und tiefen Gedanken hin. Texte, die sie einst gelesen hatte, kamen ihr wieder in den Sinn, Abschnitte in Geschichtsbüchern erwachten wieder in ihrem Gedächtnis. Langsam entstand in ihr ein Bild dessen, was sich hier abgespielt hatte. Im Geist baute sie lebensgetreu das große Schauspiel auf, in dem sich, wie gegensätzlichen Seiten des menschlichen Herzens entspringend, die Begierde, dem Sterben beizuwohnen, und der Wahn, zu sterben, begegnet waren ... Sie träumte, sann vor sich hin, als plötzlich schrille Schreie die weite Ruhe dieses Ortes der Grausamkeit durchdrangen: Zerlumpte Jungen machten Jagd auf Eidechsen, wobei sie mit lautem Stampfen über die einst von den Gewändern der Vestalinnen gestreiften Stufen oder über das Travertingewölbe einer Porta libitinae* rannten.

Abends lief das Tagesgeschehen nochmals vor ihr ab. Als ihr Sohn im Bett lag und man die Atemzüge seiner friedlichen Nachtruhe hörte, ging sie aus, um das Forum erneut zu besehen.

Sie lehnte über die Brüstung des Treppenpfades, der zum Kapitol hinaufführte. Ihr Schattenriß zeichnete sich auf den halb abgebrochenen Kannelüren am Triumphbogen des Septimius Severus ab. Und in melancholischen Gedanken verloren, betrachtete sie die erhabene nächtliche Kulisse, die Starre der Ruinen mit ihren düsteren Tiefen, den königlichen Schlaf der Nacht über diesen feierlichen Massen; den Schatten, der vom Kapitol, dunkel wie Ebenholz, auf die Gruppe der drei Säulen fiel, diesen Portikus, majestätischer noch und einsam verlassener vor der Leere, die den Himmel und die Sterne überspannte. Ferne hob sich in der fahlen Nacht, unter der Rundung des großen Triumphbogens, blaß eine Art Tal der Manen ab, elysäischen oder vergilischen Gefilden ähnlich, wo sich die wenigen Vorübergehenden in Dunstgestalten auflösten. Und alles hätte geschlafen, wäre dort nicht eine Grille gewesen, die mit ihrem grellen Gezirp, wie mit Meißelschlägen, zu Füßen der verfallenen, aber unsterblichen und für den Schlag der Stunden tauben Denkmäler, die Zeit in Sekunden schnitt.

VII

Nach diesem großen und anstrengenden Tag fing Madame Gervaisais ein geregeltes, gleichförmiges Leben an, nur unterbrochen von kurzen Besorgungen und Spaziergängen, bei denen sie es nie eilig hatte.

Nach dem Aufstehen und Ankleiden um halb neun machte sie eine fast zweistündige Wanderung, um, vor der Gluthitze des Tages, die Morgenfrische zu genießen. Sie ging zu einer Kirche oder irgendeinem Relikt der Antike, auf einen Markt, zu allem, was in dieser Museumsstadt Schritt und Blick innehalten ließ: eine Plastik, ein Ornament, ein Meilenstein, der auch der marmorne Fuß eines großen Gottes sein konnte, dessen Statue man sich ausmalte! Aus Paris kommend, jener Baugrube der Moderne, jener kunstlosen Stadt aus neuem Stein, empfand die Pariserin die wahre Freude des Künstlers, durch diese geschichtsträchtige Stadt zu bummeln, die mit Meisterwerken und den kostbaren Bruchstücken früherer Jahrhunderte gepflästert, aus ihnen gebaut und neu aufgerichtet war.

Sie interessierte sich für das Malerische dieser Mauern, Höfe, Paläste und baufälligen Häuser, diese Winkel der Vergangenheit, in denen bisweilen, wie der kalte und schauerliche Schlund einer Höhle, der dunkle, mit Girlanden von grünem Gewächs, Kräutern und feinblättrigem Fenchel verhangene Eingang eines Obst- und Gemüseladens gähnte. Überall boten sich ihr Bilder an, die sie bedauern ließen, das Malen aufgegeben, eine der teuersten Neigungen ihres Lebens geopfert zu haben, wie die Ärzte es von ihr verlangt und erreicht hatten. Und fast immer kehrte sie durch die Via dei Condotti, die Straße der Kuriositäten, heim. Sie trat in Mosaikläden und Juweliergeschäfte, hielt vor den Auslagen der Antiquare und Trödler, vor staubigen Schaufenstern, vollgestopft mit etruskischen Lampen, Majoliken, schillernden Scherben von Tränenkrügen* und Schalen voll alter Münzen; gründlich durchstöberte sie diese finsteren Läden, diese Rumpelkammern, wo Büsten, florentinische Wandschränkchen, Kästchen aus Porphyr sowie Gegenstände aus schimmerndem Marmor oder Gold verstaubten. Oft lüpfte sie das blaue oder braune, aus Seide gewobene Netz, das die luftige Türe dieser Läden bildete, ging hinein, beschaute sich einen Gegenstand von allen Seiten, feilschte darum und trug ihn davon.

Sie war stets vor elf Uhr zurück, zur Zeit des Mittagessens. Sie aß langsam und zog so dieses Gegenübersein mit ihrem Kind bei Tisch in die Länge, ähnlich dem Mahl zweier Verliebter. War das Essen beendet, spielte sie gewöhnlich Klavier, bis Honorine erschien, um Pierre-Charles zu holen und ihn auf seinem Bett angekleidet schlafen zu legen. Fortan allein, ließ sie sich an ihrem Lieblingsplatz nieder. Dort verbrachte sie die Stunden der Mittagshitze und entzog sich ihrer Schwere in einer Art träumender Siesta, einem Halbschlaf des Denkens; und im Zwielicht des Zimmers saß sie mit offenen Augen und doch halb entschlummert in sanftem, durchsichtigem Dämmer, hinter den gesenkten, nur unten am geöffneten Fenster leicht nach außen abgestützten Rolläden, wo in einem kleinen Dreieck das Tageslicht spielte.

Von Zeit zu Zeit verfolgte sie, zwischen den Lamellen der Läden hinausguckend, das wechselnde Schauspiel der Piazza di Spagna, das Vorrücken des Tages auf der großen Treppe der Trinità dei Monti, von der im Lauf der Stunden allmählich der Schlagschatten des Gebäudes zu seiner Rechten wich. Silbern stieg die Wassersäule des Springbrunnens, und perlenweiß fiel sie in das dunkle Becken der bootähnlichen und an die Schifform alter Tische gemahnenden Fontäne zurück; daneben lagen Männer, wie am Rande einer Quelle, und schliefen. Ein Acquaiuolo-Laden* stand dort mit seinem Sonnenzelt aus Zwilch, das oben an einer mit Königslilien verzierten Säule festgemacht war. Auf der Treppe stiegen in langsamem, wiegendem Zug, Statuen gleich, Römerinnen empor mit Lasten auf den Köpfen, derweil zu beiden Seiten «Modelle» saßen und auf ihre mit fünfzig Baiocchi entlöhnten Sitzungen warteten und zum Verkauf angebotene Hunde an ihren Leinen zerrten, die man durch die Spalten der steinernen Stufen gezogen hatte.

Es ging gegen vier. Ein vom Platze herbeigerufener Wagen führte sie zu einer zweistündigen Spazierfahrt auf den Pincio, von der sie zum Abendessen heimkehrte. Nach dem Essen ging sie selten aus, sondern verweilte am Fenster und horchte auf das allmählich leiser werdende Gesumme des Platzes.

Nach und nach wurden die beiden Glockentürme der Trinità dei Monti auf dem blaßblauen

Himmel blaßweiß. Dann erzählte Madame Gervaisais ihrem Kind Geschichten, denen dieses, müde und mit zufallenden Augen, schon bald nicht mehr lauschte, wenn es auch noch immer die Stimme seiner Mutter vernehmen wollte. Honorine brachte eine der landesüblichen Schirmlampen in das düstere Zimmer. Das Kind legte flüchtig die Finger auf die glühenden Punkte im Lampenschirm, die den «Erleuchteten Petersdom» und das «Feuerwerk auf der Piazza del Popolo» darstellten.

Dann führte Honorine es weg.

Madame Gervaisais wachte, an ihrem Schreibtisch sitzend, bis zehn Uhr; hin und wieder streckte sie den Kopf ein wenig vor, um zu sehen, wie anmutig ihr Kind in seinem Schlaf lag. Um zehn legte sie sich nieder und schlief über dem Geplätscher ein, jenem flüssigen Wohlklang der Fontänen, die einen in Rom, bis hinein in die Höfe der Hotels, des Nachts in den Schlaf wiegen.

VIII

Rom ist die Stadt der Blumengebinde.

An den Straßenecken, in der Via dei Condotti, in der Via del Babuino, stellen Blumenhändler auf kleinen, rustikal gezimmerten Abstellbänken bunte Sträuße frisch gepflückter Blumen aus den Gärten am Fuße des Pincio aus, an dem sich, einem Tusch ähnlich, die ganze leuchtende und grelle Pflanzenpracht des Landes emporzieht; natürliche Blumengebilde also, daneben die Sträuße in aufeinander abgestimmten Farben, im Einklang ihrer zarten, sanften Töne wahre Meisterwerke der römischen Fioraia; ferner Gebilde, die keine Sträuße mehr, sondern Blumenkörbe waren: Rosentischchen auf Farnkrautbetten, mit ebenfalls aus Rosen gebildeten Henkeln; Körbe voll weißer Kamelien, über die sich ein Zweig weißen Flieders rundete, andere voll gazeartig leichter Azaleen, und Tragkörbe mit sogenannten Ida-Blümchen, jenem bloßen Hauch oder Staub von einer Blume.

Madame Gervaisais kehrte von ihren morgendlichen Spaziergängen täglich mit einem solchen Blumenkorb nach Hause. Während des Tages erblühten die Blumen im Zimmer, in dem sie sich aufhielt, doch am Tagesende starben sie mit unaussprechlichem Liebreiz und so duftend dahin, als verströmten die welken Farben einen wohlriechenden Abschiedsgruß. Bald wurden diese Blumengebilde Madame Gervaisais zu einem Bedürfnis, sie atmeten an ihrer Seite, brachten einen Lichtstrahl in ihr Zimmer, waren ihr in ihrer Einsamkeit beinahe Gesellschafterinnen. Wenn sie eine Kamelie in ihrem leuchtenden Glanz betrachtete oder eine Rose mit ermattenden Rändern und ihrem schwefligen Blütenherz, dem ein Blutstropfen zu entquellen schien, erstrahlten ihre Augen in sinnlicher Freude. Nie hatte Madame Gervaisais die Leuchtkraft, das Heitere und Lichthafte einer Blume, ihr schwerelos zartes Leben, das Überirdische ihrer von Licht und Himmel getränkten Farben so wahrgenommen wie jetzt; und das Wohlbehagen, das sie dabei empfand, war für sie etwas völlig Neues und Unvorhergesehenes. In Frankreich hatte sie sich wohl, wie jede Frau, die Frau sein will, mit Blumen umgeben, doch nie gespürt, daß eine Blume ihr Innerstes aushauchen kann. Sie staunte, wie ihre Empfänglichkeit, seitdem sie in Rom weilte, sich verfeinert und wie so viele andere Wahrnehmungen sich geschärft hatte. Sie fragte sich, ob in den der Sonne näheren Ländern und Völkern der menschliche Organismus nicht empfindlicher war als anderswo, besser befähigt, den schlichten Reiz der natürlichen Dinge zu kosten und zu erfassen: Licht, Farbe, Frische, einen schönen Blumenstrauß, einen schönen Himmel, irgendein Glückserlebnis, alles, was die Erde dort umsonst anbietet. Sie erinnerte sich an ein Glas Wasser, das sie eines Abends, ganz am Anfang, draußen vor einem kleinen Café getrunken hatte und das ihr wie das beste Getränk ihres Lebens vorgekommen war. So kannten jene warmen Länder, wie ihr schien, alle möglichen, dem Boden und dem Klima zu verdankenden kleinen Glückseligkeiten, von denen die kalten Länder nichts wußten, eine Art Acqua felice, ein zauberkräftiges Wasser, das fast überall und für alle floß. Und so verschafften ihr Kleinigkeiten ihres Alltags täglich mehr Genugtuung und größeres Vergnügen, wie die Kleinigkeiten im Leben der Liebenden. Alle Sinne verfeinerten sich hier im Süden, wurden zart und poetisch.

IX

In diesem Zustand der Empfänglichkeit für natürliche Genüsse, die alle feinen und erwählten Gemüter nach einem mehrwöchigen Aufenthalt in

Rom verspüren, wurde für Madame Gervaisais der Besuch der Villa Pamphili zum berückenden Erlebnis.

Ihre Kalesche fuhr durch das Bogentor am Eingang, mit seinen Blumentischen aus Sarkophagen, wo antiker Asche Dornenstauden entsprossen. Dann befand sie sich unter einem hohen, dichten und dämmrigen Laubgewölbe, durch das nur hier und dort ein schlanker Sonnenstrahl einbrach, in dem die glattdunklen Blätter schimmerten, als läge frischer Regen auf ihnen. Das sich immer wieder lichtende Gehölz ließ rechts und links Aloehecken erkennen, von Wiesenteppichen gepolsterte, kleine Schluchten, leuchtende Gruppen von Argentea, glitzernden Rasen, glänzende Gräser, Nischen voll webender Schatten, wo Steinstümpfe mit vergessenen Inschriften aus der Erde ragten, ein laubumwundenes Geländer, antike Trümmer, Blumensträucher – das alles zum magischen Hintergrund des Parks ansteigend, zu jener Krone aus italienischen Pinien, stockwerkartig übereinander gepflanzten Bäumen, die die Perspektive abriegelten und deren Wipfel riesigen, einander tragenden Sträußen ähnelten, welche sich voll und rund von der Bläue des Äthers abhoben. Und bisweilen ragte an einer flachen Wegbiegung, groß, unerwartet und wie eingerahmt, die Kuppel des Petersdoms in einen Durchblick und verdeckte den Himmel.

Die Hauptallee führte sie so zum kleinen Palast der Villenanlage, zu den von Büsten und Statuen verdeckten Wänden mit ihren eingelassenen, halb erhabenen Reliefs; das zwischen dem hellen Tageslicht und dem dichten Laubwerk in seiner Weiße strahlende Kleinod Algardis* glich ein wenig dem Gipsmodell eines florentinischen Goldschmiedekabinetts des vierzehnten Jahrhunderts. Und von hier aus erstreckte und öffnete sich prunkvoll, glänzend, triumphal, mit seiner festlichen Vegetation und opernhaften Architektur, seiner Herrlichkeit aus Wonne, Lust und Liebe, der italienische Garten, der göttliche Garten Italiens. Am Fuß der Terrasse, auf der große irdene Töpfe mit päpstlichem Wappen standen, über kleine Blumenbeete hinweg, in denen sich, von Buchs raupengleich umrundet, Arabesken aus Kieselsteinen wanden, schweifte ihr Blick über die weite Anlage von Treppen und Geländern, Bildsäulen und Portiken, welche die Natur mit den Schönheiten eines Palastes durchmischten; er schweifte über das Ziergemäuer, an dem – violett, weiß und goldgelb – ein leuchtender Blütensegen hochrankte, Blumen an einem bloßen Spalier, ohne grünen Blätterwuchs; er schweifte über Brunnen, in die sich ein magerer Strom ergoß, bevölkert von Putten, an denen der Zahn der Zeit arg genagt hatte, schweifte über fließende und stehende Gewässer, Inseln aus zwei Bäumen inmitten kleiner, von Zitronenbäumchen umsäumter Seen; über eine ganze illusionistische Landschaft, die Madame Gervaisais derart betörte, daß sie ihr wie ein Phantasieland vorkam, ein Wunderort, den sie vielleicht in einem Gedicht schon einmal geschaut hatte. Sie glaubte sich in einem Gesang des Tasso, und dabei kam ihr die Erinnerung an die Gärten Armidas wieder.

Sie stützte sich auf das Geländer der Terrasse.

Die warme und dennoch bewegte Luft des Tages, jene römische Luft, die die Haut seidig umschmeichelt, jener feine, frische und leichte Hauch, der die Nerven nordisch schwerblütiger Naturen so stark anregt; der Anschein eines rings um sie wallenden Glücks, alles, was sich an Freude und köstlichem Frieden kundtat, die allumfassende Heiterkeit erzeugten in ihr einen Zustand beschaulicher Versunkenheit, in dem sie, sich selbst vergessend und an die Milde der Umgebung hingegeben, längere Zeit gelockert und entspannt verharrte, befreit von allem Denken, ihre Seele müßig wie ein Lazzarone.

Dann stieg sie in den Park hinab und stieß auf köstliche Überraschungen; hier stand feierlich eine grüne Eiche mit metallhart patinierter Rinde, rauh anzufühlen wie die Haut eines hundertjährigen Tiers; sie versperrte den Weg mit einem Ast, der als Nachtrieb selber zu einem matt grünenden Baum herangewachsen war, von einer ständig unter ihm quirlenden Quelle erhellt; dort, in einer Hecke, drückten Kamelien ihre wächsernen Blätter und Blüten an die Muschelwand einer Galerie aus Felsblöcken. In der Mitte eines Rasenteppichs flimmerte weiß eine Marmorsäule in der prallen Sonne; sie stand vor einer Dattelpalme und gemahnte an den letzten Meilenstein, den eine römische Armee in einer libyschen Oase erschritten haben mochte. Weiter entfernt, schlossen sich zu Pilastern und Balustern gebildete oder nischenartig gehöhlte Steine halbkreisförmig zu verwilderten, völlig überwucherten und trotzigen Spaliergebilden zusammen, um die sich Yucca und stachelige Kakteen wanden. Und aus nassem Schilfrohr blitzten erfrischend Wasserstrahlen empor, die von ihren Lanzenspitzen feuchtes Licht tropfen ließen.

So gelangte sie ans Ende des Gartens, zu jener schiefen Kolonnade aus hochstämmigen italienischen Pinien, die stolz und geradlinig wie ausgerichtete Schiffe ihre lichtdurchlässigen Rümpfe emporreckten. Und je tiefer sie eindrang in dieses monumentale Gehölz mit seinen grauen Stämmen, seinen Schirmkronen aus violettem Astwerk, seinem warmgrünen Moos und seiner aschgrünen Erde, desto eleganter und großartiger, ja morgenländisch schlanker kamen ihr diese Bäume vor, die für Italien das waren, was für andere Länder die Palmen sind, und die auf seinen Terrassen wuchsen, neben seinen Palästen und Kirchen und auf seinen Hügeln, königliche Beherrscher des Horizontes. Sie ließen sie an Sonne, an Luxus und Prachtentfaltung denken; unter ihnen stellte man sich immer Frauenröcke aus einem Decamerone vor, beschirmt von diesen hohen Wipfeln, die durch eine einzigartige optische Täuschung die Himmelsbläue in größere Höhen zu verdrängen schienen.

Das vom Gehen und Wandern und vom Suchen im Gras ein wenig ermüdete Kind war etwa zwanzig Schritte weit zurückgeblieben, als seine Mutter beim Aufklingen einer italienischen Opernarie plötzlich den Kopf drehte; um die Sängerin, eine ärmlich, aber anständig gekleidete Frau, hatte sich ein Kreis von Spaziergängern gebildet; hinter ihr stand ein Greis mit einer Geige in der Hand, der er aber keinen Ton entlockte. Und dicht neben diesen

Musikanten erspähte Madame Gervaisais ihren Sohn, wie er, auf dem Stamm einer gefällten Pinie sitzend, mit seiner kleinen Hand über seinem Kopf eine Blume durch die Luft schwenkte und so, wie mit einem Dirigierstab, zum Gesang taktierte. Alles schaute ihn an, bestaunte seine Schönheit, den tiefen Blick seiner Augen, die Blässe, die sich ihm über den Brauen auf die Stirn gelegt hatte, das jähe Aufleuchten von Klugheit und Leidenschaft, den Aufschwung seines ganzen kleinen Wesens im Gesang der großen Straßenartistin. Selbst der Greis mit der ernsten und traurigen Miene eines alten Sängers folgte den Handbewegungen des Kindes und lächelte ihm, wie aus der Ferne seiner Jugendzeit, freudig gerührt und mit halb geschlossenen Augen zu.

X

Und so ging Madame Gervaisais' Leben weiter, voll von Beschäftigungen, hinter geschlossener Tür. Sie vertrieb die langen Tages- und Abendstunden mit Büchern, saß oft stundenlang, ohne aufzustehen, auf ihrem Kanapee, las, notierte dies und jenes und verlor sich, zerstreut und angespannt zugleich, in ihren Gedanken, wobei sie dann und wann mit ihren schlanken Fingern die losen Strähnen ihres streng frisierten schwarzen Haars aus den Schläfen strich.

In solchen Augenblicken ging eine große Schönheit von ihr aus, eine Schönheit, die in Eigenart und Prägung die übliche Frauenschönheit übertraf: Das üppige, glatte Haar, das sie wie ein

Nimbus umgab, die glatte, gewölbte Stirn, die großen, in ihren beschatteten Höhlen wie entrückten Augen, die fein geschnittenen Züge, denen die Krankheit auch im siebenunddreißigsten Altersjahr ihre jugendliche Schlankheit nicht hatte nehmen können, und eine blaßbräunliche Haut gaben Madame Gervaisais den seltsam verführerischen Reiz einer ungewöhnlichen, unvergeßlichen, unergründlichen und anziehenden Person, eines ganz in Gedanken lebenden, kaum mehr irdischen Wesens mit einem durch und durch vergeistigten Gesicht. Und ihr langer Hals, die schmalen Schultern, die flache Brust, der schmächtige, vom Stoff des Kleides lose umflossene Oberkörper, eine geschlechtsneutrale, beinahe seraphische Magerkeit und der strenge Umriß ihrer verinnerlichten Person verstärkten noch das schon Jenseitige ihrer Erscheinung, machten sie zu einer außerweltlichen Gestalt.

Auf dem kleinen gedrechselten Bücherbord, das mit vier zu Zöpfen geflochtenen Bändern aus gelber Seide an der Wand befestigt war, standen in Griffweite ihre geliebten Bücher mit den gewichtigen Namen Dugald Stewart*, Kant und Jouffroy* auf ihren Rücken.

XI

Unter der Herrschaft Louis-Philippes gab es eine kleine Elite von Bürgerinnen, die an geistigen Dingen Geschmack fanden; die meisten von ihnen haben nichts hinterlassen als die flüchtige Erinnerung an einen engen Salon sowie manchmal ein paar vertrauliche, von Freunden noch gelesene Schriftseiten.

Madame Gervaisais war ein Musterbeispiel dieser heute verschwundenen Gattung von Frauen. Ihr Verstand, schon von Geburt an ernst gestimmt, hatte sich, durch den Gang ihres Lebens, ernsthaften Studien zugewandt. Da sie schon als ganz kleines Mädchen ihre Mutter verloren hatte und von einem alten Mann erzogen worden war, entsann sie sich aus ihrer Kindheit lediglich eines düsteren Lesezimmers in der Passage de l'Opéra, wo ihr Vater die Zeitungen zu lesen pflegte und wo sie, auf ihr inständiges Bitten hin, die Erlaubnis erhielt, auf ihn zu warten, derweil er bis zur Stunde des Abendessens spazierenging. Stunden des Glücks für die in Weiß und Rosa gekleidete Kleine, fern der Sonne, die sie ins Freie lockte, verloren zwischen den finsteren und unermüdlichen Zeitungslesern, tief in den himmlischen Inhalt eines harmlosen Schmökers aus den alten Beständen des Hauses versunken. Die Bücher dieses Lesezimmers waren ihre einzigen Puppen gewesen.

Als sie größer wurde, kamen zum Lesen noch das Musizieren und das Malen, und diese erfüllten fortan die einsamen Stunden eines schon gänzlich weltfremden und in sich gekehrten Wesens.

So war sie herangewachsen und nach der gestrengen Sinnesart ihres Vaters erzogen worden, in der stoischen Atmosphäre und im Nachhall der schon fast urzeitlichen Erinnerungen, welche die alten politischen Freunde und Schicksalsgenossen ihres Vaters fast allabendlich um sich verbreiteten; schon seit frühester Kindheit orientiert an männlichem Denken und freizügigen Grundsätzen, inmitten lautstarker Erörterungen der Lehren des achtzehnten Jahrhunderts herangewachsen, war ihr sich bildender Geist vom oberflächlichen Vergnügen an leichter Lektüre und vom schalen Zeitvertreib zu Büchern übergegangen, die Anstrengungen verlangten und zum Nachdenken anregten; Bücher, die den Verstand vor die letzten Fragen stellten, die einem das Rätsel der Welt aufgab, Bücher, die von Geschichte, Wissenschaft und Philosophie handelten.

Und in diesen vor allem hatte sie gleichsam eine Enträtselung ihrer selbst gefunden. In ihnen hatte sie ihr eigenes, unartikuliertes Verlangen erkannt, sich, nach den Worten Platos, über das wechselvolle Treiben des Lebens und den ewigen Wandel der Natur hinauf in jenes Unwandelbare, zu den unveränderlichen, absoluten, bleibenden Wahrheiten, zu den Ideen aufzuschwingen. Eine höhere und gebieterische Neugier bemächtigte sich ihrer und trieb sie, die geheimen Mechanismen der menschlichen Fähigkeiten zu erforschen, einen Spalt weit das verhüllte und verborgene Allerheiligste der Gedanken und Empfindungen zu öffnen und an ihrem eigenen Verständnisvermögen den Geist der gesamten Menschheit zu studieren. Im Unterschied zu den meisten Männern und Frauen, deren Achtsamkeit nach außen verströmt und äußerliche Dinge umkreist, verfügte sie bei diesem Forschen über eine ihr eigentümliche Gabe: das Wahrnehmungsvermögen eines unendlich feinen inneren Organs, das geübt war, ihren eigenen Gedankengang, die Reihe von Eindrücken, geistigen

Vorgängen, Willensentschlüssen und all der Veränderungen zu verfolgen, die das Phänomen des Bewußtseins bilden.

Ein tiefgreifendes Bestreben: Ganz in sich selbst zurückgezogen und ihrem Inneren zugewandt, oft in einer Stille, in der die Ohren nicht mehr hören, manchmal in einer Dunkelheit, in der die Augen nicht mehr sehen, in der Einsamkeit, wo sie das Unsichtbare und Unbekannte ihres inneren Seins zu erschürfen suchte und den Regungen ihres Empfindens und den Gewohnheiten ihres Ichs nachspürte, brachte sie es in ihrer Selbstbeobachtung zu einer erstaunlichen Schärfe; allmählich zwang sie sich, Dinge zu fühlen, die andere nicht fühlten, und mit der Klarsicht einer «Seherin», die sie für diese unscharfe Welt entwickelte, welche den blöden Augen gewöhnlicher Sterblicher verschlossen, ja selbst der Wissenschaft noch weitgehend dunkel blieb, nahm sie manchmal in der Ferne, durch den Riß in einem unermeßlichen Schleier, für Augenblicke das Licht wahr, das eines Tages dem menschlichen Geist die großen Rätsel erhellen wird.

Ihre Wegbereiter und Führer bei dieser Ergründung der tiefsten Seelenprobleme waren die beiden Meister unter den Weisen der Neuzeit, Reid* und Dugald Stewart, gewesen, die berühmten Gründer der schottischen Schule und Gegner der auf Analogien und Hypothesen beruhenden Lehren der herkömmlichen Richtungen. Nachdem sie sich durch den ganzen Skeptizismus Lockes* und den Materialismus Condillacs* durchgebissen hatte, dankte sie es diesen beiden Philosophen, von einer drückenden Last befreit zu sein und durch sie auf hehren Gipfeln zu atmen, vergleichbar den Höhen des «common sense», durch welchen Reid dem Menschen seine Würde wiedergibt, indem er Ethik und Metaphysik auf der Kraft und Vortrefflichkeit der menschlichen Natur begründet. Neben Reid verehrte sie Kant*, der, wie sie ihn verstand, die Freiheit und den Gottmenschen aus jenem edlen und uneigennützigen Prinzip ableitete, das für ihn die Ehre der Menschheit verkörperte und das der Schlüssel zum Gebäude seiner ganzen Philosophie war: die Pflicht.

Madame Gervaisais war also eine Philosophin, aber eine Philosophin, die ganz Frau geblieben war. An weiblichen Eigenschaften hatte sie den liebenswürdigen Wunsch zu gefallen, ja sogar eine gewisse Koketterie bewahrt, die der Freundschaft mit ihr eine leicht verliebte Note gab. Sie liebte das Leben mit allem, was der Eleganz, dem Geschmack, ja selbst der Launenhaftigkeit ihres Geschlechts entsprach. Ein Kleid war für sie ein Kleid und ein Geschmeide ein Geschmeide, wie für jede andere Frau. Zuweilen fröhlich und zum Lachen aufgelegt, hatte sie unter ihrem ernsten Wesen anscheinend etwas Kindliches und Mädchenhaftes bewahrt; zumeist versteckte sie sich hinter einem schelmischen Einfall, schirmte sich durch eine überspitzte Behauptung ab und maskierte so vor allem, was an ihr den Blaustrumpf und die Denkerin hätte verraten können.

XII

Eine anspruchsvolle Aufgabe hatte sie übrigens gleich am Anfang ihres Lebens rascher wachsen und reifen lassen.

Ihre Mutter war im Wochenbett gestorben, nachdem sie einen Knaben zur Welt gebracht hatte, dem seine Schwester um acht Jahre voraus war. Und so war die Kleine dem Kleineren schon Kinderfrau und Mutter geworden. Und als der Bruder größer wurde, kam das lernbeflissene Mädchen auf die ehrgeizige Idee, es könnte ihm eigentlich auch Erzieherin sein und seinen erwachenden Verstand mit all der geschickten Überzeugungskunst, der sanften Einschmeichelung und milden Autorität heranbilden, deren Frauen, wenn sie unterrichten, fähig sind. Die Schwester träumte davon, den geliebten Bruder zu einem Mann nach ihren Idealen zu machen und in ihm eine Denkweise zu wecken, die mit der ihren im Einklang, ja fast zwillingshaft verwandt sein würde. Folglich widmete sie sich stolzen Herzens dieser Ausbildung. Auch als er das Gymnasium besuchte, änderte sich nichts an dieser Lenkung. Seine freien Tage reichten nicht aus für all das, was die Geschwister einander zu sagen, anzuvertrauen und an Gedanken zu vermitteln hatten. Zwei-, dreimal wöchentlich wandte er sich in Briefen, die er in Pausen oder vor dem Zubettgehen schrieb, ratsuchend an seine Schwester, während sie sich Jahr für Jahr den Lehrstoff des Gymnasiasten aneignete und alles mit aufnahm, was er lernte, es nachher mit ihm geduldig wiederholte und seine Aufgaben und Trimesterarbeiten überwachte.

Danach kam die Zeit der Unruhe und Kritik, wo im Jüngling die Erinnerung an die erste Kommunion erlosch und der Kinderglaube mit ersten Zweifeln in Streit geriet; der Bruder eröffnete sich seiner Schwester, die für ihn mehr als nur eine Schwester, nämlich gleichsam Mutter, Freund und Beichtvater war. Und als diese unverlangten Geständnisse sie erreichten, erwiderte sie darauf in aller Offenheit, indem sie ihm ihre Aufzeichnungen überließ, Zeugnisse ihres Suchens, die sie in langwieriger Arbeit zusammengetragen und die sie bewogen hatten, das Übernatürliche unbedingt zu verwerfen, obgleich sie als Frau für die Person Christi nach wie vor Hochachtung empfand. In der Folge stellte sie ihm eine Leseliste philosophischer Studien mit erläuternden Zusammenfassungen und Auslegungen auf – Wegzeichen eines freien Denkens, das zu einer Religion des Schönen, Wahren und Guten führte.

Von da an herrschte zwischen Schwester und Bruder, zwischen Lehrerin und Schüler ein dauernder Austausch, ein kaum je unterbrochenes Gespräch zweier ungebundener Geister; sie plauderten vertraulich über das Unendliche und über die höhere Wirklichkeit, die Quelle, der allein alles Dasein und jegliche Kausalität entsprang; es war eine einzigartige Unterhaltung, die sich da zuerst zwischen einem Studiersaal des Polytechnikums und einem Zimmerchen mit duftigen Vorhängen an der Rue du Helder entspann, später zwischen dem vorgeschobensten französischen Feldlager in der arabischen Sahara, der Oase El Hadschira, zwanzig Meilen von Tugurt entfernt, und dem

Boudoir der inzwischen verheirateten Pariserin, und nun, auf dem Seeweg, zwischen Rom und Oran, wo der nach dem Krimkrieg zum Oberstleutnant der Artillerie beförderte Bruder seit kurzem stationiert war.

Und diesem Bruder schrieb Madame Gervaisais nun aus Rom:

«... Ich kam im Wagen durch den Corso zurück, wenige Tage nur nach meiner Ankunft hier. Ich war erstaunt, alle Fenster und Balkone mit roten, goldgesäumten Tüchern behangen und alte gewirkte Teppiche an den Fassaden der Paläste zu sehen, sowie auf der Straße eine Volksmenge, die zu warten schien. ‹Die Prozession!› sagte mir mein Kutscher und hielt seinen Wagen beim Forum Traianum an. Und von dort aus schaute ich zu... Warte einen Moment, bis ich den ganzen Vorbeimarsch wieder vor Augen habe. Zuerst kamen Bajonette... – Streitkräfte gehen hier Gott voran. Dann folgten Leuchter, die im Sonnenschein glänzten; dann ein großes, riesengroßes, besticktes und bemaltes Kirchenbanner, auf dem Blutstropfen über ein Christusgesicht rannen und das sich zwischen zwei Reihen von Büßenden in weißen Gewändern mit blauen Pelerinen vorwärts bewegte; dann weitere Fahnen, inmitten von päpstlichen Haushofmeistern, die mit Wappen über und über betreßt waren, sowie von endlosen Reihen schwarzgekleideter Priester mit Kerzen in den Händen; danach, ähnlich einem Baum in einer Bärengrube, ein mächtiges, knorriges Kreuz, das ein Herkules aus einer Ordensbruderschaft ächzend und schwitzend auf seinem Bauch balancierte; sodann, unter einem Baldachin, zwischen Prälaten in Gold und Seide und von einem Kind im Engelskostüm beweihräuchert, das Allerheiligste; und schließlich, am Ende des Zuges, das Zuckerbäckerstück der Zeremonie: eine ganze Kapelle, ein Altar, auf dem ein von sieben Schwertern durchbohrtes Blechherz schimmerte – ein Machwerk, das Seile und sechzehn Männerschultern – es waren sechzehn, ich hab' sie gezählt – nur mit Mühe zu tragen und aufrecht zu halten vermochten. Und die Musik, überall, wo die lange und gemessene Prozession anhielt! Wenn Du wüßtest! Ein wahres Jahrmarktgedudel. Trompetengeschmetter und Morgenständchen zu Ehren des Kreuzes – von Paukenschlägen übertönt ... Und dann, gleich darauf, das Entzücken, der schwärmerische Taumel, das Geschrei und die Frömmigkeit dieses seligen Pöbels ...! Wie Dir all das beschreiben? Dazu bedürfte es einer andern Feder als der Deiner Schwester ...

Du hättest vielleicht vor dieser lächerlichen und barbarischen Huldigung gelacht; ich habe nicht gelacht, ich weiß nicht warum. Je länger der Vorbeimarsch dauerte, desto stärker packte mich ein trauriger Ekel und machte mich beklommen. Das Bild, das wir uns von einem Gott gemacht haben, paßte so gar nicht zu diesem hier, nicht wahr, mein Freund? Ich sagte mir: Und dennoch ist dies der Glaube unserer Zivilisation, aber ich sah darin nichts als einen wilden und rohen orientalischen Götzenkult, dem Volksauflauf der Inder zum Bild von Dschagannathpur* vergleichbar. Ich war betroffen, verletzt, in meinem Innersten erniedrigt angesichts einer so groben, ins rein Äußerliche getriebenen Versinnbildlichung, einer so platt vermenschlichten Symbolsprache. Ein eigentümlicher und verworrener, aber ein echter und schmerzender Eindruck, kann ich Dir versichern. Ich litt unter dieser empörenden Entwürdigung eines Kultus, der Entweihung eines Glaubens, den ich zwar nicht mehr teile, doch niemals der Beschimpfung ausgesetzt sehen wollte. Was sich da vor meinen Augen abspielte und in mir Gleichgültigkeit oder allenfalls Neugier hätte wecken sollen, kränkte mich, ohne daß ich mir diese Kränkung genau hätte erklären können. Wenn ich es mir jetzt überlege, will mir scheinen, ich sei in der hohen, feinsinnigen und zurückhaltenden Vorstellung verletzt worden, die jeder vornehm Gesinnte sich von den Beziehungen zwischen den Geschöpfen und einem Schöpfer macht. Doch wie auch immer, als ich durch den wieder leeren Corso zurückfuhr, machte ich mir allerhand Gedanken darüber und fragte mich, ob eine sogenannte Religion in diesem Land – und möglicherweise überall – nur mit einem derartigen Aufwand an Requisiten, Theatralik, gemeiner Alltäglichkeit und Muskelkraft machbar sei!

... Hin und wieder fällt mir eine katholische Zeitschrift in die Hand, auf die ich dann einen Blick werfe. Leute unseresgleichen werden darin schonungslos behandelt. Neulich habe ich in dem Blatt gelesen, Freidenker und Philosophen seien von Orang-Utans gezeugt worden ...»

XIII

Nach dem Mittagessen pflegte das Kind die Mutter um die Hüften zu fassen und zum Klavier hinzuziehen, und mit flehendem Gesichtsausdruck und den bittenden Gebärden seiner zarten Händchen nötigte es sie richtiggehend, sich an das Instrument zu setzen. Dicht an sie geschmiegt, den Kopf zwischen Wange und Schulter der Mutter, hörte es zu, folgte der Bewegung ihres geliebten Körpers und nahm so an der Musik ihrer Finger auf dem klingenden Instrument teil.

«Noch mehr? Soll ich weiterspielen … ?»

Auf den Kuß seiner Mutter, die sich ihm zugewandt hatte, bejahte der Knabe mit einem Nicken und seinem Blick. Sprachbehindert und beschämt darüber, daß er nur abgerissene, verstümmelte Worte über die Lippen brachte, versuchte er alles, was er konnte, durch sein lebhaftes Mienenspiel, seine warmen und regen Blicke, durch die Gebärdensprache seiner Gefühle auszudrücken; und so teilten sich seine Eindrücke, Wünsche, Bitten und die Geheimnisse seines verborgenen und verschwiegenen Daseins seiner Mutter durch Berührungen und Liebkosungen mit, ihrem Arm entlang bis hinauf zum Hals, im kurzen, leichten Anpressen seiner Finger, als spielten sie auf ihr bald hier, bald dort ausdrucksvoll Klavier.

«So sprich doch, mein träger Liebling», sagte die Mutter immer wieder zu ihm, doch fast im selben Augenblick fühlte sie schon seinen Mund auf dem ihren, und so wandte sie sich traurig wieder der Klaviatur zu.

Pierre-Charles war durch eine gewaltsame Entbindung zur Welt gekommen; eine Eisenzange hatte ihn ins Leben gezerrt, und dabei war sein zarter, kleiner Schädel durch das fühllose Gerät hart angepackt und zusammengedrückt worden. In einem Alter, wo Kinder zu sprechen anfangen und ihre Mütter auf dieses Ereignis warten, vernahm Pierre-Charles' arme Mutter zu ihrem unverhofften Leidwesen diese Kindersprache auf den Lippen seines von Klugheit geprägten Gesichtes nicht; die seine war so verworren, schlecht artikuliert und schwer verständlich, daß es ihr lange Zeit lieber war, wenn er in Gegenwart Fremder gar nicht sprach. Sie wartete zu, vertraute auf die Zeit, auf einen jähen Durchbruch, eine unbestimmte Vorsehung, gab aber allmählich, als sie sah, daß es so bleiben würde, die Hoffnung auf.

Als er größer wurde, zeigte ihr Sohn jedoch, trotz seines kümmerlichen Denk- und Sprechvermögens, eine seltene und besondere Gabe, eine wirkliche Anlage zum musikalischen Wunderkind mit seinem frühreifen Vermögen, alles, was er hörte, zu erfassen, zu verstehen, im Gedächtnis zu behalten, auszukosten und zu genießen. Die Musik wurde seine Leidenschaft, sein Vergnügen, seine Lieblingsbeschäftigung, ein Mittel zur Entfaltung seines beengten und behinderten Lebens; und schon vor ihrer Übersiedlung nach Italien hatte sie dem Kind keine größere und fieberhafter erwartete Freude machen können, als wenn sie es jeden Dienstag in die Oper mitnahm. Den ganzen darauffolgenden Tag verbrachte Pierre-Charles dann damit, hinter der verschlossenen Tür des Ankleidezimmers beharrlich alle wichtigen Melodien des Abends rhythmisch an die Fensterscheiben zu trommeln.

Ganz Musik und Herz war dieses Kind – ein großes Herz, in das alles zurückflutete, was es sonst entbehrte. Und so liebte es denn, von Freude und Glück erfüllt, mit einer unerwarteten Feinheit und Zartheit, einer erfinderischen Anhänglichkeit und wunderbaren Kunst des Kosens. Der Knabe besaß ein vorzügliches Gespür, das angeborene Vermögen aller Unglücklichen seinesgleichen, Menschen zu erkennen, die es gut mit ihm meinten; und wenn er von seinem Fenster aus jemanden auf das Haus zutreten sah, der ihm gütig und liebenswert vorkam, lief er ihm beim Klingelzeichen entgegen und stürzte schon im Vorzimmer in einem fiebrigen Aufwall von Freude auf ihn zu, hüpfte wie närrisch auf beiden Füßen umher und schrie sich heiser: «Pierre-Charles froh, froh, froh . . . !» Dann hängte er sich mit heißer Hand an die der Dame oder des Herrn, öffnete den Salon der Mutter, blieb mit glückstrahlenden Augen auf einem Kissen am Boden dicht neben dem Besucher oder der Besucherin sitzen und folgte, während die andern plauderten, jedem ihrer Worte. Und wenn der Besucher aufstand, wollte er ihn nicht gehen lassen, hielt ihn zurück, klammerte sich an ihn und verstellte ihm mit seinem kleinen Mut der Verzweiflung den Weg, um den Aufbruch zu verhindern. Waren die Leute willkommene und liebe Freunde, so nahm er gleich ihre Stimmen wahr; waren sie traurig, so umfing er sie mit seinen überströmenden, stummen Gefühlen, warf ihnen milde Blicke zu und beschaute sie mit einem fragenden Gesicht, das zu verstehen schien. Er erhaschte das leiseste, flüchtigste Mienenspiel seiner Mutter oder Honorines; und dieses löste dann in ihm selber Glück oder Kummer aus. So leicht beeindruckbar war dieses kleine und allzu weichherzige Wesen, daß ihm sofort Tränen in den Augen standen, wenn seine Mutter im Gespräch mit ihm die geringste Spur von Ungeduld oder Ärger durchschimmern ließ.

Nicht nur Menschen, auch Dinge, die ihm Freude, Spaß und Vergnügen machten, zog er magnetisch an: Er küßte die Spielsachen, mit denen er sich unterhalten hatte.

XIV

Bei der Zufahrt zur Fontana Paolina, auf dem steilen, von Kapuzinern und Futtergras tragenden Eseln gemächlich begangenen Weg, dort, wo drei Sturzbäche, tosend wie Katarakte, die Acqua Traiana auf eine Terrasse am alten Gianicolo ergossen*, ließ Madame Gervaisais eines Nachmittags, spät im April, ihren Wagen anhalten, über der großen Stadt, die sich am Fuße des Hügels in eigentümlicher Beleuchtung weithin erstreckte und verlor.

Im verhangenen Licht der fünften Nachmittagsstunde und unter einer drückenden, lilafarbenen Wolke mit weißem Kamm zog sich, jenseits der Engelsburg, eine grünende Landschaft hin, mit zwei rundlichen Erhebungen, ähnlich den Tumuli begrabener Völker; zu ihrer Rechten, über dem

Palatin, das stumpfe Blau der Hügelwellen, hinter denen sich Albano verbarg; vor ihr die weite, überbaute Ebene, die unermeßliche Fläche Roms, ein Chaos und eine Welt aus Stein, eine Anhäufung, ein Gedränge, ein Durcheinander und Übereinander von Häusern, Palästen und Kirchen, ein Wald von Bauten, aus dem Firste, Glockentürme, Kuppeln, Säulen und Statuen ragten, verzweifelt in die Luft stechende Stummel von Ruinen, die Nadeln der Obelisken, bronzene Caesaren, die Schwertspitzen von Engeln – dunkle Formen vor dem hellen Himmel.

Ein weiträumiges, wie ein Amphitheater gestuftes Schaubild war diese Hauptstadt Gottes, von ihren sieben Hügeln getragen und auf diese geschichtet und über Treppen von Monumenten und Grundfesten von Tempeln zu jener schönen, akropolischen Silhouette emporstrebend, die sie begrenzt, umreißt und am Horizont thronen läßt.

Eine reglose, stumme Feierlichkeit, die Größe des Todes, eine versteinerte Ruhe, der Schlummer einer durch Zaubermacht eingeschläferten oder durch die Pest entvölkerten Siedlung lasteten auf dieser leblosen Stadt mit ihren leeren Fenstern, rauchlosen Schornsteinen, der Stille ohne das Raunen geschäftigen und emsigen Tuns, die nur im Minutenrhythmus durch irgendein Glockengebimmel unterbrochen wurde. Doch war es der Himmel, der alles durch sein mattgrau verdecktes Licht verblassen ließ, er überstaubte die moosigen Dächer und die verwitterten Mauern und hüllte das gelb- und blaßfarbene Rom in einen Ton, der Madame Gervaisais an Bilder afrikanischer Landschaften gemahnte, die unter Wolken aus Wüstensand erstickten.

Sie schaute eben aus ihrem stillstehenden Wagen in die Runde, als eine Kutsche die ihre kreuzte. Ein Mann entstieg ihr, kam auf sie zu und sagte mit einer liebevollen Gebärde der Überraschung: «Sie, Madame ...? Sie? In Rom ...! Und nicht ein Wort an den Palazzo Colonna ...? Es wäre mir eine Ehre gewesen, Ihnen meine Aufwartung zu machen ...»

«Mein werter Herr Botschafter, ich war bei meiner Ankunft so krank und leidend, daß ich bis jetzt noch keine Besuche gemacht habe. Ich wollte mich hier zuerst ein wenig einleben, mich etwas zurechtfinden, bevor ich Besuche mache ... Und seien Sie versichert, daß mein erster Besuch Madame de Rayneval gelten wird ...»

Monsieur de Rayneval verneigte sich.

«Wo wohnen Sie?»

«Piazza di Spagna. Ecke Via delle Carrozze.»

«Dann ist es aber recht mutig von Ihnen, heute auszugehen ... Es herrscht ja ein scheußlicher Scirocco.»

Er deutete auf die graue Wolke über der Stadt.

«Ach! Der Scirocco ist es also. Das ist es, was ich seit heute morgen verspüre ... eine Schlaffheit, eine Art allgemeinen Unbehagens ...»

«Nun ja! Darf ich Ihnen raten heimzukehren, Madame? Sogar mir altem Römer» – bei diesen Worten lächelte er – «setzt dieser böse ‹bleierne Wind›, wie ihn schon Horaz nennt, noch immer zu.»

Und den Blick zu Pierre-Charles wendend, bemerkte er: «Ich erinnere mich an Ihren Jungen von

Paris her... Aber inzwischen ist er noch schöner geworden.»

«Adieu. Auf Wiedersehen, werter Herr Botschafter. Richten Sie bitte Madame de Rayneval meine herzlichen Grüße aus.»

Dann fuhr ihr Wagen im langsamen Schritttempo der Pferde den Weg von Montorio wieder hinunter.

XV

Am folgenden Tag fehlte ihr der körperliche Wille auszugehen, und so blieb sie bis zum Abend entkräftet auf ihrem Kanapee liegen. Da sie sich tags darauf noch matter fühlte, ließ sie auf das Drängen und Bitten Honorines den Arzt holen, welchen Monsieur Andral den Frauen empfahl, die er nach Rom schickte, den aufzusuchen sie aber wie so viele Kranke von Tag zu Tag mit dem Wort «morgen» aufgeschoben hatte.

Es war der berühmte Fremdendoktor, der einzige, der den prüden Engländerinnen der Piazza di Spagna sagen durfte: «Favorisca il polso»*; ein liberaler, revolutionärer Parlamentsabgeordneter von 48, hatte er Wien, London und Paris besucht; er war ein Gelehrter, Sammler von Altertümern, handelte mit Statuen und Bildern, war ein Erzähler von Anekdoten, ein wendiger Plauderer und schlauer Römer, der alles, was er anordnete, berichtete oder beseufzte, mit dem ewigen Kehrreim «Was wollen Sie? Wir leben unter der Priesterherrschaft!» beschloß – ein Wort, in das die ganze Lebensweisheit und Langmut seiner Landsleute eingeflossen war und das man unbedingt von ihm auf italienisch hören mußte: «Che volete? Siamo sotto i preti!»

Er erschien, und während er, ohne Platz zu nehmen, mit der Kranken von einer prächtigen Coltellata* sprach, die er soeben im Spital der Consolazione behandelt hatte, vom Vatikan, vom Maler Camuccini, vom gesundheitlichen Tribut, den die Fremden dem hiesigen Klima zu zollen hätten, von dem «verteufelten» Wetter, das seit einigen Tagen herrsche, sowie von tausend andern Dingen, zapfte er ihr, fast ohne daß sie es merkte, ein wenig Blut ab.

Dabei war das Unwohlsein, das Doktor Monterone – so hieß er – so leicht hinnahm, ernster, als er geglaubt hatte. Madame Gervaisais mußte zwei, drei weitere Male zur Ader gelassen werden. Mehrere Tage erfüllte sie Honorine mit den schlimmsten Befürchtungen. Und als sie wiederhergestellt war, blieb sie noch einige Monate äußerst schwach.

Während der ersten, bangen Tage verharrte Pierre-Charles, reglos wie ein Stein, auf seinem niedrigen Sessel zu Füßen seiner Mutter, den Blick auf den ihren gerichtet. Wenn Honorine ihn zum Essen oder Schlafen holte, gehorchte er murrend; die ganze übrige Zeit verbrachte er auf demselben Fleck, die Augen nicht von der Mutter lassend und voll des fassungslos traurigen Mitleids, das Kinder beim Anblick des Leidens ergreift.

«Nun, Honorine», sagte Madame Gervaisais eines Abends, als sie sich zu erholen begann, «was gibt es Neues im Hause? Hat man ein bißchen nach meiner Krankheit gefragt?»

«O ja, Madame ... vor allem die beiden netten Damen, die hier wohnen ... Madame würde ihnen eine große Freude bereiten, wenn sie sie einlüde, sobald sie sich stark genug fühlt. Auch die Botschaft hat sich fast täglich nach Madame erkundigt ... Ach ja! Auch ein Herr ist häufig vorbeigekommen ... ein Herr ... ein Auditor ... der ... der ...»

«Der Rota ... Ach, der gute Flamen. Er hat mich nicht vergessen ... Und dabei hatte ich ihn nicht einmal von meiner Ankunft hier benachrichtigt ...»

Es trat eine kurze Stille ein.

«Und er ...», fuhr dann Honorine fort und zeigte auf den Knaben. «Weiß Madame nicht, was er während Madames Leiden tat? Nun, jeden Morgen nahm er ein Blatt Papier von Madames Schreibtisch ... Und darauf kritzelte er etwas ... Und dann mußte ich es in einen Umschlag stekken ... Auf diesen klebte er eine Menge Oblaten, die aussahen wie die Marken, die er auf Madames Briefen aus Frankreich gesehen hat ... Und dann ... wahrhaftig, Madame ... mußte ich die Anschrift ‹An den lieben Gott› darauf setzen ... Und er gab keine Ruhe, bis ich den Brief draußen auf dem Platz in den Kasten gesteckt hatte ... Er schaute mir vom Fenster aus zu ... Ich mußte so tun ... Jawohl, Madame ... er schrieb dem lieben Gott, er möge seine Mama nicht sterben lassen ... Ach! Der Liebling! Die andern wollen es nicht sehen, und doch, wie blitzgescheit er eigentlich ist!»

Das Kind hörte Honorine mit unruhigem Blick

zu, den Kopf vorgestreckt, um besser zu hören, schüchtern und verwirrt, voll ängstlicher Aufmerksamkeit, wie immer, wenn von ihm die Rede war... Madame Gervaisais schloß ihn in die Arme, drückte ihn nervös an die Brust, und zwei Tränen rollten langsam auf seinen Kopf.

Sie dachte an diesen armen Engel; wenn sie nun gestorben wäre und er sie nicht mehr hätte? Ein Schmerzenskind, mühevoll auf die Welt gezerrt – was sollte aus ihm allein und ohne Mutter werden, aus einem so empfindsamen Geschöpf des Leidens und der Zärtlichkeit, das sich fast nur durch seine Tränen und Küsse ausdrücken konnte und nur dazu geschaffen war, zu lieben und geliebt zu werden? Wie sollte er leben können, dieser unglückliche, kleine Märtyrer der Liebe? Ein jäher Schrecken befiel sie beim Gedanken an die Leiden und Qualen, die dieser unschuldigen, gebrechlichen und aller Waffen des Verstehens und der Abwehr entbehrenden Seele warteten, und so dachte sie denn lange über sich selbst nach. Schließlich raffte sie sich auf, mit dem Willen, ja fast dem Gelübde, nicht zu sterben; sie sprach sich das Recht dazu ab. Sie gehörte zu jenen Müttern, die die Ihren nicht im Stich lassen, und dieses Kind gebot ihr, zu leben und auszuharren.

XVI

Als Madame Gervaisais sich wieder ganz bei Kräften fühlte, war der Sommer schon zu weit vorgerückt, um aufs Land zu ziehen und in Frascati oder Tivoli ein Haus zu mieten. So lebte sie denn wieder wie vorher, freilich noch etwas häuslicher und zurückgezogener, verborgen im Schatten ihres Zimmers, im erholsamen Halbdunkel der verschlossenen Läden. Sie ging fast nur noch abends aus, nach Sonnenuntergang. Dann ließ sie ihren Wagen im Schrittempo in die Reihe der Fahrzeuge einschwenken, die über den Corso rollten, vom Pincio zum Palazzo Venezia und vom Palazzo Venezia wieder zum Pincio; ihr dösendes Kind neben sich, lebte sie in diesem Dahingleiten der Pferde, Gefährte und geputzen Leute wieder auf. Noch etwas matt von der überstandenen Schwäche, in den schwankenden Träumereien ihres leicht wippenden Kopfes und ihrer kaum genesenen Phantasie, gab sie sich dem eigenartig poetischen, von verhaltener Trauer erfüllten Zauber der italienischen Dämmerung hin, dem Reiz dieses müßig zaudernden Einnachtens, das hier langsamer geschah als unter nördlichem Himmel. Die Bläue über ihr entfärbte sich, wurde dem nächtig fahlen Tiefblau der Gletscher ähnlich. Rings um sie, als schwänden ihr die Sinne, legte sich Leichenblässe auf die Farben, das Goldgelb der Quader und das Rot des Backsteins. Der letzte Schimmer in diesem unaussprechlichen Absterben ähnelte, wie die Helle eines Mondaufgangs, dem engelhaften Licht zur Stunde des Angelus. Ein matter Abglanz des Himmels huschte über die Gesichter, die nicht mehr die Gesichter des Tages waren; er hüllte einen kleinen Zug von Waisen ein, die wie gespenstische, kleine und ganz in Weiß gehüllte Priester erschienen, deren Rocksäume sich bereits in den vom

Straßenpflaster und den Stufen der Paläste emporblauenden Schatten verloren. Zu beiden Seiten des Corso verschwammen die Umrisse der Prunkbauten, der Häuser und der Spaziergänger; sie tauchten alle ins Ungewisse und verschwanden. Roms Geisterstunde, wo die Wirklichkeit sich scheinbar aus allem zurückzieht, das Leben sich verflüchtigt, die Gedanken nirgends mehr ruhen und ihren Halt verlieren und wo sich der Seele wie auch den Augen Gesichte auftun ... Und im Weiterfahren wähnte Madame Gervaisais, ihre lange Spazierfahrt ende in einem von Fledermäusen durchflatterten Traum.

XVII

Den glutheißen August – den man in Rom so sehr fürchtet, daß die Ober in den Cafés, wenn er bevorsteht, zum Dank für ihre Trinkgelder einen angenehmen August wünschen –, diesen Monat verbrachte Madame Gervaisais ohne allzu große Beschwerden und Langeweile; von der Monotonie völliger Abgeschiedenheit bewahrten sie, als angenehme Unterbrechung ihrer Lektüre, die täglichen Besuche zweier Männer: die ihres Arztes, der regelmäßig zwei Stunden bei ihr verplauderte, und die eines alten Freundes aus Frankreich, der nicht minder eifrig und nicht weniger lange bei ihr vorsprach.

Doktor Monterone machte es stets wieder Spaß, sich mit ihr, wie es eben kam, über dies und jenes zu unterhalten, wobei er den Worten oft mit Gebärden nachhalf, ja sogar Possen riß und so römische Skepsis mit urkomischer Ironie würzte. Auf irgendeine Nachricht hin, ein Gerücht des Tages oder ein Stichwort konnte er etwa loslegen: «Der rote Papst ... Na, ja! So wird er hier genannt: der rote Papst ...»

Worauf er in einen unerschöpflichen Redeschwall ausbrach: «Wie, das wußten Sie nicht? Wir haben drei Päpste hier in Rom: den weißen, unsern hochwürdigen Heiligen Vater; den schwarzen, den Jesuitengeneral; und den roten, Monsignore Antonelli*. Und ja, da kommt mir wieder in den Sinn, was er mir neulich erzählt hat, eine Geschichte aus seiner Jugend ... Eines Tages – er war damals noch nicht der Monsignore, der er heute ist – kam er bei einem Gang durch den Vatikan vor die Tür des Archivs ... Sie stand offen ... Er tritt ein ... Der Archivar läßt ihn vorbeigehen, umherschreiten, sich umsehen, die Schränke öffnen ... Am nächsten Tag hatte er eine Audienz bei Gregor XVI. Im Gespräch mit dem Heiligen Vater läßt er die Bemerkung fallen: ‹Heiligster Vater, die Schränke im Archiv sind höchst bemerkenswert. Die Glasscheiben dagegen sind in einem sehr argen Zustand ...› – ‹So seid Ihr also hineingegangen! Ihr seid ins Archiv getreten und habt in die Schriften geguckt ... ?› – ‹Ja, Heiligster Vater. Die Tür war offen ...› – ‹Und Ihr wagt es ... Wißt Ihr denn nicht, mein Sohn, daß Ihr nun exkommuniziert seid?› – ‹Mein Gott!› – ‹Faßt Euch ... Zur Buße lasse ich Euch auf Eure Kosten alle fehlenden Scheiben ersetzen ...› Oh, an Witz fehlt es unsern Päpsten nie. Ja, unser Pius IX. zum Beispiel ... So bieder er aussieht, geschliffen reden kann er! Ich hatte bei ihm eine Audienz für einen Musiker erlangt, der gerne den Sylvesterorden erhalten hätte. Wissen Sie, was der Papst zu ihm gesagt hat? ‹Wendet Euch an meinen Amtsbruder, an Apollo ...› – Und nach seinen Beratungen mit Rossi* ... dem armen Rossi, den ich als Sterbenden im Palazzo della Cancelleria habe in meinen Armen auffangen können; denn ich bin's ... Wissen Sie, was unser Heiliger Vater sagte, nachdem sein Minister draußen vor der Tür war? ‹Ich habe eben die Worte des Professors gehört; er hat mich darüber aufgeklärt, was möglich und was unmöglich ist.›»

Dann langte der Arzt nach den Rosenkränzen auf dem Tisch, die Madame Gervaisais gekauft hatte, um sie als Geschenke nach Frankreich zu senden. «Aus dem Laden der Madame Rosa, der berühmten Coronara der Minerva? Übrigens eine Landsmännin von Ihnen, eine Französin, eine Frau, die über alle Machenschaften im Vatikan Bescheid weiß ... Was eine Regierung nicht alles wüßte, wenn sie eine Frau wie diese in der Hand hätte ...» Dann brach er seinen Satz jäh ab und fuhr weiter: «Zum Beispiel, daß wir unter den Neuernannten einen Kardinal haben, der nichts anderes tut, als auf seinem Jagdhorn blasen ... so heimlich, als er es kann ... Hier weiß man im Grunde alles ... Letzten Donnerstag war ich auf der Botschaft Ihres Landes zum Abendessen ... Ich mache eine ungeschickte Bemerkung. Da meint der Botschafter zu mir: ‹Oh, hier können Sie alles sagen, Herr Doktor ... Ich bin meiner Leute sicher: Die eine Hälfte gehört zur Regierungspolizei, die andere zur Revolutionspartei ...!› Che volete? Wir haben hier eine Gemeinschaft adeliger Mönche: Alle beklagen sich über die Makkaroni, und es stimmt; man versteht sie nicht mehr zu machen ... Und was sagen die Leute? – ‹Che volete? Siamo sotto i preti!› Die Priester! Die Priester! In der Osterwoche, Madame, erstellt der Kirchgemeindepfarrer in den Theatern die Lista delle anime, er zählt die Seelen ... Können Sie sich das vorstellen, während einer Probe? Das Verzeichnis der künftigen Kommunikanten liegt auf den Bühnenbrettern, und dazu die ganze Truppe, der Souffleur, der Lampenanzünder und die Tänzerinnen. Die Tänzerinnen, die sich auf den Geistlichen stürzen, um ihm die Hand zu küssen, und die ihn ‹Padre curato› nennen! Und *er* sagt zu ihnen: ‹Laßt euch nicht stören!› Dann setzt er sich hin und schaut sich eine Ballettszene an ... Im übrigen gleichen *unsere* Tänzerinnen denen Ihrer Opéra nicht ... Die Ferraris betritt die Bühne immer erst nach einer kurzen Anrufung und nachdem sie ein Amulett geküßt hat ... Und von der Fuoco wird erzählt, man habe sie gefragt, wie sie es anstelle, um auf einem so schlecht gekehrten Fußboden nicht hinzufallen, worauf sie erwidert habe: ‹Oh, es gibt Augenblicke, wo einen offenbar Gott unterstützt!› Und so gar nicht auf Gewinn bedacht sind sie, die unsern ... Nehmen Sie als Beispiel einen Ausspruch jüngsten Datums; er wurde letzte Woche an einen Bevollmächtigten der Botschaft Ihres Landes gerichtet. Dieser kannte hier eine Ballerina und entschuldigte sich dafür, daß er ihr noch keine Geschenke gemacht hatte. Da verfiel sie auf die herrliche Antwort: ‹Wenn Ihr mir welche gemacht hättet, wären es bestimmt sehr schöne gewesen...› Hat man Sie übrigens noch nicht dazu bewogen, Madame, unserem schönen Pericolante-Verein beizutreten...? O ja, gefährdete junge Mädchen und junge Frauen! Wie, Sie haben noch nie davon gehört? Eine großartige Einrichtung! Eine ‹gefährdete› Frau spricht bei dieser ausgezeichneten Vereinigung vor und sagt: ‹Ich bin brotlos. Man bietet mir als Hilfe zwei Taler an...› Da verlangt die Vereinigung einen Beweis, einen Brief... Die Frau bringt den Brief mit den beiden ihr angebotenen Talern... und...»

«Und...?»

«Nun, sie streicht insgesamt vier Taler ein.»

Der alte Freund aus Frankreich, den Madame Gervaisais in Rom wiedergefunden hatte, Monsieur Flamen de Gerbois, war ein ganz anderer Mann und Gesellschafter. Er brachte ihr sein Mitempfinden entgegen, sprach ernst und liebevoll mit ihr, als ein im Laufe seines Lebens Gebrochener; er ließ sie seine schwermütig edle Denkungsart erkennen, die Wesenszüge seiner geistigen Großzügigkeit, seiner Seelengröße und eines aus duldsamer Barmherzigkeit und unendlicher Güte gewirkten Glaubens.

In Frankreich verheiratet und Vater zweier Töchterchen, die oft mit Pierre-Charles gespielt hatten, war er, veranlaßt durch den Tod seiner innig geliebten Frau, einer Ordensgemeinschaft beigetreten, und seit zwei Jahren übte er nun in Rom als Vertreter Frankreichs das Amt eines Auditors der Rota aus, in jenem Kirchengericht, der

Instanz für kanonische und weltliche Angelegenheiten, Asylum justitiae, das im achtzehnten Jahrhundert hoch angesehen war, nun aber fast nichts mehr galt, und in dem eine bedeutende Persönlichkeit zur Nutzlosigkeit verkümmerte, mit der einzigen Aussicht auf ein Dekanat der Rota, das zum Kardinalspurpur führte.

Ein Mann gallikanischer Gesinnung, eng verwachsen mit den nationalen Traditionen und Lehren der Kirche Frankreichs und ein ehemaliger Freund Lamennais'*, gestand er Madame Gervaisais oftmals, wie tief ihn das betrübte und verbitterte, was er hier in Rom sah; Hofstaat und Politik waren hier ebenso blind wie an jedem andern Hof, der Haß und Neid der einen übertraf noch den Kleinmut der andern; aller Überlegenheit feind, hatten sie während des ganzen Jahrhunderts jeden wahrhaft großen, gläubigen Geist, jeden großen Kanzelredner, jedes Talent, jeden überragenden Denker, ja selbst die der Kirche verheißenen Ruhmesträger verfolgt, einen Lacordaire* verstimmt und mit seiner Redekunst in die Verbannung von Flavigny verstoßen und den Gläubigen von La Chesnaye* am Ende seines Lebens in den Atheismus getrieben.

So sprach Monsieur Flamen de Gerbois, den Blick auf die Kranke gerichtet, derweil er mit einer Hand das Kind streichelte.

XVIII

Wenn Madame Gervaisais jetzt zufällig tagsüber an Kirchen vorbeikam, wo die ledernen Türvorhänge noch nicht zum Nachmittagsgebet zurückgezogen waren, trat sie gerne ein.

Was sie anlockte und was sie hier suchte, war keineswegs eine religiöse Empfindung, das Nahen des christlichen Gottes in seinem Hause, wohl aber das Gefühl, an einem Hort der Ruhe, des ungestörten, stillen Wohlseins zu weilen, der ihr, wie ein Palast des Friedens, Rast und Gastfreundschaft bot. Aus den besonnten Straßen in die Frische und das Schlummerlicht des Goldes und der Bilder, schimmernder Glätte und taumelnder weißer Flecken zu treten, heiterte sie auf, als hätte sie in einem schattigen Eckchen das Wasserspiel des Generalife* erwartet. Und indem sie in dieser Stadt der Kirchen bald in die eine, bald in die andere trat, sie besichtigte und darin immer länger verweilte, erlag sie allmählich jenem Geschmackswandel, der dort alle Fremden ankommt, jener Begeisterung, die das Vorurteil und den Widerwillen der an gotische Kirchen gewöhnten Katholiken schwinden, ja sie beinahe Mitleid mit der steinernen Armut ihrer Kathedralen empfinden läßt; Madame Gervaisais ergab sich ihrer Liebe zum Marmor, dem Marmor, der alle Mauern mit eisigem Glanz und fließender Helle überzog und auf dessen köstlicher Glätte kosend das Tageslicht spielte, den Säulen und Pilastern entlang, um sich schließlich im Gewölbe in gebrochenen Strahlen zu verlieren. Und je länger sie in Rom lebte, desto mehr wurde es ihr zur Gewohnheit, die heißesten Tagesstunden in diesen Mauern aus geadertem, schimmerndem und an Kleinodien gemahnendem Stein zu verbringen, in der Kühle dieser mattrosa, mattgelb und mattgrün leuchtenden und zu einer Art Perlmutter verschmolzenen Farben, deren Schillern das ganze Prisma des Kirchenschiffs irisierte. Sie liebte es, sich unbeweglich und in reiner Betrachtung von dieser spiegelnden Helle umfluten zu lassen, in der die warme Pracht der Vergoldungen, die reich verzierten Wände und die prunkvollen Behänge sich zu verflüchtigen und in die vom Widerschein von Porphyr und Jaspis achaten durchstrahlte Luft aufzulösen schienen.

XIX

Im Petersdom gibt es eine herrliche, königliche Pforte des Todes*, einen Portikus aus schwarzem Marmor, auf dem sich schräg die vorstehenden Schienbeine eines vergoldeten Skeletts abheben; dieses zieht einen schweren Türvorhang hoch, der ihm erdrückend auf den Schädel fällt und sein Gesicht zu einer blinden Maske des Todes macht; über die Vorbeigehenden hält es mit knöchernen Fingerspitzen die Sanduhr der ewigen Zeit empor.

Bei einem ihrer nachmittäglichen Kirchenbesuche trat Madame Gervaisais durch dieses Tor der basilikalen Sakristei, als sich vor ihr eine Kapelle zeigte, die sie bislang noch nie beachtet hatte, eine unter den zahllosen zur Peterskirche gehörenden Kapellen. Unwillkürlich blieb sie vor den dreizehn

Beichtstühlen stehen, die sich wie die Ohren und Münder der christlichen Buße ausnahmen, für alle Sprachen der katholischen Welt bestimmt, mit den entsprechenden Anschriften auf ihrer Stirnseite:

Pro Gallica lingua
Pro Graeca lingua
Pro Hispanica lingua
Pro Lusitana lingua
Pro Anglica lingua
Pro Polonica lingua
Pro Illyrica lingua
Pro Flandrica lingua
Pro Germanica lingua
Pro Italica lingua

Gebannt, doch ohne zu wissen weshalb, verharrte sie davor und buchstabierte sich durch dieses weltumspannende Latein, dann drehte sie sich um zu ihrem Sohn, der sie am Ärmel gezupft hatte; im lichthaften Blau, oben, im strahlenden Gewölbe zeigte ihr das Kind über dem Baldachin die in Gold geschriebenen Worte: «Tu es Petrus et super hanc petram aedificabo ecclesiam meam», Worte, die in jenem Augenblick wie in feurigen Lettern auf dem Bandgesims der Kuppel brannten.

XX

Mit dem Nahen des Herbstes und dem Erstarken ihrer Gesundheit weitete Madame Gervaisais ihr eng begrenztes, einsames, ja fast klösterliches Dasein zu einem wieder etwas offeneren und gesellschaftsfreundlicheren Leben.

Sie mietete ihren Wagen für einen Monat und stellte einen jener italienischen Diener ein, die, zu allem tauglich, die Küche besorgen und in ewig gleichem, buntem Hemd unter einem schwarzen Anzug hinten auf dem Wagen stehen. Und zur Eröffnung ihrer Besuchsreihe übermittelte sie der Prinzessin Liverani ihr Empfehlungsschreiben.

Eine Zeitlang hatte sie sich mit dem Gedanken getragen, eine größere Wohnung zu suchen, doch eine mitleidige Regung für ihre redlichen Vermieterinnen brachte sie davon ab; diese lebten kärglich vom Verkauf der Neuabzüge eines alten Stadtplans von Rom, dessen Druckplatte sie geerbt hatten. Und zudem: Hätte Madame Gervaisais anderswo eine so unaufdringliche Nachbarschaft wie die dieser Frauen gefunden, die sich lediglich zeigten, wenn sie krank war, sonst aber den ganzen Tag in ihrer halbdunklen und stillen Kammer verbrachten, mit einem stummen Hund, dem Ticken einer Wanduhr und Blumensträußchen in Trinkgläsern, im Frieden eines bescheidenen Glücks, den nur in großen Zeitabständen das jeweils lange erwartete, wichtige Ereignis des Besuchs einer alten Tante unterbrach?

XXI

An mehreren Abenden speiste Madame Gervaisais bei der Prinzessin Liverani, die ihre Gäste zu sonderbaren und vergnüglichen Mahlzeiten lud.

Auf der Tafel stand stets eine Schale mit Blumen – dem lieblich aufgeblühten Saatgut der Osterwoche, das man das ganze übrige Jahr weiterpflegte –, keine Weinkaraffe, dafür aber ein großes Gefäß aus Bergkristall, ein prächtiges Kunstwerk aus Familienbesitz, in das der Triumph der Amphitrite eingeschliffen war und das die Geladenen vom einen zum andern weiterreichten; zwischen den Schüsseln lag das alte Hausbuch, in das seit Generationen der jeweilige Koch täglich die Speisenfolge des Mittag- und des Abendessens eintrug, während die übrigen Seiten voll von Anmerkungen, Daten und Hinweisen auf Familienereignisse waren, zu denen frohgelaunte Gäste noch allerhand Bemerkungen, Karikaturen und Zeichnungen beizusteuern pflegten – so nahm sich diese Speisetafel aus, wozu noch, bald singend, bald sprechend, bald lachend, die Stimme der Prinzessin kam. Als echte Italienerin war sie sehr empfänglich für die Schönheit Pierre-Charles' und setzte ihn deshalb stets neben sich, ohne Rücksicht auf die erwachsenen Gäste. Die Stummheit des Kindes kümmerte sie nicht; sie ergötzte sich an seinem Anblick.

Nach dem Abendessen verweilte die Prinzessin ein wenig in einer kleinen Galerie, deren Pilaster mit Spiegelglas verkleidet und mit Akanthusblattmustern verziert waren, während die blauen Türen vergoldete Leisten hatten und der Boden mit violetten und gelben Steinchen ausgelegt war – ein angenehm kühler und durch zwei Fenster belüfteter Raum mit Blick auf Lauben aus Rosenbäumchen, auf denen sich wie in Dolden riesige Blüten entfalteten. Müde, sich mit ihrer hohen Gestalt, den abfallenden Schultern und dem langen Hals aufrechtzuhalten, folgte die Prinzessin dort mit halbem Ohr, zerstreut und scheinbar nur durch ihr Lächeln ihre Aufmerksamkeit verratend, dem abgehackten Geplauder der kleinen Gästerunde, auf deren Sesseln in Stickereiarbeit die christlichen Tugenden dargestellt waren. Und manchmal stockten die Worte. In der Unterhaltung entstanden Ruhepausen, wie jene, in denen man still ein Sorbett kostet. Immer wieder gab es diese für italienische Salons bezeichnenden Augenblicke des Schweigens, wo man die Zeit sich selbst überließ und glücklich lauschte, wie sie zerrann.

In diesem geschlossenen, den Fremden verwehrten Kreis, der seine Exklusivität nach römischer Aristokratensitte streng hütete, verkehrten abends nur wenige Menschen. Die ganze Gesellschaft bestand aus einem hiesigen Maler, einigen unter sich verwandten oder verschwägerten italienischen Fürsten, jungen Basen mit zarten, an eine Herodias Leonardo da Vincis gemahnenden Zügen sowie zwei zu den Stammgästen des Hauses zählenden Kardinälen, die jeweils wie zwei alte Markgrafen lässigen Schrittes eintraten, ihre Hüte mit den roten und goldenen Kordeln unter den Arm geklemmt. Sie ließen sich auf ihren angestammten, großen Lehnstühlen nieder, in unmittelbarer Hörweite der Prinzessin, und sprachen dann nach Priester- und Diplomatenart in jenen unvollendeten Sätzen, die ihren Abschluß in einem Gesichtsausdruck, einem Mienenspiel, manchmal in einem jener bösen Blicke fanden, wie sie nur römischen Prälaten eigen sind. Und nachdem die beiden Porporati mit ihren Hüten eine Zeitlang ihre purpurbestrumpften Waden betätschelt hatten, standen sie bald wieder auf, grüßten und verschwanden.

XXII

Der Winter war gekommen. Madame Gervaisais' Gesundheitszustand blieb so gut, daß sie weiterhin fleißig den Salon Liverani besuchen und gelegentlich noch bei zwei, drei andern großen Damen Roms aufkreuzen konnte, die damals hoch im Kurs standen und deren Kutschen, wenn sie auf der Terrasse des Pincio anhielten, augenblicklich von einem Schwarm von Verehrern umringt wurden.

Sie nahm nahezu regelmäßig an den Diners der Botschaft und den Empfängen in der Villa Medici teil, wo die musikalischen Soireen jedes Jahr talentierte junge Menschen vereinten, in denen sich bereits bedeutende Komponisten ankündigten.

Oft nahm sie Pierre-Charles in die Oper oder ins Apollo-Theater mit, wo er besonders glücklich war. Und als der Karneval, il Santissimo Carnevale, kam, führte sie den reizenden, als kleiner französischer Gardist kostümierten Jungen während dreier Tage durch den Freudentaumel des Corso, wo er, zuerst etwas verstört durch die Konfettischlacht, sich am letzten Abend voll ereiferte bei seinem Versuch, den andern ihre Moccoletti auszulöschen – jene kleinen Kerzen, die man sich gegenseitig mit dem Siegesschrei «Senza moccolo! Senza moccolo!» ausblies.

XXIII

Im vorangehenden Jahr war Madame Gervaisais nach ihrer Herreise aus Frankreich so ermüdet und schwach gewesen, daß sie den Osterfeiern in der Sankt-Peters-Kirche nicht hatte beiwohnen können. Doch diesmal, in der zweiten Heiligen Woche, die sie in Rom verbrachte, wollte sie sich davon unbedingt einen Eindruck verschaffen.

Am Palmsonntag befand sie sich, vorschriftsmäßig angetan mit schwarzem Kleid und einem schwarzen, durch ein silbernes Gänseblümchen festgesteckten Schleier, auf einer der großen, zur Rechten und zur Linken des Chors für die Damen aufgerichteten Tribünen. Zwischen eisernen Hellebardenspitzen, Helmen, goldenen Helmkämmen und weißen Helmbüschen fiel ihr Blick, wenn sie geradeaus schaute, über Reihen von Patriarchen, Würdenträgern in goldgewirkten Kaseln und über die Sitzreihen der Kardinäle hinweg, deren Gewänder diese in bauschigen Falten umflossen und deren wogende Schleppen die Träger zu ihren Füßen beinahe ertränkten, über die Gesandten, die Diplomaten in Gala und die Generalstabsoffiziere in der Paradeuniform ihrer Heere, über diese glanzvolle, aus ganz Europa stammende und oft mit Fürsten und Königen durchmischte eng gedrängte Versammlung hinweg; und erst ganz zuhinterst im Chor, in düsterem Rot, machten ihre Augen halt auf dem Papst.

Das verhaltene und weihevoll kühle Licht eines Märztages erhellte die Basilika, wobei die Sonnenstrahlen zwar an die ehernen Eingangstore prallten, von diesen aber abgewehrt wurden und den gelben Glorienschein des Heiligen Geistes, seinen Strahlenkranz im Farbfenster der Empore noch nicht erleuchteten: ein trübes, auch vom Violett der weiten Behänge gesättigtes Licht, das die Messe und die Halbtrauer dieses Sonntags mit purpurnem Trauerflor umwob.

Die unermeßliche Peterskirche lag in Schweigen. Hörbar waren einzig die Tritte der Menge, ein Schlurfen auf dem glatten Marmor, als ergössen sich darüber große Wassermengen. Da plötzlich erschallte die Hymne «Pueri Hebraeorum», im Gedenken an die Söhne Judäas, die dem Herrn entgegenkamen, ein Lobgesang voll jugendlicher Freude, ein Hosianna, das silbern durch die Luft drang, aufschwebte und sich in den hohen Gewölben verlor, ein fernes Verhallen, wie Kinderrufe im Echo der Berge.

Bei den ersten Lauten dieses Jubelgesangs setzte sich die immer gleiche und sich immer wiederholende Prozession dieses ganzen kirchlichen Hofstaats in Bewegung, um aus den Händen des Heiligen Vaters die Palmwedel entgegenzunehmen: die Kardinäle, die Patriarchen, die Erzbischöfe, die Bischöfe und ihre Stellvertreter, die Abtbischöfe, die Pönitentiare, der Gouverneur von Rom, der Kammerauditor, der Haushofmeister, der Schatzmeister, die amtierenden und die ehrenamtlichen apostolischen Protonotare, der Vorsteher der päpstlichen Kanzlei, der Auditor des Appellationshofs, die Ordensgeneräle, die vier Konservatoren, die Auditoren der Rota, die Kammerschreiber, die Signaturvotanten, die Abbreviatoren, die Zeremonienmeister, die Hilfskämmerer, die Geheimkämmerer, die ordentlichen und die außerordentlichen Kämmerer, die Anwälte des Konsistoriums, die Stallmeister, die Vorsänger, die Schreiber und die Akkolyten der Kapelle, die Träger der Virga rubea – ein ganzes Volk von Geistlichen und die unüberschaubare «päpstliche Sippe» schritten in langem Zug gemessen dahin, christlichen Milizen gleich, die den Palmzweig der Erwählten empfangen.

Der Papst saß da und bot seine von einem bestickten Schleier verhüllten Knie, seine Hand und seinen Fuß zum Kusse, bevor er einem jeden mit feierlich mechanischer Gebärde einen Palmwedel aus San Remo* reichte – eine altertümlich hierarchische Geste, die ihn, unter dem Baldachin seines Sessels und von Weihrauch umwölkt, einer urzeitlichen Heiligenstatue ähneln ließ.

Welch wundervolle Inszenierung, wie großartig die Theatralik der Liturgie, welch ein Meisterwerk des triumphalen religiösen Schauspiels hatte das sechzehnte Jahrhundert hier geschaffen, jene Epoche mit ihrem genialen katholischen Kunstverstand, mit ihren großen Künstlern und Malern, die Plan, Abfolge, Anordnung, Zusammensetzung und Symmetrie all dieser Posen erdacht hatten, die pyramidale Gruppierung, die Schönheit des lebenden Dekors, die Anordnung der prächtigen Statisten in ihren Mäntelchen aus Hermelin, in Chorhemden aus Spitzentuch, glitzerndem Brokat und Seide, die ihre mattgoldenen, zitternden Zweige vor karminrotem Hintergrund trugen, vor der Harmonie und dem gedämpften Prunk des kolossalen Tizian!

Madame Gervaisais verfiel allmählich in jenen dämmerigen und etwas verwirrten Schwächezustand, der bei Zeremonien die Folge allmählicher Ermüdung, einer Überanstrengung der Sinne sein kann. Ihre Aufmerksamkeit war ungezielt und unstet, als sie mit einem Mal von einem noch nie gehörten Gesang wachgerüttelt wurde, einer Weheklage, in der die Ahnung vom Ende der Welt aufseufzte – eine einzigartige und unvertraute Musik, in der sich die Beschimpfungen eines tobenden Pöbels mit einem langsamen und weihevollen Rezitativ aus Urworten der Geschichte vermengten, einer Baßstimme, die die Seele bis hinab in ihre unauslotbaren Tiefen aufwühlte.

Es war dies, in dramatisch belebtem gregorianischen Gesang, die von drei Diakonen vorgetragene Passion Christi nach dem Evangelium des heiligen Matthäus.

In allen Fibern ergriffen, ein Zucken im Nakken, folgte Madame Gervaisais mit verzehrendem Schmerz den Tönen dieses Basses, der alle Skalen der Trauer durchlief, sich im Gemurmel einer maßlosen Verzweiflung verströmte und minutenlang auf Silben des Schmerzes nachhallte, tremolierte und in der Luft in Klangwellen weiterschwebte, die nicht verebben wollten. Und immer wieder stieg in diesem Baßton, verhalten und verschleiert, der Jammer über das Martyrium und den Todeskampf des Gottmenschen auf und nieder, so moduliert und so klagevoll, als es die menschliche Stimme vermag.

Während aus diesem Gesang der Tod des Spenders aller Segnungen sprach, bat die Kirche nicht um Segen; während in ihm das wahre Licht der Welt erlosch, wurde die Kirche von keinem Kerzenlicht erleuchtet und von keinem Weihrauch erfüllt; sie antwortete nicht mit den Worten «Gloria tibi, Domine».

Madame Gervaisais horchte noch immer auf den Baßgesang, den immer eindringlicheren, von immer stärkerer Todesangst durchdrungenen Gesang, der die Stimme Jesu zu sein schien, die da sprach: «Meine Seele ist betrübt bis an den Tod», die Stimme Jesu selber, die, über die Lippen des Vorsängers, eine Weile lang die Herzen erschauern ließ vor Angst, ein Gott könnte versagen.

Und weiter ging das Rezitativ, nur unterbrochen von dem wiederholten Frohlocken des Chors, diesem wahren Sturm der Entrüstung, dem verzerrten, grotesken und rünstigen Geschrei des mordlüsternen Volkes, dem mißtönenden und frevlerischen Jubel der Massen, die das Blut eines Gerechten forderten, dem Gekreisch der schrillen Stimmen bei den Worten «Crucifigatur» und «Barabbam», das der schmerzerfüllte Baß ergeben und verächtlich übertönte.

XXIV

Dieser Gesang, diese Stimme, die mit den unbeschreiblichen Lauten des Sterbens und der Kreuzigung, dem «Lamma sabacthani» auf Golgotha verklungen war, hatte in Madame Gervaisais ein lange anhaltendes Echo hinterlassen, das sie mit sich forttrug, einen Nachhall, der ihr aus ihrem fühlsamen Innersten wieder auf die Lippen kam, die leise und ganz von selbst diesen tiefsten Seufzer ausstießen. Und mit diesem inneren Nachvollzug fühlte sie alles Schmerzliche ihres eigenen Lebens, alle still verschluckten Tränen allmählich wieder in sich aufsteigen. Und mit dem bitteren Glücksgefühl des Erinnerns kamen ihr all die traurigen Eindrücke ihrer Mädchenzeit wieder in den Sinn, die Jahre, da sie Gattin und dann Mutter gewesen, all die verborgenen, nur ihr bekannten Enttäuschungen ihres Frauenlebens. Es dünkte sie, ihre Vergangenheit rücke durch den wehmütigen Zauber ferner Klänge, auf den klagenden Saiten einer Geige, wieder näher. Es war, als riefen sich ihr alte Gefühle in Erinnerung, als greife alles, was sie einst empfunden, unterdrückt und erlitten hatte, ihr wieder ans Herz. Keine Spur von Religiosität, nichts, das dem Glauben geglichen hätte, mischte sich übrigens in diese feine und tiefe Wahrnehmung; es war ein durch und durch weibliches Empfinden, das jene Musik in ihr geweckt hatte.

Und da sie sich in diesem sanft grausamen Zustand geradezu glücklich fühlte, unternahm sie nichts, um ihn abzuschütteln. Sie gab sich ihm in völliger körperlicher Trägheit und geistiger Leere hin, wie man einen wüsten und dennoch angenehmen Traum festzuhalten trachtet. In dieser Verfassung kam sie zum «Miserere»* in der Sixtinischen Kapelle.

XXV

Die Lamentationes erhoben ihre jammernde Klage.

Auf der rechten Seite des Altars flackerten auf fünfzehn im Dreieck angeordneten braunen Wachskerzen kleine Totenflammen. Eine Wand des Zorns, in furchterregenden Al-fresco-Farben, stellte dahinter den Sturz der Verdammten dar, die als Lawine zur Hölle rollten, gemartert durch ihren jähen Fall, durch den Todeskrampf ihrer Muskeln, durch alles, was die Zeichnung an Angst, alles, was höchste Malkunst an Verzweiflung hergaben, ein stummes Bild physischen Leidens, an dem der Gesang der Seelenqualen aufprallte, hochklatschte und erstarb.

Die Stimmen verstummten nicht. Eherne Stimmen; Stimmen, die auf die Bibelverse niederprasselten wie dumpfe Erde auf einen Sarg; Stimmen von zarter Helle; gläserne Stimmen, die sich überschlugen; Stimmen, die unter einem Tränenstrom anschwollen; Stimmen, die, einander umwindend, entschwebten; wimmernde Stimmen, in denen tremolierend eine Klage aufstieg und wieder verebbte; Stimmen des Leidens; Stimmen andächtigen Flehens, die der Wirbelsturm des gregorianischen Gesangs mit sich riß; Stimmen, die erschrokken Schluchzer an Schluchzer reihten; Stimmen, die nach steilem Anstieg plötzlich in den Abgrund des Schweigens zurückfielen, aus dem sogleich andere emporschollen: sonderbar, verwirrend, flötend und tränenvoll, halb Kinder-, halb Frauenstimme, verweiblichte Männerstimmen von einer

Rauheit, als ob Engel an Stimmbruch krankten, Stimmen ohne Farbe und Geschlecht, jungfräulich, märtyrerhaft, zerbrechlich und herzergreifend, die durch ihren unerwarteten und widernatürlichen Klang den innersten Nerv trafen.

Unterdessen erloschen mit langen Zwischenpausen die im Dreieck aufgestellten Messekerzen wie von selber, eine am Ende jedes Psalms, und so versank das furchterregende Chaos des Hintergrunds im Chaos der Nacht, und in ihrem Dunkel versank auch die Menge der Gläubigen, die sich in so dichtem, erstickendem Gedränge an die Chorschranke preßte, daß die Priester die Seiten ihrer «Settimana Santa» mit Hilfe der Zunge umwenden mußten.

Ein Rest von Helligkeit verblieb nur noch auf der rechten Seitenwand der Empore, dem Balkon mit seinem kleinen Handgeländer und einem hohen Lesepult, auf dem Madame Gervaisais noch schwach die Worte «Cantate domino» zu lesen vermochte; es war dies die Empore der vatikanischen Sänger, die als einzige vor dem Papst und den Kardinälen in dieser Kapelle singen durften, und zwar nur gregorianische Gesänge und Musik alla Palestrina. Durch ein Fenster hinter den Sängern fiel ein Strahl matten Frühlingslichts, wie auf einem mittelalterlichen Andachtsbild, auf die Spitzen ihrer Chorhemden und die violette Seide ihrer Soutanen, Zingula und Kollare. Und unter dem Pult zeigte sich sekundenlang der Kopf eines jungen Sängers, der an die pausbackigen Chorknaben des Lucca della Robbia erinnerte. Es war zehn Uhr abends. Vierzehn der Kerzen waren erloschen, die letzte war hinter dem Altar verborgen – und im Dunkel der Kapelle herrschte eine besinnliche Erwartung.

Da hob, ganz sachte und mild, der Gesang des «Miserere» an, murmelnd, betend, von schmerzlichem Wohlklang erfüllt, und diese ersterbenden Klänge erhoben sich zu Gott, und als sie aus den Wolken wieder herabstiegen, schien sich an der Decke der Sixtina zuweilen das Meßwunder Papst Gregor des Großen zu wiederholen, denn man glaubte, die himmlischen Responsorien aus den Mündern der Seraphim zu vernehmen.

XXVI

Madame Gervaisais kehrte langsam zurück und blieb vor den offenen, strahlenden Kirchen stehen, deren eine ihre noch von der Nacht der Sixtina erfüllten Augen blendete.

Vom Gewölbe bis zum Altarfuß rieselte, über eine Stufenfolge von Kerzen, ein feuriger Sturzbach nieder, hinter dem rotgewandete Mesner als Lichtanzünder hin- und hergingen. Und an Mauern und Pilastern, in der ganzen, von Gold und Marmor strotzenden, zierlichen Kirche – San Antonio dei Portoghesi – schimmerten Lichter auf unzähligen Armleuchtern, auf Stufenleitern, an Säulenreihen und auf Dreieckständern, wodurch die Wände zu vielfach reflektierten flammenden Spiegeln wurden, aus deren glühendem Kristall rubinrote Blitze zuckten: eine Feuersbrunst von Diamanten in einem Geflimmer von Sternen, in einem Weben des Glanzes, in der rosaroten Helle des Chors, wo sich, zuhinterst, zwischen den Falten eines steinernen Vorhangs, blendend die Tür zur Herrlichkeit Gottes aufzutun schien.

XXVII

Am Karsamstag bekam Madame Gervaisais in San Giovanni in Laterano einen Geschmack von der rauhen Frömmigkeit der Bevölkerung des römischen Umlands in ihrem animalisch wilden Glauben.

Nachdem sie durch den schweren Türvorhang getreten war, den ein alter, mit einem langen Stock bewehrter Bettler mit Kopf und Rücken hochhielt, wurde sie von dem hinter ihr nachstoßenden Menschenstrom in eine Schar von Frauen gedrängt, die in beiden Mundwinkeln an den Zipfeln ihres Kopftuchs nagten, umstanden von Männern in durchlöcherten Strohschuhen, aus denen die Zehen hervorguckten, und in schnurgeflickten Kitteln und Kniehosen, eine Sippe von Landleuten, von denen ein gärender Schweißgeruch ausging, die Ausdünstung eines warmblütigen Menschenschlags. Stehend, sitzend, mit aufgestützten Armen, auf den Treppenstufen der Altäre übereinander hockend, aßen die einen Artischockenblätter, andere schliefen, den Kopf zwischen den Knien. In dieser Basilika, dieser hochheiligen, «Omnium Urbis et Orbis Ecclesiarum Mater et Caput» benannten Kirche, unter dieser mit goldenen Apostelgestalten reliquiargleich verzierten Decke, unter dem Goldgeflimmer des Mosaiks, auf diesem, den alten Tempelteppichen ähnlichen Fußboden aus Serpentin und Porphyr, in diesem Opus alexandrinum zwischen hohen Marmormauern, überflutete dieses Volk in Lumpen die fünf Schiffe, wie ein Heerlager ungläubiger Barbaren, ein bäuerlich ungeschliffenes Gesindel, das in fieberhafter und zappeliger Ungeduld auf den Stabschlag der Absolution wartete und murmelnd und brummend die Beichtstühle umringte, mit Scharen von Kindern, die unter den Röcken ihrer Mütter hervorkrochen und wieder darin verschwanden, inmitten von Wäschebündeln mit Eßwaren. Madame Gervaisais wunderte sich, daß noch kein großer Maler diese Leute bei ihrem Gebet festgehalten hatte, so, wie sie dastanden, dösten oder sannen, in der Haltung blinder Gläubigkeit und fast tierisch dumpfer Andacht. Besonders fielen ihr die Frauen bei der Beichte auf, wie sie hoch aufgerichtet den Mund vorstreckten, ihn an die Kupferplatte des Beichtstuhls drückten und sich mit beiden Händen an dessen Holz preßten, als ob sie in ländlicher Art trinkend ihre Lippen zu einem dünnen Wasserstrahl hochreckten.

Vor dem Altar, wo sich die vier prachtvollen bronzevergoldeten Säulen erhoben – die aus den erzenen Schnäbeln der Galeeren von Actium gegossenen Pfeiler –, bestaunte Madame Gervaisais die in drei Reihen zusammengedrängten, ja hier und dort wie eine verstörte Herde gepferchten Frauen, Frauen von herber Schönheit, die auf den Knien kauerten und auf den Fersen hockten, mit Mienen, als müßten sie, dicht vor der Schranke,

Hostien wiederkäuen; die einen beteten einen Rosenkranz in ihrem Schoß, andere hatten die Stirn in die Hand gelegt, an der das Kupfer eines breiten Rings leuchtete, wieder andere waren, einen Finger auf die Lippen drückend, in unnahbares Sinnen versunken.

XXVIII

Endlich kam der große Tag: der Ostersonntag.

Das Volk des Agro romano, die Bauern hatten ihn erwartet; eingehüllt in ihre Mäntel, auf Plätzen und Treppen unter dem freien Himmel schlafend, erinnerten sie, in diesen Nächten des Wachens vor der Auferstehung, an Raffaels schlafende Wächter vor dem Grab Jesu, vor der Steinplatte, die seiner Unsterblichkeit weichen sollte.

Ein Wagen, dessen Zugpferd eine Rose am Ohr trug, führte Madame Gervaisais durch das Getriebe, das Brausen, das Glücksgetümmel und die Freude des Volkes an diesem religiösen Ereignis und Staatsfest Roms, der Buona Pasqua.

Sie fand Sankt Peter von Menschenmassen erfüllt und dennoch, wie immer, nicht ganz voll; sie hörte sich die Jubelmesse an und folgte dann der Menge, die ins Freie drängte.

Sie stand draußen auf dem Platz: Die Stufen vor ihr waren schwarz von Menschen; auf der großen, ansteigenden Treppe Männer, Frauen, Pilger mit Jakobsmuscheln, Touristen mit Ferngläsern, Hirten aus den Sabinerbergen; sodann, der Menge zu Füßen sitzend, hier und dort Mütter, die ihre Kinder an der bloßen Brust stillten; ferner Leute aus dem Borgo, aus Trastevere und Monti, zusammengeschart um den Obelisken, sich an die Eisenstangen seiner Umschrankung klammernd, auf seinen Grundplatten und seinem Sockel, den sie dadurch mit einem zweiten Sockel umschalten, einem Sockel des Elends aus hängenden Dolden von Bewohnern der Armenviertel; und durch das Ganze schritt der Mosciarellaio, der in einem Messinghörnchen seine Kastanien und Lupinen feilbot; auf den Seiten des zu engen Platzes hatten sich Hunderte von Galafahrzeugen gestaut, Kutschen mit roten Rädern, mit goldenem Dachaufsatz, mit vergoldetem Gehäuse, dazu mit Bändern, Federbüschen und Troddeln aufgeputzte Pferde, ferner ein Heer von Dienern, Lakaien, Kutschern und Haushofmeistern, aufs wunderlichste aufgemacht in hundertjährigen Livreen, an allen Nähten mit Wappenzeichen betreßt, und dies alles mit dem ehrwürdig verblichenen Pomp des letzten, alten Hofstaats der Priester und Prälaten. Im Hintergrund glitzerte die päpstliche Armee: Reihen von Dragonern in leuchtend rotem Brustharnisch und weiß blitzendem Helm. Und überall wimmelte es: auf den Dächern ringsum, an den Fenstern, auf den vatikanischen Terrassen und von den beiden Kolonnaden her, deren Bildsäulenkrone wie eine Versammlung von Heiligen im Kreis zum Himmel ragte.

Der Platz summte. Die raunende Menge brütete unter dem schweren Himmel, unter der Last einer Sonne, die noch nicht zu sehen war. Langsam ertönten die zwölf Schläge der Mittagsstunde, ein Sonnenstrahl glimmte auf; da plötzlich erscholl vom letzten Fenster, oben in der Gebäudefront, das Geläute der beiden kleinen und der großen Glocke. Dohlen flatterten von den Gesimsen auf, und alte Frauen mit verschleierten Gesichtern und Nonnenhauben, die halb gelähmt auf Stühlen saßen, erhoben sich mühsam.

Eine allgemeine Neugier erfaßte die Menge; sie drängte, ballte sich zusammen, wogte wie ein Menschenmeer nach vorn und hielt dann still. Aller Augen warteten gierig und verschlangen mit einem einzigen Blick das Fenster der Loggia, das ein langes, leinenes Zeltdach beschirmte und von dem ein mit dem Wappen Clemens' XI. bestickter Veloursteppich herabhing.

Das Fenster blieb lange leer. Schließlich zeigten sich aber in seinem geheimnisvollen Dunkel nacheinander in strenger Ordnung drei Mitren und drei Tiaren – die feierlich stummen Vorboten des dreifachen königlichen Herrschers –, dann eine goldene Mitra und ein Kreuz zwischen brennenden Kerzen. Es folgten, immer zu zweit, die hochehrwürdigen Kardinäle und die bischöflichen Patriarchen, deren Bärte vom gleichen, mattgolden durchwirkten Weiß waren wie ihre Dalmatiken, sodann die Bischöfe aus dem Morgenland: Greise, die an die Erwählten, die Seligen, Hochwürdigen und Kirchenväter in alten Kapellen gemahnten, an Ahnenfiguren wie Gregorius und Ambrosius, die hier auferstanden schienen.

Indessen wurde das Geläute immer drängender und erregter; sein eherner Sturm fegte dröhnend dahin, als in dem erneut schwarzen Fensterviereck, langsam wie eine Wolke, die Spitze einer Tiara auftauchte, von zwei Fächern aus Straußenfedern wie von einem mit Pfauenaugen durchsetzten Nimbus umrundet... Und schon ertönte eine Stimme, vor der sich alle Häupter entblößten und alle Knie beugten; laut anschwellend, erfüllte sie den ganzen Platz, so groß war die Stille, in der man ihr lauschte. Dann plötzlich richtete die goldene Tiara sich auf, und der Heilige Vater trat hinter dem Buch, das sein Gesicht verdeckt hatte, hervor; und so verharrte er, in der herrlichen Reinheit seines Gewandes, in seinem weißen Glorienschein...

Darauf hob der Greis würdevoll langsam seine Hände; hochgestreckt empfingen sie vom Himmel den Segen, den sie dann nach einem Augenblick des Einhaltens zitternd und schwebend zu den Worten «Descendat super vos» über die ganze Erde zu verbreiten und auszugießen schienen.

XXIX

Am Abend dieses Ostertages fand Madame Gervaisais, ermattet von all den Anstrengungen und Erregungen der Woche, weder den Mut noch die Kraft auszugehen. So sandte sie denn Pierre-Charles mit Honorine aus, damit er die erleuchteten Straßen betrachte; sie blieb allein zurück, mit halb offenen Augen, erfüllt von den vorüberziehenden erhabenen Bildern dieser acht großen Tage.

Sie fühlte sich wie wachgerüttelt, als ihr Sohn geräuschvoll zurückkehrte, ein wenig benommen von dem Fest, das er gerne geschildert hätte, statt seiner aber von Honorine beschreiben ließ, wobei er ihr mit seinen Fäustchen Rippenstöße gab, wie es Kinder tun, wenn sie alles, was sie mit einem Erwachsenen gesehen haben, aus ihm herauspressen wollen. So beschrieb die Kammerfrau die gestapelten Pyramiden gerupfter Gänse, die langen Reihen halb abgebalgter Lämmer, die lorbeerumwundenen Auslagen von Würsten und Käse, «di cacio cavallo», die von Schinken behangenen Ladendecken, das Nebeneinander der vielen farbig gemaserten Speckseiten, die im Gaslicht festlich strahlenden Fleischerläden.

Doch plötzlich unterbrach sie sich und sagte: «Weiß übrigens Madame ... die Sache mit Monsieur Joseph ...?»

«Mit welchem Joseph? Ach so, Peppe ...»

«Ja, Madame ... Madame erinnert sich wohl ...? Ich hab' ihm doch neulich von Madame zwanzig Francs zur Bezahlung der Rechnungen gegeben ... Zuerst hat er gesagt, es sei nur ein Zweifrancsstück gewesen und wir beide hätten es nicht genau beachtet ... Später hat er gesagt, er sei nicht mehr ganz sicher und müsse alles nochmals nachrechnen ... Daraufhin habe ich ihn jeden Tag an die Sache gemahnt. Nun, vorgestern hat er mir gesagt, er habe noch keine Zeit gehabt, die Rechnungen zu überprüfen. Wahrscheinlich hätten wir aber recht ... Und heute behauptete er steif und fest, es seien nur zwei Francs gewesen und Madame und ich hätten uns getäuscht ...»

«Nun, erstaunt Euch das?» sagte Madame Gervaisais lächelnd und riß sich von ihren andern

Gedanken los. «Versteht Ihr nicht, meine liebe Honorine? Vorgestern hatte Peppe noch nicht gebeichtet. Er muß gestern gebeichtet haben, wie alle andern Römer auch, und er wird die Absolution erhalten haben ... Was zur Folge hat ... daß mein Zwanzigfrancsstück heute nicht einmal mehr einen Franc wert ist ...»

XXX

Ein paar Wochen Distanz ließen in Madame Gervaisais die Erinnerung an die Heilige Woche zurücktreten, ja fast völlig verblassen. Nachträglich erschien ihr alles, was sie dabei erfahren hatte, als bloße Erschütterung ihres Empfindens, ein seelisches Beben, ein Ansturm von Klängen auf ihre musikalische Natur, gleichzeitig aber auch als eine Art Lockerung, eine Entkrampfung ihres Wesens, das ihr unbeugsam hochfliegendes Denken und der stolze Stoizismus einer stets selbstbeherrschten Frau eingeengt, verschlossen und abgeschnürt hatten, wie es sonst nur erlittenes Unglück tut. Sie sah sich selbst seither trauriger und liebevoller, das Herz erfüllt von sanfter Betrübnis.

Trotz ihrer damaligen Aufwallung spürte sie noch nichts von jenen ersten Banden, die uns – oft unbemerkt – allmählich das Gemüt umschlingen und es mit der Zeit ganz und auf immer fesseln. Nichts schien ihr noch jenem ersten Keim der Bekehrung zu entwachsen, den die Heilige Woche in die verborgenen Tiefen ihres Bewußtseins gebettet hatte. Einzig die Künstlerin in ihr, so glaubte sie, hatte sich vom opernhaften Glanz und Schmelz des Oratoriums rühren lassen.

Übrigens hatten an jenen heiligen Tagen, die den römischen Glaubenseifer so sehr anspornen, gewisse Bilder handfester Gottesverehrung ihr natürliches und feinfühliges religiöses Empfinden verletzt. Ein Vorfall am Karfreitag hatte in ihr ein Gefühl des Zorns und des Abscheus hinterlassen, wie es die dinglich faßbare Seite des Kults immer in ihr weckte. Es geschah in einer Kirche an der Piazza Colonna: Zwischen zwei Kerzen, neben einer für Opfergaben bestimmten Silberschale, lag auf einem alten Bettvorleger ein Kreuz aus schwarzem Holz, ein sehniger, muskulöser, aber abgezehrter Christus in morbiden Farben, der Körper eines blutverschmierten Ermordeten, und rings um ihn betende, auf allen vieren kauernde Männer und Frauen, die, um ihn ihre Liebe fühlen zu lassen, den göttlichen Corpus an seinen empfindlichsten und kitzligsten Stellen betasteten.

Selbst das Bild des Heiligen Vaters, das ihr in der Peterskirche, in der Sixtina und in der Loggia so erhaben erschienen war, verlor bei einer direkten Begegnung seinen majestätischen Charakter.

Sie befand sich in der Nähe der Thermen des Antoninus Pius. Auf dem schmalen Fußweg, der sich zwischen den Weinreben dahinzog, fielen die Bauern wie vom Blitz getroffen in die Knie. An der kleinen Kreuzung der Via Latina erschienen neben dem rostigen Kreuz auf einer antiken Säule, vor einer Mauer mit einem Gittertor und vier Zypressenwipfeln, eine weiße Gestalt, ein roter Hut und drei zur Segnung erhobene Finger. Ein gütiges

Gesicht, die Augen zwei schwarze Punkte, ein großer, feiner Mund, ein Kopf, der menschliche Arglist verriet, das war alles, was Madame Gervaisais an jenem Tag am Papst sah.

XXXI

In der Hast und dem Durcheinander ihrer Abreise hatte die kranke Madame Gervaisais seinerzeit ein Porträt von sich zurückgelassen, und dieses begehrte ihr Kind nun wiederholt, da es seine Mutter in Rom an seiner Bettseite haben wollte, wie zuvor in seinem Zimmerchen in Paris.

Eines Nachmittags, als sie, von der Hitze überwältigt und zu keinerlei Arbeit aufgelegt, dalag, erhielt sie dieses Porträt zugeschickt; es war im Diplomatengepäck der Botschaft eingetroffen. Sie erbrach das Siegel des Kästchens und sah sich in der Miniatur Madame de Mirbels* als Achtzehnjährige wieder.

Und, als blühte aus dem zarten Aquarell, aus den auf Elfenbein hingehauchten Farben die vergessene Zeit neu auf, trat ihr in ihrem Innern und vor ihren gerührten Blick das Mädchen von damals wieder entgegen. Ihr Haar war über dem Scheitel zu einem großen Schmetterling frisiert, eine Haartracht, die den Pariserinnen in den ersten Jahren der Herrschaft Louis-Philippes einen exotischen Zug verlieh. Ihre Locken waren mit Blumen aus Fombonne, einem Zweig weißen Heidekrauts und mit Heckenrosen besteckt. Sie trug einen Rock aus hauchdünnem Tüll auf weißem Atlas und dazu einen der Bleu-Mademoiselle-Gürtel, die in jenem Winter des Jahres 1836 Mode waren. So war sie auf einem Ball bei Monsieur Laffitte* gewesen, und ihr Vater hatte sie damals so reizend gefunden, daß er ein Bild von ihr wünschte, das sie ihm immer so zeigte wie an jenem Abend. Die ganze kleine Geschichte dieses Porträts kam ihr wieder in den Sinn: Sie sah den Ball wieder und den kleinen Salon mit seinen seidenbestickten Samtbehängen; sie war wieder dort und glaubte abermals das Geflüster der jungen Herrn zu hören, die sie nicht kannten und sich darum nach ihrem Namen erkundigten.

Und nach und nach kehrten aus der Ferne all die frischen Eindrücke ihres Jungmädchenherzens und -verstandes wieder, die Zeit, die sie als junge Dame rein und selbstlos mit ihrem alten Vater verbracht hatte. Sie durchlief nochmals all jene Jahre, die sich für sie mit Lesen und Arbeiten verbanden, aber auch mit der politischen Überzeugung und den Träumen ihres Vaters: immer zu früh abgebrochene Gespräche; Schilderungen, in denen er die große Revolution beschwor; seine Memoiren, die er ihr, seiner seidenbeschürzten Sekretärin, diktierte; lange Spaziergänge, auf denen sie einander Gesellschaft genug waren und der Einsamkeit bedurften; Kurse, die sie gemeinsam besuchten und an denen sie durch ihr kameradschaftliches Verhältnis die gelehrten Anwesenden in Staunen versetzten. Sie empfand den geistvollen Zauber des ungebundenen, freien Lebens wieder, das sie damals nach Studentenart genoß, den Reiz des friedlichen Hauswesens, das sie mit ihrem Vater führte, durch ihr Alter von ihm getrennt und doch so innig mit ihm verbunden, daß er auf seinen Zügen ihr Lächeln und sie sein Denken in sich zu tragen schien.

Fast andächtig durchwandelte sie nochmals ihre ganze, von Zuneigung und Ernst geprägte Jugend, das tiefe Glück an der Seite des früheren Konventsmitglieds, das einst in blutiges Geschehen verwikkelt gewesen, dann aber, in seinem sechzigsten Altersjahr, durch die unverhoffte Geburt seiner Tochter, durch eine vorher nie gekannte Zärtlichkeit und eine fast greisenhafte Vaterfreude zu einem milderen Menschen geworden war.

XXXII

Doch dann kam ihr mit jäher Pein ihre Ehe wieder in den Sinn, eine Ehe, die ihr von Todesahnungen erfüllter Vater gewünscht hatte und die ihn lockte, beruhigte, tröstete und seinem höchsten Vaterstolz schmeichelte, weil sie seiner Tochter hohes gesellschaftliches Ansehen sicherte und er sie in Gedanken nach seinem Hinschied auf dem glanzvollen Parkett eines Pariser Salons sah, wo ihre Schönheit, ihr Geist und ihre Klugheit zur Geltung kämen. Diesem Glück seiner letzten Tage, dem Wunsch eines Sterbenden hatte sie sich geopfert. Und jene ersten, grauen Jahre nach ihrer Heirat ließ sie nun wieder an sich vorübergehen, leere, eintönige, mit Geduld und Ergebenheit ertragene Jahre einer Bindung ohne Liebe, ohne Freundschaft, ohne Achtung, Jahre des Zusammenlebens mit einem Mann, der weder gut noch böse war, weder liebevoll noch eigensüchtig, weder jung noch alt, weder schön noch häßlich, wohl aber nichtig, von jener Nichtigkeit, die gewisse hohe Beamte, sobald sie ihre Amtsräume und ihren Gesellschaftskreis verlassen haben, zuerst durchschimmern und dann im ehelichen Heim ganz zutage treten lassen. Madame Gervaisais ermaß jene Zeit wieder, wo jede Stunde ihr deutlicher gezeigt hatte, daß Hohlheit und bodenlose Dummheit das eigentliche Geheimnis dieses Mannes waren, der einer der vier wichtigsten Verwaltungsabteilungen des Staates vorstand und achtbare Arbeit verrichtete, als Wirtschaftssachverständiger galt, ein Heer von Beamten unter sich hatte, mit großen Zahlen hantierte und die öffentliche Meinung durch seine hohe Stellung und seine Amtswürde für sich einnahm.

Ein Leben – auf immer! – mit diesem Mann, ein Zusammensein, das ihr Verstand nicht ertrug, das sie verletzte wie ein qualvoller körperlicher Schock. Kein Gedanke, der ihnen gemein war, kein Wort, keine Idee von ihm, die nicht eine Fiber ihres feinen, vergeistigten Wesens gereizt hätte! Und dann jeweils der Augenblick, wo sie es trotz heroischer Geduld, trotz Selbstüberwindung und stolzer Versuche, ihre Demütigung vor anderen herunterzuschlucken, beim Reden, dem langen Reden dieses Mannes, nicht unterlassen konnte, sich mit der Hand über die Stirne zu streichen, eine unbewußte Gebärde, mit der sie gleichsam ein Leiden auszulöschen suchte!

Und dabei waren diese ersten Jahre noch ihre besten gewesen. Dann folgten jene, wo dieser

Mann seiner Gattin die so bescheidene, unaufdringliche Überlegenheit neidete, neidete aus gemeiner Mißgunst, neidete aus bitterem Wissen um seine eigene Unebenbürtigkeit und erfüllt von einem Haß, den ihm das tägliche Nebeneinander, das häusliche Zusammenleben wie ein Gift einträufelte, neidete mit dem unterdrückten Zorn und der schäumenden Wut eines Gesellschaftsmenschen! Dann die heuchlerische Verfolgung, die ermüdenden, unaufhörlichen, verbissenen Nachstellungen eines engstirnigen Geistes, all die kleinlichen und zänkischen Martern, die ein boshafter Dummkopf ersinnen kann, die Folterungen eines grollenden Toren, der ihr jederzeit und bei jedem Anlaß die ironischen Worte «Sie, eine so überlegene Frau!» an den Kopf warf. Ein Gatte, der zum innersten Feind ihres Lebens, ihrer Ruhe und Gelassenheit, ihrer Geselligkeit, ihres Geschmacks und ihres Denkens wurde, hielt all jene fern, die sie in ihrem Salon zu versammeln trachtete, und auferlegte ihr dafür die dauernde Qual einer Zweisamkeit mit ihm, von der er wußte, wie grausam sie war... Und dies ganze zehn Jahre lang! Zehn Jahre, während welcher sie einzig in der trockenen Ablenkung und dem strengen Trost der Bücher Zuflucht fand; zehn Jahre, während welcher sie, wie Rahel in der Heiligen Schrift, ihrem Folterknecht vergeblich zuschrie: «Monsieur, schaffen Sie mir Kinder, sonst sterbe ich!» Zehn Jahre, ohne Mutter zu sein. Dann endlich hatte sie dieses Kind bekommen.

Sie betrachtete ihren Pierre-Charles in seinem friedlichen Mittagsschlaf auf dem Kanapee, sein unschuldiges Schlummergesicht, und eine Weile besann sie sich wieder auf ihr spätes Mutterglück. Zugleich aber legte sich unendliche Trauer auf ihr Gesicht.

XXXIII

Ihr früheres Leben verfolgte sie noch einige Zeit, haftete an ihr und riß sie aus der Gegenwart zurück. Was sie zu lesen begann, entzog sich ihrer Aufmerksamkeit. Unbeschäftigt und innerlich träge, langweilte sie sich, bis sie eines Tages die ungesunde, grüblerische Starre abschüttelte und, um ihr zu entgehen, voll innerer Unrast Rom zu durchstreifen begann.

Vom Morgen bis zum Abend schweifte sie durch die Straßen, über Plätze und Kreuzungen, zwischen Ruinen und großen Bauten hindurch, stets auf besondere Lichtwirkungen und malerische Effekte aus, die sie an Dingen und Lebewesen, an Steinen und unter dem Volk entdeckte. Man begegnete ihr auf der vom gestauten Wasser des Monats August ausgewaschenen Piazza Navona*, im Pannini-Dekor* rings um den Obelisken, um die vier «Ströme», die Seepferde und die wasserspeienden Brunnen, im Gewühl eines Marktes, wo Gemüse, Trödel und alte Schmöker feilgeboten wurden. Dann fand man sie wieder beim Porticus Octaviae, mitten im Ghetto, zwischen den mittelalterlichen «Lombardenmauern», wo hinter gewaltigen Riegeln und vergitterten Guckfenstern die ängstlich gehüteten Läden der Juden lagen und Hühner von Stühlen mit fehlendem Strohgeflecht herab in wüsten Haufen von Stoffetzen herumpickten. Sie hielt inne vor dem Palazzo Farnese, vor dem Tempel des Antoninus Pius, wo zwischen den Säulen ein Zollposten stand, vor dem rauchgeschwärzten Bau, in dessen Kavernen Schmiede arbeiteten und der einst das Theater des Marcellus gewesen war.

Sie ging überall hin, zur Verblüffung der Römer, die diese stets von ihrem Kind begleitete Mutter allmählich kannten, und zwar an ihrem Kleid, dem ewigen Schwarz ihrer Röcke, dem Samt und dem Pelz, den sie als fröstelnde Kranke gewöhnlich trug; diese Forestiera, die noble Dame, als die sie bei ihren Spaziergängen erschien, fanden die Leute sonderbar; den fast orientalisch argwöhnischen Römern galt eine Frau der höheren Gesellschaft, die zu Fuß ausging, als skandalöse Erscheinung, und wäre sie die Gattin eines Gesandten gewesen.

Die täglichen Funde ihrer Neugier, ihre Zufallsbegegnungen – ein von Eisenstäben und Spinnweben umfriedeter Palast, der zum Trog zerfallene Überrest eines antiken Grabmals, an dessen ziselierten Nymphen und Tritonen weggeworfene Salatblätter klebten, ein Treppenaufgang, auf dem, starr wie eine umgestürzte Statue, ein Bettler schlief, irgendeine unerwartete Kleinigkeit, an der sich ein Stil ablesen ließ, eine auffallende Linie oder Farbe – erweckten ihre frühere Lust am Malen wieder. Die Künstlerin in ihr begeisterte sich an dem ständig wechselnden Bild: ungezwungene Straßenszenen voll südländischer Geselligkeit, das Treiben der Händler und Handwerker, rauchumwölkte Fisch- und Kartoffelbrater, im Freien eingerichtete Kochstellen, Läden von beinahe arabischem Äußeren, die verschiedensten Gestalten und Kostüme, der Acquaiuolo in seiner Rotunde von Orangen und Zitronen, Schlächter mit Opferpriestermienen, Hühnerrupfer, Korbflechter mit Binsenruten auf den Knien, der Carrettiere di vino mit seinen Hahnenfederbausche tragenden Pferden und seinem Kutscherbock aus schellenbehangenen klingelnden Tierhäuten; und die rostroten römischen Straßen, auf denen plötzlich, wie Blütenblätter, über rosaroten Röcken unter dünnen Schürzen das Weiß eines Mieders aufleuchtete, und das Rot von Korallenketten auf orangebraunen Hälsen.

Die mit Unwettern vermischte Hitze – «il tempo matto», das verrückte Wetter, wie es die Kutscher nannten, bei dem das Straßenpflaster unter einem Platzregen minutenlang naß wurde und fast augenblicklich wieder trocknete und sein weißes Würfelmosaik wieder zeigte –, sie vermochte Madame Gervaisais nicht von ihren langen Märschen abzuhalten, verfolgte sie doch gerne, wie sich ein Vicolo unter einer Regenwolke violett verfinsterte oder wie sich am Himmel, als Hintergrund zu all den von Rom aufgetürmten Monumenten, theatralische, von fahlen Aufhellungen durchzuckte und von gewaltigen Rissen zerklüftete Gewitter aufbauten.

Sie bestaunte alles, ein wenig übereifrig, steigerte sich von Bewunderung zu Bewunderung und sagte laut vor sich hin: «Wie schön das ist ... !»

Ihren Sonntagmorgen verbrachte sie regelmäßig auf dem Campo di Fiori, dem Platz, der das Forum für die römische Landbevölkerung geworden war und der auf einem schmalen Schattensaum, entlang den Mauern und Stufen geschlossener Läden, einer Reihe mannhafter Gestalten Schutz bot, stehend oder sitzend, mit sieben Fuß hohen Stökken von herkulischen Maßen, die sie in der Hand oder zwischen den mit Schaffell bekleideten Beinen hielten. Im Hintergrund erspähte man das wie Altgold schimmernde, schmutziggelbe Deckengewölbe eines Albergo del Sole, halb verdeckt von Eseln und von Kinderkörben, die kleine Mädchen mit dem Fuß wiegten.

Der ganze Platz glühte in der Mittagshitze, und dort, wo in dem gleißenden Licht unter dem großen Schriftband einer Tombola «Scudi mille» zu lesen war, scharten, drängten, vermischten sich und schwatzten weitere Männer, in moosgrünen oder zunderfarbenen Werktagskleidern, in Lumpen voll Ungeziefer, die sie mit den gemessenen Gesten arkadischer Hirten trugen. Auch ihre Frauen waren da, Frauen mit Ziegenaugen, wie man sie zwischen Rebblättern funkeln sieht; unbeweglich standen sie da, einen Korb voll Farnkraut auf dem Kopf, die eine Hüfte beim Stehen vorgeschoben. Einige schritten zu zweit umher, wobei sie sich mit je einem Finger an der Hand hielten, mit einem Lächeln, das ihrer wächsernen Haut vorübergehend ein bißchen Leben einhauchte und gleich wieder erstarb. Und unter der lotrecht einfallenden Sonne verschwand der kleine Brunnen in der Platzmitte hinter dieser Menschenkulisse, diesem strengen Dekor, der großen Rastszene einer

Gruppe von sitzenden und sich stützenden Bäuerinnen, so erhaben in ihrer Versonnenheit, daß ein Michelangelo sie mit ihren beschatteten und fast ehernen Stirnen zwischen dem blendenden Weiß ihrer Panni und dem ihrer Schultertücher hätte malen müssen.

Madame Gervaisais machte hier einige Skizzen. Sie ließ sogar eine jener Frauen zu sich kommen. Und unbekümmert um das Verbot der Ärzte, begann sie, von ihr eine Studie in Öl zu malen. Doch noch ehe der Entwurf in Farbe ausgeführt war, schickte sie die Bäuerin wieder weg und ließ Malkasten und Farben in eine Ecke werfen, erstaunt, sich so schnell von einer Laune geheilt zu sehen, in der sie geglaubt hatte, Nahrung für eine Leidenschaft zu finden.

XXXIV

Es blieb ihr noch ein anderes Rom: das tote. Und so stürzte sie sich denn auf diesen neuen Gegenstand ihrer Wissensgier und vertiefte sich in die Werke der Historiker, Altertumsforscher, Topographen, in die jüngsten Arbeiten jener Wissenschaft, die neuerdings das Rom der Könige, das der Republik und das der Kaiser hatte wiedererstehen lassen; mit dem Buch in der Hand ging sie den Orten und Spuren der Sagen und Ereignisse nach. Die Fundplätze vermittelten ihr die Illustration zu den Berichten. Was sie an Ort und Stelle in der Atmosphäre des einstigen Geschehens las, wurde vor ihren Augen wieder lebendig. Beim Tempel der Venus cloacina sah sie, wie Virginius von einem Fleischerstand das Messer wegriß, mit dem er nachher seine Tochter töten sollte. Das Forum wurde für sie wieder zum Feld des Cincinnatus, oder dann stellte sie sich vor, wie Caesar es zum letzten Mal durchschritt, als er sich von der Reggia zur Curia des Pompeius begab.

Sie besichtigte die Museen, die Galerien, die Schätze der Basiliken, die außerhalb der Mauern gelegenen Villen, alles, was an alten Zeugen die Stadt und die Vorstädte füllte, sie suchte Bruchstücke des römischen Privat- und Familienlebens, Teilchen der Behausung, der Habe, der Häuser selbst, entzifferte die oft vertraulichen Mitteilungen der Grabinschriften über die Toten, ihren Beruf oder ihre Gewerbe. In den Statuen und Büsten, die die Grabungen im Pantheon und an den Gemoniae* zufällig zutage gefördert hatten, fand sie dieses Volk mit seinen Helden, Herrschern und Tyrannen wieder, und wie an einer Zeitgenossin zogen die Ungeheuer und die Stoiker, die Ahnen der menschlichen Weisheit und die rasenden heidnischen Potentaten an ihr vorüber: die Porträtgalerien des Tacitus, Sallusts und Suetons wie des Augusteischen Zeitalters. Sie erforschte diese Gestalten und stellte oft mit Verwirrung fest, daß sie die Nachwelt Lügen straften; sie war betroffen von diesem Widerspruch, dem auf Zufall und Aussehen beruhenden Fehlurteil, das Trajan einen Idiotenschädel zuschrieb und in Nero die Verneinung jeglicher ethischen Schönheit sehen wollte. Sie studierte diese Häupter, von denen einige durch die Last der Welt zermalmt und plattgedrückt waren, andere tiefe Furchen wie die Weltkarte Strabos zeigten, sorgengequälte oder durch Leiden besänftigte Physiognomien: hier die erhabene Heiterkeit eines Philosophen, dort eine schweinische kaiserliche Hoheit. Und vom nahezu neuzeitlichen Gesichtsausdruck des zu Recht mit dem Zunamen Pius bedachten Antoninus wanderte ihr Geist weiter zu der absteigenden Linie, die der blutige Zank um den zerfetzten Purpur geprägt hatte: von den gütigen Kaisern hin zur Fäulnis, von den aus unreinem Marmor gehauenen Caesaren zu den letzten Vertretern tierischer Sinnlichkeit und altersschwacher Präpotenz!

Eine unter all diesen Statuen prägte sich ihr besonders ein: ein Caesar Augustus mit dicksträhnigem, zu einer Krone geflochtenem Haar; er trug einen Panzer aus der Zeit der «Ilias» und hatte über den Arm, dessen Hand das Szepter hielt, in einfachem Faltenwurf sein Gewand gelegt – das Abbild eines gelassen regierenden Gottes. Als Madame Gervaisais bewundernd den Braccio nuovo* betrat, legten sich eben durch den Einfall des Sonnenlichts majestätische Schatten auf seine Augen.

Was sie fesselte und ihre Besuche in günstigen Augenblicken zum Genuß machte, waren Ruinen, Plätze mit geköpften Pfeilern oder Bauten, die noch ihre einbrechenden Kuppeln mit niederhängendem Prunk zum Himmel emporwölbten. Denkmäler schlugen sie in einen intimen und vertraulichen Bann und boten ihr eine fast menschliche Freundschaft an, eine Freundschaft mit Orten und Dingen, die Rom allein zu spenden vermag.

XXXV

Ein Ausflug auf der Via Appia, den sie im Mai, mitten in ihren Studien, bei Anbruch des Abends unternahm, hinterließ in ihr einen der nachhaltigsten Eindrücke, die sie vom Altertum bewahrte.

Umfangen von einem raunenden Abendfrieden, einem allgegenwärtigen Summen von Stimmen und der besinnlichen Ruhe des sich neigenden Tages, befand sie sich gegen sieben Uhr auf einer weiten Ebene, einer grünen Wüste voll heroischer Ruinen, über die noch immer die Adler der Caesaren hinwegflogen, auf einem von Säulen, Überresten von Tempeln und Aquäduktanlagen übersäten Feld, wo sich aus dem alles überwuchernden Gras, rechts und links, überall, so weit das Auge reichte, Bruchstücke von Denkmälern, Relikte der Geschichte erhoben, die die Natur zu verzehren drohte. Vor ihr erstreckte sich eine hügelige Landschaft, deren Mulden bereits die dort ihre Ruhestatt suchenden Schatten füllten und deren samtenes, von kräuselndem Licht vergoldetes Gelände bis in unendliche Weiten herrliche Architekturgebilde zeigte, Bogengänge, die aus ihrer Brüchigkeit neu erstanden, sowie Brücken, die sich siegreich und zeitlos bis in die Ewigkeit behaupteten und in ihren gelbroten Farbtönen das Licht des scheidenden Tages wie in einer Apotheose festhielten. Und dahinter lagen weitere Trümmer, weitere Überreste, weitere Bogengänge, durch die Perspektive verkleinert, bis hin zum Horizont, der sich schon im Dunst der von grau-rosigem Gewölk verwischten Berge Latiums verlor.

Sie kam am Mausoleum der Caecilia Metella vorbei. Die Via Appia zog sich weiter hin. Aus der Ebene kam eine leichte Abendbrise auf, als hätte man von einer Gruft die riesige steinerne Deckplatte abgehoben. Nachdenklich und verträumt hüllte Madame Gervaisais sich zum Schutz vor der Frische in ihren Schal und sann nach über das große Rom, auf das Gräberstraßen zuführten und das den Ankommenden nicht im Schatten seiner Bäume, sondern seiner Toten empfing.

Ihr Wagen fuhr über die mächtigen Platten, zwischen niedrigen Mauern, die mit ihrer Kuppe eben noch die letzte, mohnblumenrote Sonnenglut auffingen: Rings um sie erstarben Landschaft, Berge und Himmel in unbestimmten Farben. Und so spulte sich diese Gräberstraße weiter ab, als ob sie Madame Gervaisais folgte oder unter ihrem Wagen mitrollte, mit ihren Rotunden, Pyramiden, Tempelchen, Gedenksteinen, statuenlosen Sokkeln, zerbröckelnden Reliefs und Torsi, die wie Helden mit aufgeschlitzten Bäuchen aus Schutthaufen zerfallener Bildwerke ragten, mit ganzen Familien von Büsten, die in steinerner Müdigkeit vor sich hin glotzten, mit ihren verwüsteten, durchwühlten Tumuli, ihren aufgebrochenen Grabkammern, ihren verödeten Sarkophagen, ihren heruntergefallenen «Dîs manibus»-Inschriften. Da und dort neigte sie sich herab im vergeblichen Versuch, einen Namen zu entziffern, den Namen eines jener Römer, deren die Welt noch gedachte; doch die Inschriften mit ihren verwischten Lettern blieben Rätsel des Nichts. Alles war stumm, der Tod und die Erde; und in der weiten, andächtigen

Stille der Einsamkeit und des Vergessens hörte sie nur das Sausen einer Sense, ein Geräusch, das sie dem unsichtbaren Schnitter der Zeit zuschrieb.

Dann machte sie kehrt und fuhr dem fahlen Friedhof entlang, der ihr zu beiden Seiten das Geleit gab, durch das trübe Land, aus dem gespenstisch Olivenbäume wuchsen. Und zwischen zwei Mauern der Finsternis und den starren Umrissen von Häusern, Mauerwerk, Dächern und Pinien, durch die geheimnisvoll dumpfen und starken Alla-tinta-Schwaden, die aus dem Boden in die lichtlose Luft aufstiegen, folgte sie der dunklen Straße, an deren Ende, ganz zuletzt, Rom lag, Rom mit seinen freistehenden Kuppeln, die sich im Violett des Abends scharf auf einem gelben Himmelsstreif abzeichneten – dem Gelb einer Teerose.

XXXVI

Durch ihre vielen Besuche im Vatikan und auf dem Kapitol und die Stunden, die sie vor diesen Schätzen, den Reliquien aus Marmor, Stein und Bronze, in dieser Welt der Skulpturen verweilte, gewann bald *ein* bestimmtes Gefühl in Madame Gervaisais die Oberhand: eine lautere Freude an Archäologie.

Diese Frau, deren Kunstsinn denjenigen ihres Geschlechts übertraf, begann die absolute Schönheit – die der antiken Plastik – zu verstehen und zu genießen. Voll Leidenschaft bewunderte sie jene vollkommenen Nachbildungen, in denen der Meißel des Künstlers den menschlichen Genius zu überbieten schien. Lange betrachtete sie die zugleich irdischen und heiligen Figuren von Göttern und Göttinnen: die heiter friedfertigen Gestalten der Isis, die herrlichen und männlich stolzen der Juno, die imposanten der Minerva, deren Würde sich schon im Faltenwurf ihres Gewandes zeigte, die Venusstatuen mit ihrer gleichsam vom Liebeskuß der Jahrhunderte geglätteten Haut aus Marmor. Sie besah sich das Durcheinander der Unsterblichen des Olymps und der Kaiserinnen des Reichs, die oft in fast göttlicher Nacktheit dargestellt waren. So Sabina, die Gattin Hadrians, die Madame Gervaisais bei jedem ihrer Besuche durch ihren von oben bis unten von einem nassen Tuch umhüllten Körper lange im Banne hielt; das Tuch, das an jedem ihrer Glieder haftete, umfloß, umschmiegte und verschleierte marmorn ihren Leib, es fiel von den weiß vorstehenden Brustwarzen herab, die Rundungen des Busens und des Bauches umkosend, dann knitterte es und legte sich in tausend fließende Fältchen, die steif und gerade nach unten liefen und sich schließlich auf dem Boden brachen, ausgenommen dort, wo der Stoff, beinahe unsichtbar und vom Fleisch der Beine wie angesogen, an den Schenkeln klebte und diese dadurch stellenweise bloßlegte oder durch einige aufgeworfene Falten und Knitterfältchen nur dünn verhüllte, ähnlich mäandernden Wirbeln in einer Strömung. Madame Gervaisais wurde nicht müde, in diesen weiten Museumsräumen unter der Ewigkeit erstarrter Gebärden zu wandeln, einen jungen Faun zu streifen, der mit einer Weintraube einen fauchenden Panther mit erhobener Pfote anlockte, oder ein Gefäß, dessen Rand ein bacchantischer Reigen umwand, oder einen wohlgestalteten griechischen Jüngling auf einem Sockel, einen jener antiken Epheben, die in ihrer Jugendlichkeit mit Apollo wetteiferten.

Und nie beschloß sie ihre langen Besuche, ohne sich ein letztes Mal still und gesammelt auf die Bank vor jenen verstümmelten und dennoch erhabenen Marmorblock zu setzen, an dem ein Schweizer Hellebardist – Wächter des Jahrhunderts, das dieses Werk wiederentdeckt hatte – unablässig vorbeidefilierte: der Torso! Der Torso des Apollonius, der am schönsten aller Tage aus dem Himmel Griechenlands herabgefallen schien und nun hier stand, seiner vier Gliedmaßen beraubt, und doch ein Meisterwerk aus einer andern Welt!

XXXVII

Diese Begeisterung für heidnische Schönheit – die letzte Zuflucht einer unruhigen und bedrängten Seele –, diese aufrichtige Begeisterung für das antike Rom, das mit dem Hain seiner Statuen und versteinerten Bilder das katholische Rom verdrängt hatte, flaute in Madame Gervaisais aber allmählich ab, verblaßte und kehrte sich sogar, durch einen Wandel ihrer Denkweise, gegen das, was sie eben noch bewundert hatte. Seine Kunst schien ihr nun lediglich eine Zurschaustellung von Kraft, Gesundheit und körperlicher Schönheit: Sie erkannte eine sinnliche Kälte in ihr, nahm nur noch den baren Leib wahr. In der vollendeten Ausführung, der wunderbaren Handhabung des Werkzeugs, sah sie mit der Zeit nur noch ein materielles Streben. Im untadeligen Ebenmaß eines Meisterwerks spürte sie hier nur eine starre, fühllose, ausdrucksarme, ja fast unmenschliche Schönheit, dort nur die faunisch freudetrunkene, launenhafte und bösartige Schönheit des noch fast tierisch in freier Natur lebenden Menschen der Urzeit. Der Kopf des Lucius Verus mit seinem Schopf von üppigem Kraushaar, das sich in seine niedere Stirn einfraß, mit seinen großen, streng glotzenden Ochsenaugen, der kraftvollen Nase und dem von wolligem Bart überwucherten Kiefer kam ihr wie das ungeschlachte Urbild gewaltsam prächtiger römischer Animalität vor. All diese Ahnen mit ihren steifen Gesichtern und Togen und ihren grämlichen Runzeln zeigten ihr, wie unerbittlich rauh der Alltagsgeist der Römer doch war. In den Galerien wähnte sie sich von einem Volk von Toten aus Marmor umgeben, die schon zu Lebzeiten hart wie Marmor gewesen waren; die auf steifen Sesseln ruhenden Matronen beängstigten sie geradezu durch ihre unbeugsame Haltung; und so kamen ihr die Statuen und Büsten in ihrer Unnachgiebigkeit immer furchterregender vor.

Zugleich verfolgte sie die Erinnerung an das, was sie gelesen hatte, und versetzte sie allmählich unbewußt in jene barbarischen Zeiten zurück. Langsam kam ihr wieder in den Sinn, wie grausam die römischen Bürger und Bürgerinnen gewesen waren, wie unersättlich und ungestillt ihr Verlangen nach Zirkusspielen, wie laut sie bei öffentlichen Anlässen nach Blut schrien, sie, deren Gesellschaft auf Sklaverei gründete, wo der Mensch ohne Mitgefühl für seine Mitmenschen zur Welt kam und lebte, ohne Achtung vor ihrem Leben und Sterben, ohne Erbarmen mit ihrem Leiden, ohne Rührung für ihr Unglück, ohne Tränen für ihre Tränen: eine stahlharte Welt, in der Mitleid als Schwäche galt.

Und so wandte sich schließlich ihr Denken noch in dieser Umgebung ungewollt dem Christentum zu, das im Menschen den Bruder sah und einer herzlosen Welt Menschlichkeit beibrachte.

XXXVIII

Die heidnische Kunst also führte sie zu dem Glauben zurück, den sie in jungen Jahren nach männlich strenger Prüfung verworfen und dem gegenüber sie sich auch als Frau für völlig unempfänglich gehalten hatte. Vergeblich hatte sie versucht, ihm zu widerstehen und sich nicht zu öffnen; vergeblich hatte sie sich dem heimlichen Wirken wirrer und weicher Gefühle, den ersten Erschütterungen ihrer vom Willen geprägten Gewißheit und Zuversicht widersetzt, vergeblich die Mittel angewandt, mit denen eine intelligente und energische Person sich stählen und wieder in den Griff bekommen konnte, indem sie sich einer anspruchsvollen Beschäftigung hingab, die sie aufrichten und erheben würde. Vorübergehend hatte sie gewähnt, sich ganz der Antike verschreiben zu können, doch war sie bald wieder davon abgekommen, des Kampfes müde und ergebener, als sie es vor ihrem Streben nach geistiger Ungebundenheit und Freiheit gewesen war, überwältigt und vor einer Gewissenskrise versagend, gegen die sie sich wehr- und machtlos vorkam. Und während sie, von einem sanft abfallenden Abgrund unwiderstehlich angezogen, dem Religiösen zuneigte, versank sie, wie eine gänzlich verzagte Seele, in Angst und Schmachten.

Sie wurde all der Tätigkeiten überdrüssig, die bis anhin die Stärke und Triebkraft ihres Lebens gewesen waren; nicht einmal lesen oder schreiben mochte sie mehr, sie verfiel einer maßlosen Traurigkeit.

XXXIX

In dieser geistigen Leere und Einsamkeit erstand eines Tages, grundlos, ohne Veranlassung oder Antrieb, die Gestalt Christi vor ihr. Es widerfuhr ihr unvermittelt, was ein Kirchenvater der Neuzeit die Begegnung mit Jesus Christus nennt, gleichsam die Begegnung mit einem Menschen an einer Straßenecke. So fand die Frau sich also im Geist Aug in Auge ihm gegenüber, und seither wollte ihr diese Erfahrung nicht mehr aus dem Sinn.

Der liebevolle Meister war in ihr gegenwärtig, wie die Gestalten aus Geschichte und Sage, welche die Überlieferung stets von neuem erweckt. Er tauchte vor ihr auf, umherziehend und predigend in den Einöden und Landstrichen Judäas, pflückte den ländlichen Zauber seiner Gleichnisse von Bäumen und Kräutern, aus Ernten, Weinlesen und dem Senfsamen, verglich den Weg zum Himmel mit dem Weg durch reife Kornfelder, auf dem ihm seine Jünger folgten und Ähren aßen. Und er kam wieder auf sie zu und sprach von den freien Weiten des Raums, vom Unendlichen, das sich hinter den Tribünen der Berge und des Meeres auftat, oder redete andere Male vom Bug eines Bootes aus, auf du und du mit dem Sturm, und befahl ihm zu schweigen. Und gerne verweilte sie, ohne zu glauben, vor jenem rührenden Wunder, als der Heiland auf die Leiche des Lazarus eine menschliche Träne fallen ließ – denn noch immer sah sie in ihm bloß einen Menschen, einen, der das Gute verbreitete, zu den Kranken trat, die Leidenden berührte, Schmerzen und Gebrechen linderte, das Gebot der Nächstenliebe und der Vergebung verkündete, demütig und volksverbunden, einen Bruder der Armen, einen, der die Elenden, die Unterdrückten und Entrechteten, die Kleinen und Einfältigen ins Reich Gottes rief und der Trübsal mit den Worten des Neuen Testaments begegnete: «Selig sind die Trauernden, denn sie werden getröstet werden!» Ein poetischer Wanderer auf Erden, ein König der Schmerzen, der der Welt die Wehmut hinterlassen sollte.

Aber sie gedachte seiner auch als einer sanften Erscheinung, eines Beschützers ihres Geschlechts, der, von der Krippe bis zum Kreuz von so viel Weiblichkeit umfangen, die Frauen derart geliebt hatte, ihnen ihre Schwächen so bereitwillig verzieh und so dankbar war für die Wohlgerüche, die sie verströmten, daß er sich am frühen Morgen seiner Auferstehung als erstes einer Frau zeigte.

Und indem sie bei diesen Gedanken ein Bild

Raffaels betrachtete, suchte sie in der Schönheit seiner Linien und der Makellosigkeit seiner Köpfe, wie auf dem Schweißtuch der Veronika, ihre Vorstellung vom Antlitz Jesu, die ihrem Auge vorschwebende Traumvision, in einem greifbaren Bildnis zu fassen und festzuhalten.

XL

Der boshafte Spott eines kleinen Gefährten, ein grausames Kinderwort über das Gebrechen ihres Sohnes, das Madame Gervaisais zufällig aufschnappte, brachte sie auf die Idee, Pierre-Charles lesen zu lehren, eine Aufgabe, mit der sie sich von ihrem geistigen Müßiggang abzulenken hoffte und von der sie im voraus wußte, daß sie all ihre Geduld und ihren mütterlichen Stolz auf eine harte Probe stellen würde.

Einige Zeit nach ihrer Ankunft in Rom hatte sie einen Hilfsgeistlichen ihrer Pfarrgemeinde eingestellt, damit er ihrem Sohn Hausunterricht erteile; doch dieser war, kaum hatte er seinen Schüler zum ersten Mal gesehen, zum Schluß gekommen, es lohne sich nicht, auch nur zu versuchen, ihm etwas beizubringen, und so beschränkte er sich darauf, ihn zwei Stunden im Tag zu hüten, während deren er die meiste Zeit mit Giuseppe Karten spielte.

Madame Gervaisais entließ ihn, und am nächsten Tag zeigte sie ihrem Sohn nach dem Mittagessen ein ganz neues Abc-Buch, das sie offen auf ihren Knien hielt. Sie rief ihn herbei. Aus ihrem Gesicht sprach eine so feste Entschlossenheit, daß das Kind sogleich am ganzen Leib leicht zu zittern anfing, wie immer, wenn es diesen Ausdruck auf dem Gesicht seiner Mutter sah. Doch gehorsam nahte es sich und bemühte sich eifrigst, jeden Laut zu wiederholen, den sie ihm vorsprach, wobei sie auf den entsprechenden Buchstaben einen der Fidibusse legte, die sie abends nach dem Essen aus rosarotem Papier drehte, um ihre unbeschäftigten Finger zu betätigen. Er sprach sie nach, doch so mühsam und verkrampft, mit angestrengtem Geist und würgender Kehle, daß er einem leid tat, zumal sich seine Augen dabei blaß umränderten, wie dies bei Kindern vorkommt, wenn sie heftig leiden.

Madame Gervaisais hatte sich geschworen, nicht nachzugeben, und obwohl sie selbst darunter litt, ihm soviel Leiden zu bereiten, hielt sie ihn, wie sie es sich vorgenommen, eine ganze Stunde dabei fest.

Der Knabe hatte die ihm von seiner Mutter vorgesprochenen, ja gleichsam vorgekauten Laute einigermaßen richtig nachgebildet, doch als der Tag kam, an dem es galt, sich ihrer zusammen mit den Buchstaben zu erinnern, sie wiederzuerkennen und zu beweisen, daß er etwas wußte und behalten konnte, als die folgende Unterrichtsstunde dem Unglücklichen diese ihm – wie er wohl wußte – unmögliche Leistung abverlangte, wallte in seinem nur zur Liebe fähigen Herzen die Wut der Ohnmacht darüber auf, daß er dem Wunsch seiner Mutter nicht zu genügen vermochte. In einem jähen Anfall blinden und verzweifelten Zorns begann er mit beiden Füßen rasend zu stampfen. Und mehrmals sagte er: «Pierre-Charles kann nicht! Pierre-Charles kann nicht!» Und dazu sprang er mehrmals auf, immer erregter, immer wilder. Um ihn zu beruhigen, mußte ihm seine Mutter die Hand auf die Stirne legen und ihn lange, wie ein Tierbändiger, ansehen; dann stand er endlich still und blieb wie angewurzelt auf dem Parkett stehen – für die Mutter eine herzzerreißende Stunde und für das Kind eine schreckliche, abscheuliche Erfahrung, nach der es lange Zeit nervös und geistig abwesend blieb, sich nicht mehr vergnügte, noch weniger Worte lallte als zuvor und einen bedrückten Eindruck machte, ein Bild der Trauer und unverdienten kindlichen Unglücks.

XLI

«Madame» – es war Honorine, die so zu seiner Mutter sprach –, «die ganze Nacht hat er wieder nicht geschlafen ... oh, diese elenden Buchstaben! Er sucht sie sich ganz allein in seinem Bett vorzusagen ... und dann weint er und weint er ... der kleine Mann! Madame wird ihn noch krank machen ...»

Madame Gervaisais gab keine Antwort. Sie wollte ihr Vorhaben nicht aufgeben, ihr Gelübde nicht zurücknehmen, wohl aber versuchen, den Lektionen ihre Schmerzlichkeit zu nehmen. Sie suchte nach mechanischen Mitteln, um dem Erinnerungsvermögen des Kindes nachzuhelfen, nach Verfahren zur Stärkung des Gedächtnisses, von denen sie sich entsann, in Büchern über Erziehung gelesen zu haben. Sie erprobte eine Mnemotechnik, wie sie erfindungsreiche Mütter ersinnen, die das Denken eines trägen Gehirns fördern wollen. Die Lektionen, die sie nunmehr ohne Strenge erteilte, waren folglich nur noch Stunden der Zärtlichkeit, der Sanftmut, der Ermunterung, Appelle an den eigenen Willen des Kindes, liebevolle mütterliche Erziehungsversuche. Manchmal schien sie die Intelligenz des Kindes anzuflehen. «Schau mal, Pierre-Charles», sagte sie dann, «du mußt doch lesen können wie die andern. Kann dein kleiner Freund René nicht auch lesen? Du willst doch sicher lesen, nicht...? Hier in diesem schönen Buch?»

Und während sich das Kind, fast auf den Fersen hockend, konzentriert über die Seite des offenen Buches neigte, jede Faser seines Körpers angespannt, um zu erbringen, was seine Mutter von ihm verlangte, sagte diese: «Nun, so schwer ist das doch nicht... Und du liebst doch deine kleine Mama so sehr! Schau, nur bis dahin...»

Und die Lektion endete in einem Tränenstrom des armen Kindes, das noch immer nicht zu lesen wußte und dem seine Mutter kein liebes Wort mehr sagen konnte, ohne daß es aufschluchzte und in Weinkrämpfe verfiel, die auf seinem verheulten Gesicht einen Ausdruck völliger Gefühlsverwirrung hinterließen.

XLII

Ein paar Tage später: «Madame...»

Es war Honorine; Madame Gervaisais lief zur Tür.

Sie kam von einer Spazierfahrt zurück, auf der Pierre-Charles sie nicht hatte begleiten wollen.

«Madame, ich habe es Ihnen ja gesagt... Nun ist er krank. Krank ist er, der arme Kleine...»

«Krank?»

Geschwind trat Madame Gervaisais ins Zimmer ihres Sohnes und fand ihn auf dem Bett liegend.

«Hast du Schmerzen, mein liebes Kind?» fragte sie und lief zu ihm hin. «Sag es deiner kleinen Mama... Wo tut es dir weh?»

«Pierre-Charles weiß nicht...»

«Hier, hm...? Oder da...?»

Sie betastete den ganzen Körper mit dem Feingefühl einer Mutter, die wissen will, woran ihr Kind leidet.

«Weiß nicht...», wiederholte der Knabe; seine Augen rollten in ihren Höhlen, während er mit den Händen mechanisch an die Nasenflügel griff.

Sie befühlte seine Stirn: «Glutheiß...»

Sie faßte seine Hände: «Fieber... Schnell zum Arzt, Honorine!»

Als der Knabe diese Worte hörte, verkrampften sich seine Mundwinkel, und mit einem Lächeln, in dem als erstes Symptom seines Leidens erschreckend unkindlicher Hohn mitschwang, sagte er zähneknirschend: «Arzt... Pierre-Charles nicht mehr lesen...»

Madame Gervaisais wurde leichenblaß; sie kniete vor dem Kind nieder, faßte seine feuchten Hände, die es ihr, um Verzeihung bittend, auf den Mund gelegt hatte, und hielt sie fest, bis Honorine mit Doktor Monterone zurückkam.

Der Arzt musterte das Kind mit unzufriedener

Miene und murmelte, als befragte er sich selbst, das Wort «Krampf» zwischen den Zähnen; dann wandte er sich der Mutter zu: «Hat unser kleiner Freund vielleicht ein widerwärtiges Erlebnis gehabt? Hat er sich geistig überanstrengt?»

«Ja, genau das ist es, Herr Doktor!» rief Madame Gervaisais. «Meinen Sie damit, ich habe ihn getötet? Ja, ich bin's tatsächlich, die ihn getötet hat... Wenn er stirbt, kann ich wohl sagen: ‹Ich bin's gewesen...› Ich wollte... ach, was für eine idiotische Idee... daß er sei wie die andern... Ich frage Sie: Wozu brauchte ich das nur...? War er mir nicht gut genug, so, wie er war...? Ja, was machte es mir denn aus, ob mein Kind lesen konnte oder nicht?»

Immer überreizter, steigerte sie sich in einen Wahn; Verstand und Vernunft trübten sich, wie stets, wenn ihrem Kind Gefahr drohte; sie hörte gar nicht mehr auf den Arzt, sondern sprach unaufhörlich, ging mit langen Schritten zwischen Bett und Fenster hin und her, schilderte in allen Einzelheiten, wie sie das Kind gequält hatte, und meinte dann nochmals abschätzig: «Eine Mutter! Eine Mutter! Aus Stolz, aus Stolz... Und dabei geht es um das Leben ihres Kindes!»

Dann stand sie plötzlich still, streckte einen Arm aus und sprach unwillentlich, stoßweise und mit erstickter Stimme, als beschriebe sie einen Alptraum: «Eine vergoldete Wiege... ein weißes Laken... und darunter ein kleiner Körper... diesem zu Häupten ein großer Blumenstrauß und zu Füßen ein weißer Kranz... Das ist es, ja, das ist es!»

Der Arzt folgte dem Blick der Mutter, die auf

den Platz hinabschaute: Im gedämpften Geisterlicht der römischen Totenstunde zog eben, wie eine Ausgeburt der Nacht, das weiße Grabgeleit eines Kindes vorüber.

Madame Gervaisais hatte sich umgewandt, um sich auf ihren Sohn zu werfen und zu erfühlen, daß er noch lebe und noch ihr gehöre. Doch vor seinen schon verstörten, verzerrten Zügen und den nervösen Zuckungen blieb sie jäh stehen, glättete mit den Fingern rasch ihre Haarbänder und sagte dann vollkommen ruhig, als wäre sie eine andere Person mit einer andern Sprache geworden: «Nun ist's an uns beiden, Herr Doktor... Ich bin jetzt wieder bei klarem Verstand... Seien Sie unbesorgt... Bei völlig klarem Verstand...»

Und sie hatte recht. Sie hatte ihre Kaltblütigkeit wiedererlangt, und sie blieb besonnen.

Sie blieb es, als sie das Kind nun zu pflegen begann, ihm Arzneien verabreichte und eigenhändig Senfpflaster auflegte. Sie wachte die ganze, nicht enden wollende Nacht, beobachtete den Verlauf der Krankheit, dieser unbarmherzigsten unter den Kinderkrankheiten: Anfälle von Krämpfen, die sich zu heftigen Zuckungen steigerten, als wollten sie dem armen, von ihnen erschütterten Geschöpf das Leben aus dem Leib reißen. Flüchtig blitzte in ihr mit seinem ganzen Schrecken das Bild des kleinen Besessenen in der «Verklärung Christi» auf; in ihrem Kind erkannte sie dessen Mund!

Die Krise legte sich erst am Morgen. Doch verbarg ihr der Arzt nicht, daß er einen weiteren Anfall befürchtete, eine jener Tageskrisen, die offenbar das Sonnenlicht auf die Spitze treibt.

XLIII

«Was ist los?» fragte Madame Gervaisais ihre Kammerfrau in strengem Ton. Diese kam eben aus dem Vorzimmer zurück, wo man geklingelt hatte.

«Madame, es sind die Damen des Hauses. Sie sind gekommen, das Kind zu sehen.»

«Ich will nicht, daß man es sieht!»

Als sie die Frauen sah, die Honorine schon gefolgt waren, fragte sie ganz entgeistert, als spräche sie zu Menschen, die sie kaum kannte: «Was wollt denn ihr von mir?»

«Oh, Madame», sagten die beiden Frauen verschüchtert, «wir gehen wieder... verzeiht uns... Wir gehen seinetwillen zu San Agostino...»

«San Agostino? Wie das? San Agostino...? Was meint ihr mit eurem San Agostino?»

«Ei, Madame weiß doch... Die Madonna del Parto*, die Madonna der Kinder und Mütter...»

In ihrer Sorge dachte Madame Gervaisais ausschießlich an Ärzte, Quacksalber und Kurpfuscher. Beim Wort «Madonna» überkam sie ein verächtliches, beinahe bitteres Lächeln.

Dann aber, als habe sie ihre Meinung unwillkürlich und unbewußt geändert, sagte sie unvermittelt: «Nun, Honorine, worauf wartet Ihr? Wollt Ihr mir nicht meinen Schal und meinen Hut reichen? Ihr seht doch, daß die Damen warten...»

Gleich darauf war sie auf der Straße. Die beiden Frauen schwatzten ihr den Kopf voll von Wunderheilungen der Madonna, Geschichten von geretteten Kindern und genesenen Wöchnerinnen. Sie erzählten ihr vom letzten und jüngsten Wunder, das in Rom das Stadtgespräch gewesen war und allen Gemütern zur Erbauung gedient hatte: Eine Fürstin, die sie ihr beim Namen nannten, hatte gelobt, der Madonna ihren diamantenbesetzten Kamm im Werte von fünfundzwanzigtausend Francs zu schenken, wenn sie ihren Sohn wieder gesund mache. Als dann ihr Sohn geheilt war, hatte sie ihren Kamm zurücknehmen, dafür aber mehr als dessen Wert in Geld bezahlen wollen. Darauf hatte man ihr erklärt, man wage es nicht, ihn zu entfernen, sie möge es doch selber tun. Man hatte sie aufgefordert, auf einen Stuhl zu steigen, doch habe sie der Statue den Kamm nicht mehr vom Kopf zu reißen vermocht. Madame Gervaisais hörte nicht zu, sie hörte überhaupt nichts. Die Worte summten ihr bloß in den Ohren. Sie schritt achtlos dahin, von einem mechanischen Impuls getrieben.

Als sie die Stufen zur Kirche emporstiegen, wiesen die beiden Frauen auf eine junge, kreideblasse Wöchnerin, die bei ihrem ersten Ausgang durch das Rosa ihres seidenen Kleides noch blasser erschien und sich auf den Arm ihres Gatten stützte.

Drinnen, in einer düsteren Nische unter der staubbedeckten Orgelempore, sah Madame Gervaisais im ungewissen Zwielicht grünspanüberzogener Scheiben, in einem von wurmstichigem Getäfel verkleideten, moderigen Winkel, wo Schmutz anscheinend unberührbar heilig und ehrwürdig war, ein Geflacker von Kerzen- und Lampenlicht auf einem hellichten Altar und dahinter ein Geflimmer von Geschmeiden, einen aus Edelsteinen gefügten Rock, der eine marmorne Jungfrau und deren Bambino bekleidete, wobei der Marmor bei näherer Betrachtung gelblich erleuchtet und schwarz umrandet schien, als ob ihn die Wachskerzen entzündet und der Rauch geschwärzt hätten, patiniert, wie eine verehrte Bildsäule, versengt und mischfarbig wie das Götzenbild einer Mulattin.

Und so erkannte Madame Gervaisais schließlich eine schöne Madonna von Sansovino, die ihre schmale Hand mit den Spindelfingern von einem rauchumfangenen und undeutlich umrissenen Leib ausstreckte, welchen eine Decke aus Kleinodien, Perlenhalsketten, das lastende Goldgewölbe der Krone, die Diamanten an ihren Ohren, die kostbaren Steine ihres Mieders, die goldenen Ringe an den Handgelenken, das ganze barbarische Gefunkel einer byzantinisch geharnischten Kaiserin beschatteten, wozu noch der Glanz des Jesuskindes auf dem Arm der Mutter kam, auch es goldgekrönt, goldumhüllt, den Arm von goldenen Ketten, Kettchen und Medaillen umwunden, den Leib von Gold gegürtet, ein Bein in einem smaragdenen Schoner steckend.

Sonst fiel Madame Gervaisais unter dem Saum des marmornen Kleides noch ein von Küssen halb zerfressener, zur Hälfte in Gold nachgebildeter Fuß auf, dessen Zehen unter dem verehrenden Druck der Münder und Lippen wie durch eine Schwimmhaut verwachsen waren.

Zu beiden Seiten des Altars häuften sich Kästen, Bilder, glitzernde Metallherzen und silberne Platten – Votivgaben jeglicher Art: Stickereien, Mosaike, Malereien, kindliche Pinseleien, welche verletzte oder kranke Kinder im Bett darstellten, mit einer überall wiederkehrenden Himmelsöffnung in der Wand, durch die, ganz hinten im Zimmer, über Ärzten in schwarzem Gewand, die Muttergottes mit dem Bambino erschien – Bilder, die Madame Gervaisais einen Augenblick erstaunt betrachtete.

Dann ließ sie, die einzige, die vor der Statue aufrecht blieb, mechanisch einen Blick in die Runde und in das andachtsvolle Dunkel schweifen, über die Frauen, die in Kopftüchern und wie zu Paketen gepreßt knieten, die Stirne an die Holzbänke gedrückt; sie sah ein Gewälz von Bauern, die mit ihren Ellbogen das Strohgeflecht der Stühle durchstachen und nichts anderes von sich sehen ließen als ihre wilden Augen, in denen sich die flammenden Kerzen widerspiegelten, sowie die groben Nägel ihrer Schuhsohlen; sie sah, wie alles sich unaufhörlich niederwarf und um jedes freie Fleckchen stritt, Menschen jedwelchen Schlages, aus allen Volksschichten und mit allen möglichen Gesichtern, Priester mit feinem Profil, die das Kinn auf ihre gefalteten Hände drückten und die Finger mit der gleichen Hingabe verflochten hielten wie die Figuren der Stifter unten in den Farbfenstern; sie sah Frauen in Röcken aus Seide oder Kattun, die betend nebeneinander hinkrochen, die Knie fast bis zum Boden gebeugt; und sie sah Verzweifelte, die eben ein Sterbebett verlassen hatten, in dem sie keinen Toten vorfinden wollten, und Mütter, die sich an die Hoffnung auf ein Wunder klammerten.

Die Schwingtür ließ jeden Augenblick einen weiteren Besucher ein; ein kurzer Lichteinfall, und er wurde zum Schatten, nahm Weihwasser aus einem schwarzen, von einem weißen Engel gehaltenen Kessel, sank jäh in die Knie, erhob sich wieder und steuerte direkt auf den Fuß der Jungfrau zu, drückte einen Kuß darauf, preßte kurz die Stirn an ihre Zehe und küßte sie nochmals, tauchte einen Finger ins Öl einer Lampe und betupfte sich damit die Stirne. Und dies, immer nur dies, wiederholte sich unaufhörlich, inmitten von gestammelten Gebeten und ekstatischen Versenkungen von hingerissenen und totengleich erstarrten Menschen, die sich nur wieder belebten, um sich unter der Jungfrau zu bekreuzigen; schmatzend und pausenlos fielen Küsse auf diesen am heißesten verehrten Fuß der Welt, den zu vergötzen die Menschen nimmer müde wurden.

Ergreifend und verwirrend war diese heilige Stätte San Agostinos, die von glühendem Dämmer, von Schatten und Gold erfüllte Kapelle, die Erscheinung der großen, speckigen Marmorstatue, der fade Geruch der Kerzen und des Öls in den Lämpchen, der Nachhall Jahrhunderte währender Gebete, die Andenken an den Wänden, die Bilder, die vom Sieg über den Tod erzählten, die von verhaltener Begeisterung trächtige Stille, der schnelle Schlag aller Herzen, das Murmeln eines liebenden, bittenden, anrufenden Glaubens, alles, was Frauen dort aus ihrem Schoß verströmten! Ort des Taumels und des Mysteriums, aber auch Höhle unvermeidlichen Aberglaubens wie jeder Erdenwinkel, jeder Tempel, jede Kirche, wohin die Menschheit strömt, wenn ihre Vernunft versagt, um eine Bildsäule, einen Stein zu verehren oder was sonst immer ihr auf der Welt das Ohr des Himmels leiht.

Die beiden Römerinnen hatten ihre Andacht gehalten und warteten an der Tür. Madame Gervaisais stand noch stumm und mit verschlossenem Gesicht da, als eine Mutter ihr fieberndes Bübchen herbeitrug und es über den Fuß der Jungfrau hielt, worauf der arme Kleine ihn verschlafen küßte. Da plötzlich schritt die andere Mutter schnurstracks, wie von einer Feder getrieben, auf den Sockel zu, prallte im Vorübergehen gegen Stühle und Betende, die sie nicht sah, warf sich wie toll auf den Fuß und drückte den Mund und dann die Stirne an das kalte Gold. Ein Gebet aus Kindertagen stieg in ihr hoch, brach sich zwischen Schluchzern Bahn.

Draußen hielten sich die beiden Frauen hinter ihr; Madame Gervaisais hatte sie vergessen, sie sprach nicht zu ihnen.

XLIV

Zwei Tage später sagte der Arzt zu Madame Gervaisais: «Liebe Madame Gervaisais, schauen Sie sich Ihr Kind an: Die Augen sind wieder ganz normal, die Pupillen nicht mehr geweitet, die Krämpfe in den Vorderarmen sind verschwunden, die Venen nicht mehr sichtbar unter der Haut … Ich kann mich jetzt schon dafür verbürgen: Er kommt davon, das ist ein Wunder, sehen Sie …»

Dabei betonte er verschmitzt das Wort «Wunder».

«Eine Zeitlang war ich besorgt. Bei einem Kind

mit seiner Konstitution muß man immer das Schlimmste befürchten... Aber in vierzehn Tagen wird er wieder so wohlauf sein wie vorher. Und durch eine glückliche Fügung – bei dieser Krankheit keine Selbstverständlichkeit – wird er auch schön bleiben.» Und lächelnd fügte er hinzu: «Ja, San Agostino bewirkt schöne Heilungen, und wenn die Madonna dem unwürdigen Doktor Monterone nicht ein bißchen unter die Arme gegriffen hätte...»

«Bitte, lieber Herr Doktor, ist es wirklich vorbei? Versprechen Sie mir... Sind Sie sicher?»

«Aber, meine Teure, noch einmal... Sehen Sie ihn an: Diese Ruhe, keine Erregung mehr, alles ist wieder im Gleichgewicht mit seinen Nerven...»

Er beugte sich über das Kind, prüfte es eine Weile, horchte wie verstohlen in seinen Körper und erklärte dann im feierlichen Ton des erfreuten Wissenschaftlers: «Ich weiß nicht – ich möchte keine falschen oder trügerischen Hoffnungen in Ihnen wecken –, aber es wäre bemerkenswert, wenn diese Krise etwas in ihm ausgelöst hätte... Wenn diese kleine Intelligenz, die jetzt noch schlummert...»

«Sprechen wir nicht von dem, Herr Doktor... Wenn er bloß lebt! Wenn er bloß lebt! Mehr verlange ich nicht... Möge er mir erhalten bleiben, wie er kam und mir geschenkt wurde... Sehen Sie, selbst wenn Gott ihm seine Schönheit nähme, ja, auch dann würde ich mich nicht beklagen...»

«Sie haben recht, Madame, dergleichen Illusionen...» Doch schon verfiel der Arzt wieder in seinen frohgemuten Ton: «Was aber nicht ausschließt, falls sich etwas Derartiges ereigenen sollte... Ihre beiden geschwätzigen Gastgeberinnen haben ja die Geschichte schon im ganzen Quartier verbreitet, und die Priester und die Fratoni... Was für ein Stadtgespräch in unserem Rom! Eine Französin, eine Frau aus dem Lande Voltaires, deren Kind die Madonna Körper und Seele zurückgegeben hätte! Da wird sich wohl die Ritenkongregation damit befassen, und Sie müßten der Madonna eine Bestätigung dafür erteilen...»

«Seien Sie nicht boshaft, Herr Doktor! Ich bin ja so glücklich», sagte sie verlegen. «Lassen wir diese Frage!»

Als die beiden Frauen sie am folgenden Tage abholten, damit sie San Agostino danke, übergab sie ihnen eine reiche Opfergabe in Gold, wollte aber unter irgendeinem Vorwand nicht dorthin zurückkehren. Und jedesmal, wenn später jemand auf ihren Besuch in jener Kirche zu reden kam, brach sie das Gespräch ab, da sie keinem andern das Recht zugestand, an diese Erinnerung zu rühren, die sie tief in sich selbst begraben hatte.

Ein einziger Gedanke, ein einziges Gefühl erfüllte sie jetzt: Ihr Sohn lebte. Überwältigt von dieser unendlichen Freude, die auf das Grauen der Krankheit folgte, in der seligen Erleichterung und Gewißheit, Pierre-Charles noch zu besitzen, ihn umarmen zu können und gerettet zu sehen, im Glück, zu beobachten, wie er sich erholte und ihr gleichsam neu geboren, ein zweites Mal geschenkt wurde – dies allein beschäftigte Madame Gervaisais noch, sein Wiederaufleben und die Tatsache, daß er noch da war: Hätte er doch ebensogut nicht mehr da sein können. Ihn inskünftig zu lieben, ausschließlich und verlangender, mit einer durch Tränen und Ängste gestärkten Liebe, ihn zu verwöhnen und vergessen zu lassen, sein vorübergehend verschlossenes Herz wieder zu öffnen und durch innige Zärtlichkeit zu entfalten, es erneut mit ihrer ganzen Empfindsamkeit zu überschütten, die seine Gesundheit ausmachte – dahin ging nun ihr einziges mütterliches Sinnen.

Und umhegt von dieser schützenden Liebe, erstand das Kind rasch zu neuem Leben, freilich, ohne daß sich in seinem Zustand etwas von dem erfüllte, was der Arzt angedeutet hatte. Alle Schwierigkeiten und Mühen hafteten seiner Sprechweise nach wie vor an, und seine Auffassungsgabe wurde nicht lebhafter. Es fiel ihm immer noch gleich schwer, seine Gedanken zu sammeln. Indessen glaubte seine Mutter zu spüren, daß er sich seines Gebrechens deutlicher bewußt und es ihm deshalb noch unangenehmer war, zu sprechen und sich anders als durch die rührende Sprache seiner Blicke und Hände auszudrücken.

Was seine Schönheit betraf, behielt der Arzt hingegen recht. Es war, als hätte der Kranke die Krankheit entwaffnet: Die Krämpfe waren über ihn hinweggegangen, ohne Spuren zu hinterlassen, ohne seinen Linien und Zügen, seinen gütigen schwarzen Augen, seiner kleinen Adlernase, seinem besorgten und zärtlich halb offenen Mund oder dem braunen Engelsgesicht unter seiner Bretonenfrisur etwas anhaben zu können; die einzige Veränderung, die die Krise zur Folge hatte, war ein Schatten von Flaum über den Mundwinkeln – ein erstes Zeichen vorzeitiger Geschlechtsreife bei diesem geistig zurückgebliebenen Kind.

XLV

Als Pierre-Charles wieder bei Kräften war, reiste Madame Gervaisais mit ihm nach Castel Gandolfo, wo sie dieses Jahr die heißen Monate Juli und August zu verbringen gedachte. Der Knabe trat die Fahrt, wie alle Kinder, voller Freude über den Ortswechsel an, ernst und lächelnd zugleich. Der Wagen ließ die glühenden Mauern Roms hinter sich und fuhr in eine dürre, rostfarbene Landschaft, die hier und dort, wie von versengten Stellen, von schwarzen Flecken übersät war. Massige Rinder stampften durch ausgetrocknete Bachbetten und trugen ihre wuchtigen Hörner mit der Majestät müder Hirsche; steingraue Schafe grasten unter einem weiß gestreiften Himmel unbeweglich die Ebene ab. Berge hoben sich wie eine von einem Boot aus gesichtete Küste in der Ferne ab, blau verschleiert, wie den tief hängenden Dünsten eines weiteren Meeres entwachsen.

Die Straße stieg allmählich an, und ein Venticello blies von der See her den Reisenden seine Frische zu. Rosenhecken und Bauern mit Rosen hinter dem Ohr kündeten Albano an. Der Kutscher fuhr in schnellem Trab durch die von aschgrauen Häusern gesäumten Straßen, dann bog er in die Galleria ein, einen Weg entlang steil abfallenden Olivenhainen, von dem aus sich in engen Durchblicken, unter jahrhundertealten Bäumen, die ihn überwölbten und wie ein Wald beschatteten, weit entfernt eine Lichtspiegelung auf Wasser flimmerte.

Und bald öffnete sich in einer zinnenbewehrten Mauer die weite und einzige Straße von Castel Gandolfo, mit dem Schloß des Papstes im Hintergrund und dem Balkon, von dem aus er seinen Segen erteilte, eine Straße zwischen gelben Häusern, mit Frauen in kurzen roten Röcken, Kindergewühl auf den Treppenstufen, seltsamen Löchern, Türen und Fenstern verfallener, hohl gähnender Gebäude, durch welche Fetzen von Blau strahlten – das Blau des Sees, das man für das Blau eines nach unten gekehrten Himmels hätte halten können.

XLVI

Es gab in Castel Gandolfo einen einsamen, verlassenen Winkel, an dem kein Mensch vorbeiging, einen unbelebten, stillen Ort, wo kleine Burschen «Himmel und Hölle» – filo molino – spielten. Es war dies eine Terrasse mit einer Brüstung aus Erde und Steinen, von der aus das Gelände steil zum See abfiel, Hänge, auf denen Bäume und Büsche wuchsen, die fürs Auge mit zunehmender Tiefe immer kleiner wurden und zuletzt, am Rande des Wassers, Grashalmen glichen. Der Ort lag hinter dem Chor einer Kirche, die, nach dem verwaschenen Giebel, den vernagelten Fenstern, der wackeligen Empore mit ihrem herabhängenden Geländer, dem faulenden Holztor und dem alten, gelb bemoosten Gips zu schließen, im Laufe der Jahrhunderte vergessen worden und verfallen war. Beidseits umdrängten sie ärmliche Bauernhäuser, alle ebenso morsch und von Flechtenwuchs befallen wie die Kirchenruine, mit Wandelgängen auf der Rückseite, durch deren quadratische Fenster man die ganze Landschaft überblickte.

In eines jener Häuser, dessen ganzen ersten Stock sie neu hatte tünchen lassen, zog Madame Gervaisais ein, mit gemieteten Möbeln aus Rom, Blumen und Jalousien; eine Wohnung an der Hauptstraße wäre zwar bequemer gewesen, doch zog sie es vor, hier den ganzen Tag vor der Sonne geschützt zu sein, in freier Luft zu leben, die Landschaft und den kleinen See zu genießen, seine einsame Wasserfläche, sein stilles Blau, seine ruhige Glätte, die runde Fülle seines vulkanischen Trichters, jene von Bäumen und artig wilder Natur umgürtete Reglosigkeit, die den Seen in dieser Gegend den poetischen Namen «Spiegel der Diana» eingetragen hatten.

XLVII

Nachdem sie einen Monat hier verbracht hatte, schrieb sie ihrem Bruder:

«... Ich glaube langsam, lieber Bruder, wir Bewohner des Westens bringen, wenn wir in den Süden gehen, einen bestimmten Vorrat an Nervenkraft mit uns, der nach einiger Zeit zur Neige geht und den wir dort nicht mehr zu erneuern vermögen. Nenne es, wie Du willst; mir jedenfalls fehlt es gegenwärtig daran, scheint mir. Es geht mir so gut, als es kann, besser als seit Jahren. Ich leide weniger und bin der dauernden Angst ledig, immer leiden zu müssen. Honorine hält mich für gerettet, und ich bringe den Mut nicht auf, sie ihres Irrtums zu belehren. Und dennoch fühle ich mich, ungeachtet dieser besseren Verfassung, von einer Art Mattigkeit befallen. Nicht körperlich. Ich laufe und gehe spazieren. Ich fahre vergnügt im Wagen durch die reizvolle Umgebung der Stadt. Ich gehe hierhin und dorthin und bin immer in Bewegung, ohne mich körperlich überwinden und schleppen zu müssen, wie es Kranke ihrer Beschwerden wegen gewöhnlich tun. Glaube mir, wenn sich hier gar ein bißchen Gesellschaft finden ließe, wäre ich nicht abgeneigt, mit ihr zu verkehren. In dieser Hinsicht bin ich also, wie Du siehst, zu allem aufgelegt. Was mich übermannt hat, ist eine ungeheure Trägheit des Verstandes; ich bin des Lesens, Denkens, jeder ernsthaften geistigen Tätigkeit überdrüssig. Wenn ich ein Buch aufgriffe, würde es mir nicht nur aus den Händen, sondern auch aus dem Sinn fallen. Kaum vermag ich das wenige, was ich lese, zu beurteilen. Mein Denk- und mein Entscheidungsvermögen lassen nach. Mein Verstand ist wie schläfrig; ich wandle geistig im Ungewissen. Zeitweise ist mir, als ob meine Gedanken sich von mir lösten, sich verflüchtigten und in ein unbestimmtes, abstumpfendes Grübeln mündeten ... Ich frage mich, ob das nicht an der Gegend hier liegt, an diesem See mit seinem reglosen Wasser, der stummen Heiterkeit dieser Erde, diesem Himmel mit der sturen Pracht seiner fühllosen Bläue... Ach, diese italienische Natur! Ja, sicher, sie ist schön, zum Sterben schön... Oh, käme doch ein feiner Regen aus Frankreich!

... Nachher traf mich wie ein fürchterlicher Schlag die Krise, die mein armer kleiner Liebling zu überstehen hatte. Ich blieb davon wie halb erschlagen! Wenn Du ihn aber jetzt sähest! Seine Augen sind noch größer geworden... Doch etwas Eigentümliches widerfährt mir: Seit einiger Zeit spüre ich eine Leere, eine Einsamkeit in mir. Ist es die Verbannung? Das fremde Land? Die Abwesenheit? Nein, nein, ich darf mich keiner Selbsttäuschung hingeben. Meine Einsamkeit kommt aus mir selber; sie ist weder aus meiner gegenwärtigen Umgebung noch aus meinen jetzigen Lebensumständen abzuleiten. Ich habe mein Kind, und ich liebe es mehr denn je; und doch vermag mich die Liebe, die ausschließliche Liebe zu diesem Kind nicht mehr ganz zu erfüllen, wie einst. Hier wirst Du Dich über mich lustig machen, ich weiß es; Du wirst Dir einen Roman zusammendichten, in dem Du mich irgendeinem italienischen Fürsten zur Frau gibst, und damit alles, was ich Dir sage, dem Liebesverlangen einer empfindsamen, liebesbedürftigen Frau zuschreiben... Da würdest Du Dich aber arg täuschen, lieber Bruder: So steht es nicht um mein Herz. Was es an menschlicher Zuneigung braucht, erhält es reichlich. Woran gebricht es mir also? Weshalb diese Leere, in die ich in Gedanken fast angstvoll hinabsteige...?»

XLVIII

Nach mehreren anderen Ausflügen wählte Madame Gervaisais, um die schwülsten Tagesstunden zu verbringen, einen Ort, den sie bald liebgewann und der in einem kurzen, unbeschwerlichen und auf seiner ganzen Länge durch die wunderbare Galleria geschützten Gang erreichbar war. Sie brauchte bloße zehn Minuten, um von der kleinen, hölzernen Marienstatue am Straßenbord ans Ende der Allee zu gelangen, wo diese sich zu einem runden Platz zu Füßen einer Franziskanerkirche weitete, einem Platz, den die zwölf Stationen des Kreuzwegs umstanden, zwölf kleine Altäre, von denen vier oder fünf höhere vor dem Hintergrund des Sees ihr eisernes Kreuzeszeichen emporstreckten.

In seiner Mitte warf eine riesenhafte, an einen ungeheuren Orangenbaum gemahnende und wie zu einem Mühlstein zurechtgestutzte Steineiche gegen zwei Uhr mit ihrer gerundeten, deckenartig dichten Laubmasse einen mächtigen, tischähnlichen Schatten; ein anderthalb Fuß hoher Ring aus Steinen und Moos hielt das Erdreich zusammen und umzog so ihren Stamm mit einer rustikalen Bank, die hier, wo das Tageslicht schlummerte und das Sonnenlicht höchstens tropfenweise herabfiel, zum Ausruhen lud.

Von diesem Punkt aus schweifte der Blick weit über das Land, das einem gleichsam entgegenlächelte, über den See und die Hügelkette, die sich, direkt gegenüber, sanft dahinschlängelte, sich zur Linken wie ein schaumbedeckter Strand in verschleierten Wellen verlor, zur Rechten aber steiler anstieg, sich verzackte und mit ihrem Gipfel, einem erloschenen Krater, an die früher tätigen Vulkane erinnerte, dann wieder absank und fern im dunstigen und bläulich strahlenden Gelände verflachte, aus dem die versengte Ruine Rocca di Papa, ferner Monte Cavi, der weiße Fleck der Madonna del Tuffo sowie, ganz zuhinterst, das Gemäuer des Palazzo di Frati aufragten.

Eines Tages saß Madame Gervaisais unter der Eiche, den Blick von dem Buch abgewandt, das sie gewöhnlich mit sich nahm, dann aber bald zu lesen vergaß, derweil sie nur noch vor sich hin schaute – da kam aus der Galleria eine großgewachsene, auffällig gekleidete Frau mit blonden Zapfenlokken, die ihr um die Wangen schlugen und auf die Brust fielen. Als sie jemanden unter dem Baum sah, stieß sie vor Überraschung ein kurzes «Ach!» aus. Dann begrüßte sie Madame Gervaisais, setzte sich neben sie, zog lautlos Pierre-Charles an sich, als hätte sie ihn von jeher gekannt, und trat mit Mutter und Sohn ohne lange Worte und Umschweife sogleich in ein freundschaftlich nachbarliches Verhältnis, einfach durch das gegenseitige Sichvorstellen, wie es sich bei netten Begegnungen ergibt, alles mit der einzigartigen Unbefangenheit und gewinnenden Vertraulichkeit, die hohen Damen Rußlands eigen ist. Dann bemerkte sie den Band, den Madame Gervaisais neben sich liegen hatte, öffnete mit einem Schnippen des Fingernagels, dessen Grazie diese Indiskretion entschuldigte, den Deckel und las «Essai sur l'indifférence en matière de religion»*.

«Im tiefsten Abgrund ... Er ist nun im tiefsten Abgrund, der Herr Abbé de Lamennais.»

Das warf sie trocken vor sich hin, und während sie das Buch wieder zuklappte, schienen ihr Blick, ihre Aufmerksamkeit und ihre Gedanken von ihrer Nachbarin wegzuwandern und sich im Himmel und im See zu verlieren.

Nach dieser Betrachtung stand sie auf und verneigte sich vor Madame Gervaisais mit ausgesuchter Höflichkeit: «Dies ist nicht mehr *mein* Baum ... Ich hoffe, Madame, er wird der *unsere* sein ...»

XLIX

Knapp zwei Wochen später schüttete die Fremde unter demselben Baum vor Madame Gervaisais alles aus, was es in ihrem Leben an Vertraulichem und Geheimem zu berichten gab, veranlaßt durch die jäh entdeckte Verwandtschaft ihrer beider Empfindungen, durch das innige gegenseitige Verständnis zweier Seelen, die aufeinander warteten und die der Zufall zueinander führte und füreinander öffnete:

«... Ich nahm Italienischunterricht bei einem römischen Priester, einem liebenswürdigen Greis; er war frohmütig und sprach nie über Glaubensfragen, und ich lernte gern mit ihm. Dann erkrankte er und starb. Meine Mutter regte an, ich solle zu seinem Begräbnis gehen. Ich willigte von Herzen gern ein. Mir schien, ich sei dem armen Mann dieses Gedenken wohl schuldig. Da, kaum hatte ich die Kirche betreten, sagte mir eine innere

Stimme: ‹Du haßt die katholische Religion, und doch wirst du eines Tages selber Katholikin sein ...› Ich weinte während des ganzen Gottesdienstes, ohne zu wissen, ob es der Todesfall oder die innere Stimme war, was mich zu Tränen rührte ... Ich habe Ihnen schon gesagt, wie verzweifelt ich mit fünfzehn gewesen war, als meine Mutter mir mitteilte, sie habe sich vom orthodoxen Glauben losgesagt und sei zum römisch-katholischen übergetreten, und wie ich daraufhin nächtelang weinte und mir im Finstern schwor, nie meinen Glauben zu wechseln, ein Gelöbnis, das ich mir jeden Abend vor dem Einschlafen neu abnahm ... An jenem Abend aber, dem Abend der Beerdigung, betete ich, nachdem ich meinen Schwur erneut bekräftigt hatte, zum ersten Mal für die Jesuiten ...! Meine Mutter wollte, daß ich mein Gelübde nicht vor meinem dreißigsten Altersjahr ablege, doch hat man mich mit der Mutter Generaloberin des Ordens vom Heiligen Herzen Jesu* in Verbindung gebracht, und diese hat sich bereit erklärt, mich in die Gesellschaft aufzunehmen und mich als ihr Mitglied zu betrachten, auch wenn ich einstweilen noch in weltlicher Umgebung lebe ... Im übrigen liegt mein dreißigster Geburtstag nicht mehr in weiter Ferne. Ich werde in wenigen Monaten dreißig Jahre alt.»

Das sagte abschließend die Gräfin Lomanossow.

L

Von da an trafen sich die beiden Frauen regelmäßig um drei Uhr unter dem grünen Baum. Nach wenigen einleitenden Worten – der gegenseitigen Erkundigung nach ihrem Wohlbefinden und nach anderen irdischen Dingen – ließ die Gräfin ihre Seele zu Wort kommen und sprach mit immer erregterer Frömmigkeit und größerer mystischer Entrückung, mit einer Stimme, die zuletzt gar nicht mehr dieser Welt anzugehören schien.

In dieses Reden flocht sie gelegentlich eine Erzählung, eine kleine Episode aus der Geschichte der katholischen Märtyrer ihrer Familie ein. Sie schilderte die mörderische Verehelichung eines ihrer Ahnen, eines der Großen Rußlands, den die Zarin Anna dazu verurteilt hatte, eine achtzigjährige Zigeunerin zu heiraten, und zwar in einem Haus aus Eis, auf einem Ehebett aus Eis, von dem man am nächsten Tage ihre erstarrten Leichen abhob, eine grauenvolle Begebenheit, die in ihr, wenn sie sie in Erinnerung rief, anscheinend das unbestimmte Verlangen, die wilde Begierde wachrief, selbst eines Märtyrertodes zu sterben.

Madame Gervaisais hörte der Gräfin zu, ohne sie zu unterbrechen, und verfolgte dabei ihr Mienenspiel, den Ausdruck ihres milden und zugleich unerschrockenen, kurzen und kantigen Gesichts, eines Gesichts mit einer halb flachen Nase, die an der Spitze fast gespalten schien, und mit Augen, die, unter dichten, blonden Brauen, rings um die stechend blauen Pupillen durch das Licht einen rotgelben Abglanz bekamen und etwas von den

Augen der Skythen und der Löwen an sich hatten, vor allem der Löwen, mit denen die Fremde noch eine weitere Ähnlichkeit zeigte: die beiden herrlichen, fahlroten Locken, die ihr auf die Brust fielen, wie die zerzauste Mähne, die auf den Bildern alter Meister die Nacktheit der Magdalena in den Höhlen der Thebais verschleiert.

LI

Bei all dem hingerissenen und verzückten Reden entschlüpfte der Gräfin nie ein Wort, mit dem sie versucht hätte, Madame Gervaisais zu bekehren. Was sie sagte, bezog sich nicht auf diese; es war ein überschwengliches Selbstgespräch, das zu den Wolken des himmlischen Neuen Jerusalem aufstieg und sich in ihnen verlor, dort, wo die Swedenborgianer mit den Engeln plaudern: ein lautes Träumen, in das die Pariserin bisweilen ein Wort der höflichen Ironie einstreute. Die Gräfin überhörte es, redete weiter oder schwieg mit einer Miene, als führe sie ihre Gedankengänge innerlich fort.

An schönen, sonnigen Tagen machten die beiden Frauen, das Kind in der Mitte, Spazierfahrten, die stets nach Gensano und an den Nemisee führten; dort genossen sie den Blick über die grünende Tiefe, die sich unter der Brücke bei Ariccia auftat, aber auch den unvermittelten Übergang aus dem stickigen Schatten der Hohlwege in die frische Luft über der unbegrenzten Ebene.

Dies waren jeweils Festtage für Pierre-Charles,

der sich über sein wiedererlangtes Wohlbefinden und das schöne Wetter freute. Während der Fahrt zog er seine Mutter an sich, faßte ihr Kinn mit den Fingerspitzen und neigte sein Gesicht dicht über das ihre, drückte ihr einen Kuß auf die Lippen und trällerte dann halblaut eine erfundene Melodie vor sich hin und unterhielt sich so singend mit sich selbst: der – bisweilen herrliche – lallende Monolog eines halb stummen Kindes.

Die beiden Frauen in ihrem Fahrzeug ließen lässig lange Pausen des Schweigens aufkommen, träge, wie sie es waren, und voll des Entzückens über die sonnigen, von Rebpfählen aus Schilfrohr golden schraffierten Felder, über diese Landschaft, in der das gezackte Weinlaub, der türkische Weizen, die Bohnenstickel und all die kunstvollen Pflanzen des Südens vor Helligkeit glitzerten, diese versengten Weiten, wo das staubige Grün der Olivenbäume sich hinzog bis zum quecksilbrigen Saum des Meeres, eines Meeres, das den Horizont mit einem feinen, weißen, an die «Odyssee» gemahnenden Strand säumte.

Nach der Rückkehr von einer dieser strahlenden Tagreisen drückte die Gräfin einmal Madame Gervaisais in einem unbeherrschten Überschwang beide Hände und sagte: «Ich weiß nicht, woher es kommt, meine Liebe, aber ich kann jetzt niemanden mehr lieben, es sei denn, er gebe mir etwas von seiner Seele und seinem Herzen ... Die Verbundenheit zweier Menschen scheint mir nur dann vollkommen, wenn Christus zwischen ihnen steht und an ihnen teilhat ... Meine Freundschaften bedürfen eines übersinnlichen Bandes ...»

LII

An einem ihrer letzten Tage in Castel Gandolfo erhielt Madame Gervaisais den rührenden Abschiedsbesuch der Gräfin Lomanossow; diese wollte, ehe sie im Orden vom Heiligen Herzen Jesu ihr Gelübde ablegte, nach Jerusalem reisen und schickte sich zur Einschiffung in Neapel an.

Vor ihrer Abreise übergab die Gräfin Madame Gervaisais als Andenken ein kleines Heft mit Gedanken zur Religion, das sie auf den Namen einer unscheinbaren Steppenpflanze ihres Landes getauft hatte, eines wurzellosen Gewächses, das der Winterwind samt Blüte und Samen umherwirbelte und mit sich trug, das ohne Erdreich zu keimen vermochte, nirgends zu Hause als in Sturm und Staub, demütig, heimatlos, elend und genügsam, und das in der poesievollen Sprache des Nordens «Windsbraut» hieß.

Auf der ersten Seite des Heftchens stand ein Name: P. Giansanti, Kirche Il Gesù.

LIII

Als Madame Gervaisais aus Castel Gandolfo zurückkam, war sie bis in die innersten Fibern ihres Geschlechts von einer eigentümlichen Weichheit erfüllt, gerührt von dem Zauber, den der Süden – nach dem feinsinnigen Ausspruch eines Landsmannes der Gräfin – ausübt, um die Strenge der nordischen Gemüter zu überwinden und diese dann, befreit von ihren Banden und ihrer Starre, dem Katholizismus auszuliefern. Ein geheimnisvoller Zauber hielt ihr ganzes Denken in der Schwebe, seinen Widerstand wie auch den Willen zu vernunftbestimmtem Überlegen. Und das Kritikvermögen, die starke Neigung zur Ironie, die ihr eigen war, machten in diesem Geist Eindrücken Platz, die nichts als Eindrücke stiller und ergebener Andacht sein wollten. Ihr Leben verlief nicht mehr ruhig und besonnen wie zuvor; vielmehr lebte sie in der unfaßbaren Erregung einer aufkeimenden, sich selber noch nicht bewußten Liebe, des geheimen, verborgenen Werdens und Wachsens eines religiösen Wesens, tief in ihrem weiblichen Innersten; sie war sich des unmerklichen Nahens und lautlosen Vordringens des Göttlichen in ihr noch nicht bewußt, eines Geschehens, das, in frommer bildlicher Umsetzung dem steten, sanften und geräuschlosen Tropfen von Tau auf ein Vlies vergleichbar war.

Oft ging ihr ob dieser Flut nie gekannter Empfindungen der Mund über. Dann konnte sie nicht anders, als zur Musik, die sie ihrem Kind vorspielte, auch noch zu singen, und sie hielt erst ein, wenn Honorine dazutrat, um ihr, wie Madame Gervaisais wohl wußte, das eindringliche Verbot Monsieur Andrals in Erinnerung zu rufen.

LIV

Zu all dem, was in ihr anhob und sich bereitete, mitten in dieser Zeit, als sich ihr Herz behutsam öffnete, kam der frische Eindruck eines Büchleins, das zu einer noch in der Kindheit ihrer christlichen Entwicklung steckenden Seele sprach, wie eine Amme mit ihrem Pflegling. Alles war Sanftmut auf diesen Seiten aus der Feder des Heiligen und gelehrten Lehrers der Sanftheit, alles Liebkosung, Zärtlichkeit und Einwiegen; die Worte flossen wie Honig und Milch; Gottesfurcht wurde zu einem Zucker des Geistes. Frömmigkeit war hier etwas Wonnevolles, eine innere Quelle des Mutes, verlieh dem Leben köstliche Liebenswürdigkeit und machte alles Handeln leicht, war Segen und Krönung aller Liebe, die man in Familie, Haus und Freundschaft empfing, eine glückliche und heitere Erleichterung bei der Arbeit, im Beruf, in Kummer und Sorgen und der Bitterkeit, die ein jeder erfuhr; sie war die sanfte Berührung eines Gesetzes ohne Strenge, ohne die Forderung, sich zu lösen und zu verzichten, eines Gesetzes, das den Menschen zwar auf der Welt beließ, ihn aber, damit er den Weg zwischen den Klippen seines Zeitalters fand, mit einer Art heiligen Öls salbte. Die es anrief, hieß das Buch lediglich, es den kleinen Kindern gleichzutun, die mit einer Hand sich an ihrem Vater halten, mit der andern die Hecken entlang Erdbeeren und Brombeeren pflücken: Eine eurer Hände in der seinen und den Blick um Beistand flehend Ihm zugewandt – mehr brauchte man nicht, um sich der Güte des ewigen Vaters zu versichern. Ein Stil voller Liebe, eine einnehmende eingängige Sprache, vertraute Gedanken und Worte, gütige Einfalt und nachsichtige Schlichtheit, hübsche, anmutige, zart schmeichlerische Bilder, Bilder der göttlichen Sanftheit, Erinnerungen an artiges Liebeswerben oder an Szenen auf dem See von Annecy, die Dornen der Rose als Symbol der Sünde, ein Zurückfinden zu Jesus durch ein inneres Ihm-Zuzwinkern, Blümchen der Freundlichkeit, die der Apostel auf alle Zeilen streute, um die Seelen zu umranken – in all dem fand Madame Gervaisais sich aufgenommen wie in offenen Armen, eine Hingabe, zu der sie eben bereit war. Und je weiter sie las in dieser «Anleitung zum frommen Leben», die aus dem Gekreuzigten ein Blumengebinde machte, das man auf der Brust trug, desto näher trat ihr all dies vom heiligen Franz von Sales Beschworene, und desto stärker fühlte sie sich berauscht von Erde und Himmel, von Nelken, Lilien, Nachtigallen, Tauben und Vogelsang, von einer liebenden Tierwelt, vom Dufthauch der Bäume, von all den farbigen, glitzernden, singenden, summenden und wohlriechenden Glückseligkeiten und einer saftstrotzenden, von allen Bächlein der Gnade durchrieselten Natur, und ihr war, als locke sie mild ein Paradiesgarten an, in dem ein Schwall von Frühlingsluft ihr eben noch einen Nachhall der Hymnen zutrug, die der heilige Franz von Assisi dem christlichen Naturgott sang.

LV

Sie begann, die Kirche Il Gesù zu besuchen.

Sie betete nicht. Noch kamen ihr keine Glaubensformel, keine Anrufung, kein frommer Hersagetext auf die Lippen, doch ließ sie sich wohlig in eine vage, andächtige Versonnenheit lullen. Ihr träges Denken gab sich ganz dem verliebten Spiel hin, das die dortige Jesuitenkunst überzog und sich mit ihr verschmolz – in ihrem herrlich gestalteten Dekor und dem wundersamen Reichtum ihrer Gegenstände.

Sie liebte das Gewölbe über sich, das einem goldenen Brückenbogen glich, durchfurcht von Ornamenten, Kassetten und Arabesken und erleuchtet von Fenstern, in denen sich, von Sonnenschein gebrandmarkt, anmutige heilige Frauen abhoben. Sie liebte die flammende Festlichkeit dieser Decke, auf der in bacchischer Farbenseligkeit die Apotheose der Erwählten hervortrat, ihr Siegesgemenge auf Weihrauchschwaden ähnlichen Dunstwolken, die, die üppig schwellenden Blumenborten sprengend, das Gewölbe mit Fetzen eines zerrissenen Himmels, mit wirklichen, stokkenden Wolken verbrämten, wo große Engel ihre Beine schwangen und sachte mit den Flügeln fächerten. Dieses wallende Rollen, dieses Beben, dieser sinnenberaubende Anblick, der durch die Fenster kirschenfarbig einfallende Dämmer, von Lichtpfeilen, von sichtbaren Strahlen durchbohrt, die die Gruppen der Betenden in duftigen Tönen verklärten; dieses Leuchten, das das Geheimnis des Allerheiligsten mit dem eines Boudoirs vermengte, die leidenschaftliche Sehnsucht der sich verzehrenden, hingerissenen und überwältigten Menschen, diese Flut beglückender Formen, diese Körper und Häupter, die sich mit dem Lächeln eines himmlischen Volkes in den Tiefen der Bilder und Bildwerke verloren, ein allüberall waltender Liebreiz, der sich göttlich aus einer Ekstase der heiligen Theresa zu ergießen schien – all das erfüllte Madame Gervaisais schließlich mit einer verzauberten Besinnlichkeit, als hätte sie sich in diesem Prachtbau aus Gold, Marmor und Edelsteinen im Tempel der göttlichen Liebe befunden.

Jeden Sonntag wohnte sie mit ihrem Kind der Messe bei. Sie hörte sich den Gottesdienst an, konzentrierte ihre Aufmerksamkeit auf das große Mysterium, das am Hauptaltar zelebriert wurde und ihr noch schleierhaft war; indessen begeisterte sie, was sie in der Musik, in den Stimmen empfand und was das göttliche Opfer mit seiner ernsten Feierlichkeit und seiner verhaltenen Sinnenlust zu besänftigen wie auch zu entfachen vermochte.

Mehr noch als die übrige Kirche zog eine Kapelle sie an, die des heiligen Ignatius. Beim Betreten wie beim Verlassen der Kirche richtete sie instinktiv ihren Schritt dorthin.

Eine protzige, gewundene Schranke, wie ein düsteres Gesträuch aus schwarzer Bronze, mit Geflechten, in denen sich rundliche Kindergestalten wiegten, und acht kunstvoll gewundenen Kandelabern auf Sockeln aus edlem Gestein; ein Altar aus Gold, in dessen Tiefe eine Lampe goldene Gluten entfachte; überall Gold, geschmiedetes, gehämmertes, getriebenes Gold, Gold, das unter seinem herrlichen Glanz das antike Grün und Gelb auslöschte; dem Altar entsproß das künstliche Laubwerk eines Rahmens, welcher, verdeckt, den Heiligen aus massivem Silber einfaßte und den Engel aus Silber, Marmor und Gold trugen, hoben und krönten; darüber das schwungvolle Hauptgebälk, der Wulst seines erhabenen Flusses, ein Gefunkel prächtiger, glatter Formen, eine Trinität, von der sich in der Hand Gottvaters die Weltkugel abhob; der größte Lasurstein der Erde; zu beiden Seiten gleitende, niedersteigende Gestalten, Gruppen, allegorische Figuren in fließenden, wallenden Röcken, üppiges Muschelwerk, Formen, die den weißen Marmor unter ihrer Vergoldung drückend umschlangen; kurz: drei mit Schätzen überladene Wände – das war diese Kapelle.

Wenn sie längere Zeit davor gesessen und ihr Blick auf den Statuen geruht hatte, die unter der Wärme der Kerzen elfenbeinern schienen, glaubte sie zuletzt in dem flackernden Licht eine bläßliche Ahnung des andern Lebens aufleuchten zu sehen, und das marmorne Fleisch der beiden Standbilder des Glaubens und der Religion regte und bewegte sich dann, so schien ihr, wie das Fleisch von Engeln.

LVI

In Madame Gervaisais vollzog sich heimlich ein Wandel. Ihr stolzer Verstand, ihr forschender, suchender, kritischer Geist, ihre eigenwillige Urteilskraft, ihr eigenständiges und für ihr Geschlecht energisches Denken schwanden allmählich im Umbruch ihrer Gesinnung, unter der Wendung ihres Wesens. Die aufweichende Wirkung des nahenden Glaubens machte sie anfällig gegen jene Versuchungen des Geistes, die auf die Verfassung einer Frau in ihrer zweiten Lebenshälfte so machtvoll einwirken. Und ihre Bildung, die sie sich einst entschlossen und beharrlich angeeignet hatte, die Erinnerung an ihr erworbenes, ketzerisches und kämpferisches Wissen schützten sie nicht mehr vor der unreflektierten Verehrung des Göttlichen, das in ihr aufkeimte und wuchs, seitdem sich ihre Seele so gänzlich ergab.

In den seltenen Stunden, in denen sie wieder Herrin ihres Denkens war, suchte sie mit ihrem Gewissen Vergleiche einzugehen, Übereinkünfte auszuhandeln, indem sie gewisse Teile, einzelne Lehren der Religion billigte, andere dagegen verwarf, sich mehr christlich als katholisch gab, sich einen Rest von Willensfreiheit ausbedang und von den heiligen Dingen nur das annahm, was ihr Verstand ihr anzunehmen erlaubte. In diesen Stunden der Selbstbefragung schrieb sie ganze Seiten voll, wie um sich ein Maß und eine Grenze festzusetzen, die zu überschreiten ihr gefährlich schien, Seiten, auf denen sie dem Papier eine Art Tagebuch des Glaubens anvertraute, das die Bekenntnisse ihres Geistes und dessen wohl unvermeidlichen Übergang von einem verschwommenen Theismus zu einem rationalen Katholizismus festhielt.

LVII

Der Herbst schritt voran, und der Winter kam, ohne daß Madame Gervaisais das Verlangen verspürt hätte, ihre gesellschaftlichen Beziehungen wieder aufzunehmen. Sie vernachlässigte sogar das Haus, wo man sie einst aufs freundlichste aufgenommen hatte, den Salon Liverani, zu dessen

Stammgästen sie zu ihrer Freude eine Zeitlang gehört hatte. Ihre Besuche wurden immer seltener, und zuletzt erschien sie dort überhaupt nicht mehr. Abgesehen von dem, was sie nunmehr in Anspruch nahm, sie zwang, in sich zu gehen, und sie so dem Verkehr mit andern entzog, hatte Madame Gervaisais – ohne daß es zu einer Auseinandersetzung oder Minderung der gegenseitigen Hochachtung gekommen wäre – sich nach und nach durch eine allmähliche Entfremdung von der Prinzessin zurückgezogen, wie sie bei zwei so ungleichen, ja gegensätzlichen Naturen, einer Französin und einer Italienerin, unmerklich und ungewollt eintreten mußte.

Die Französin entdeckte bei der Italienerin eine seelenruhig akzeptierte Unwissenheit, die sie mit dem Wissen und dem Wissensdurst ihres eigenen Geistes nicht zu vereinbaren vermochte. Ihr klares, entschlossenes und männlich kühnes Denken paßte schlecht zu dem verschwommenen, unscharfen Gedankengeflimmer, in dem die Prinzessin lebte, zu dem Dunstkreis oberflächlicher, rasch befriedigter und unreflektierter Betrachtungen, den sie um sich verbreitete mit der Gewissenlosigkeit einer Odaliske, der offensichtlichen, leeren Teilnahmslosigkeit jener Orientalin, die eine Italienerin unter ihrem lebhaften Äußern ja auch ist. Die ernsthafte Französin wunderte sich auch, daß die Italienerin ein einziges Interesse hatte: Tugendhaft und lauter, wie sie war, hatte sie im Leben und in der Gesellschaft für nichts anderes Augen als für die Liebe, interessierte sich ausschließlich für Liebeleien, sprach nur von Liebe, paßte einzig auf, wenn von Liebe die Rede war, wollte um sich bloß Liebesgeschichten und Liebesklatsch hören, wollte nur von der Lehre und der Kunst des Liebens wissen. Mehr noch als diese Gegensätze hatte aber eine bestimmte Verhaltensweise der Prinzessin verhindert, daß die beiden Frauen einander näherkamen. Italienerinnen, die an sich naturnah, impulsiv, gesellschaftlicher Förmlichkeit abhold, aufrichtig und betont eigenwillig sind, geben sich so nur im Umgang mit Gatten, Geliebten, Kindern, Vettern, Eltern, in ihrer römischen Großfamilie, die noch immer eine eng verknüpfte, abgekapselte und durch wechselseitiges Vertrauen zusammengeschweißte Kaste ist. Italienerinnen zeigen sich in den flüchtigen Begegnungen und Beziehungen des Gesellschaftslebens nicht so, wie sie sind, teilen sich den andern nicht mit und geben sich nicht offen, wie es Französinnen tun. Gegen all jene, die ihnen weder durch Nationalität noch durch Herkunft oder Namen verbunden sind, verschließen sie sich hinter einem freundlichen Lächeln, mißtrauisch gegen alles Fremde, vor allem gegen die pariserische Ironie, vor der die römische sich fürchtet. Jedesmal, wenn Madame Gervaisais sich für Augenblicke zu einer halben Vertraulichkeit hatte hinreißen lassen, war sie an diese innere Schranke der andern gestoßen.

Im übrigen war die Prinzessin, wie alle Frauen ihres Landes, eher Freundschaften mit Männern als mit Frauen zugetan.

Und schließlich war Madame Gervaisais in jener Phase ihrer religiösen Entwicklung eher befremdet von dem, was die Frömmigkeit der Prinzessin ausmachte: einige leichthin angenommene Glaubenssätze, vermischt mit hiesigem Aberglauben und im Volk verbreiteten Vorurteilen, aufgewertet durch einige Demutsgesten des stolzen Adels – so wusch die Prinzessin zusammen mit den andern im Goldenen Buch Roms eingetragenen Damen am Mittwoch der Karwoche in der Kirche della Trinità dei pellegrini armen Frauen die Füße.

LVIII

An jenem Tag war Madame Gervaisais in der Gesù-Kirche.

Ein Predigtgottesdienst. Die Predigt begann. Der Kanzelredner war soeben auf dem Podium erschienen neben dem Tisch und dem Sessel. Er war zuerst vor dem Altar niedergekniet, hatte sich dann wieder mit seinem Käppchen bedeckt, sich gesetzt, sein Taschentuch entfaltet, sich die Lippen getrocknet, das Taschentuch neben sich gelegt und gewartet, bis Schweigen eintrat. Dann hatte er sich hoch aufgerichtet und zu sprechen angefangen.

Er war einer der Begabten seines Ordens, ein Schauspieler, ein Pantomime, ein «Commediante, Tragediante»*, der mit gebärdenreicher und zum Schreiten drängender Redekunst auf dem Podest auf und ab ging und dessen theatralische Glut die Bretter seiner Rednertribüne erhitzte. Er deklamierte, weinte, schluchzte, ließ seine Stimme anschwellen und drosselte sie wieder, wimmerte und donnerte, bot seinem Publikum all das, was sich sonst in einem Theaterstück an Gefühlsausbrüchen und Gaukeleien abspielt.

Madame Gervaisais horchte hin und wandte sich wieder ab, bis ein zorniges Knirschen an ihr Ohr drang und sie aufschreckte, wonach sie erneut über Sinn und Zusammenhang der Predigt hinweghörte. Doch ein Satz des Kanzelredners traf sie plötzlich wie ein Hieb: «O du törichte und vermessene, ja, nicht nur törichte und vermessene, sondern elende und unglückselige Frau ...»

Er hielt inne, schwieg eine kurze Weile und setzte dann neu an: «Denn wenn Gott sich noch durch andere Zeichen als die der Natur zu erkennen gegeben und den Menschen selber seinen Rat und Willen kundgetan hat – was soll man dann von einer Frau halten, die es verschmäht, sich der göttlichen Zeichen zu vergewissern, und die voll Sicherheit erklärt, sie finde in sich selbst und in den bloßen Einsichten ihres Verstandes alles, was sie für ihr Seelenheil und zur Erfüllung ihrer Aufgaben und Pflichten gegenüber Gott brauche ...? Können wir umhin ...» – und hier war er dem Schluchzen nahe –, «... können wir umhin, sie unglücklich und töricht zu nennen?»

Madame Gervaisais hatte aufgemerkt und war ernsthaft geworden.

«Und wahrlich», sprach der Redner weiter, «es ist eine Torheit, das Wahrscheinliche außer acht zu lassen, eine um so größere Torheit, je näher dieses Wahrscheinliche dem Offensichtlichen und Gewissen kommt. Es ist eine Torheit, Vermutungen zu mißachten, und eine unverzeihliche Torheit, wenn deren Zahl nahezu unendlich ist und deren

Gewicht und Wert ihnen die Kraft einer strengen Beweisführung verleihen. Von einer unverzeihlichen Torheit ist sie, diese törichte Frau, wenn sie die ganze Macht dieser Vermutungen verkennt und all das Wahrscheinliche übergeht, auf dem die Wahrscheinlichkeit des Göttlichen beruht, und wenn sie wiederholt verkündet und schreibt, sie habe weiter nichts zu suchen und die Einsichten ihrer Vernunft genügten ihr.»

Und bei jedem neuen Wort, das von der Rednerbühne fiel, war es Madame Gervaisais, als werde etwas tief in ihr selbst Verborgenes immer deutlicher vor allen Anwesenden entschleiert, als würden ihre Ideen entblößt und öffentlich angeprangert, ihre Zweifel, ihr Zaudern und die Einwände, die ihr noch immer sich auflehnendes religiöses Denken gegen die Offenbarung vorbrachte.

Der Jesuit schloß wie folgt: «Törichte und vermessene, ja nicht nur törichte und vermessene, sondern elende und unglückselige Frau! Denn nicht nur die leidende Kreatur ist unglücklich zu nennen, auch jene ist es, die Gefahr läuft, ewige Qualen zu erleiden... Unglücklich ist nicht bloß das Geschöpf, das die Last des göttlichen Zorns trägt, vielmehr auch jenes, das nichts unternimmt, sich davor zu bewahren. Denn was tut diese Frau? In der Überheblichkeit und Anmaßung ihres Denkens wagt sie es, die göttlichen Lehren zu verletzen, sie hütet sich nicht davor, die mit höchster Wahrscheinlichkeit von Gott verfügte Ordnung sträflich umzustürzen. Mit ihrem Benehmen scheint sie aller Welt zu sagen: ‹Ich mache mir wenig aus den Absichten Gottes und kümmere mich wenig um seinen Ratschluß ...› Aber weiß sie denn, ob nicht auch Gott sagt: ‹Ich auch nicht. Ich denke auch nicht an Euch ... Und wenn ich an Euch denke, dann einzig als rächender Richter!›»

Bei diesen letzten Worten wähnte Madame Gervaisais die Augen aller Umstehenden auf sich gerichtet, als hätte der Prediger mit seiner letzten Gebärde auf sie gezeigt.

LIX

Aufgewühlt und erschüttert verließ sie die Kirche, entsetzt wie eine Frau, die glaubt, jemand sei in das dunkle Innere ihres Gewissens gedrungen und habe ihr all ihre Geheimnisse geraubt.

Beim Betreten ihres kleinen Salons fand sie ihren Diener vor.

«Was tut Ihr hier?» fragte sie in einem Ton, der Schreckliches verhieß.

Peppe, gelassen wie ein Stummer, der weggeht, wenn man ihn ruft, wollte sich zur Tür hinausschleichen, ihr seine abfallenden Schultern und die lächerlichen Schöße seines schwarzen Rockes zukehrend.

«Giuseppe!» herrschte sie ihn an.

Da bequemte sich der kleine, gedrungene und stark behaarte Mann mit seinen schlenkernden Armen und der Bürstenschnittfrisur, aus der seine Henkelohren abstanden, zurückzukehren; die Hände auf den Schreibtisch gestützt, fragte er mit hohler, wie aus einer Grotte dringender Stimme: «Was wünscht Madame?»

Und so verblieb er, immer noch auf die Hände gestemmt, bewegungslos und guckte düster, tiefsinnig, nachdenklich und verschlagen vor sich hin.

«Schickt mir Honorine», sagte Madame Gervaisais, sich anders besinnend.

Giuseppe quittierte den Befehl mit dem Augenzwinkern, von dem er stets Gebrauch machte, wenn er sich um die Mühe des Antwortens drükken wollte.

Kaum war er draußen, stürzte Madame Gervaisais auf ein Kästchen zu und wendete ängstlich alle darin aufbewahrten Papiere.

«Madame wünscht mich?»

Honorine war eingetreten.

«Ja... Giuseppe? Traut Ihr ihm?»

«Ach, ich hab's Madame schon immer gesagt: Er ist der größte Gauner... Was man herumliegen läßt, bekommt man nie wieder zu sehen...»

«Es handelt sich nicht um Geld...»

«Ja, und dann...», fuhr Honorine weiter, «leichenblaß ist dieser Mensch... Wenn Madame ihn abends sähe, unter der Nachtlampe im kleinen grünen Vorzimmer...»

«Es geht um Papiere – die Blätter, die ich für mich selber vollschreibe... In diesen Ländern weiß man nie... Vielleicht wollten sie sehen...»

Und ganz leise murmelte sie: «Ihre Inquisition...»

Dann kam sie auf ihre erste Frage zurück: «Also, denn... Giuseppe... Was haltet Ihr von ihm?»

«Ich, Madame? Ich halte ihn für das, was hierzulande alle Leute sind: zu allem fähig...»

«Aber Ihr habt nichts gesehen? Habt Ihr ihn

auf frischer Tat ertappt – als er meine Schubladen öffnen wollte?»

«Das nicht... Das könnte ich nicht behaupten, Madame... Aber...»

«Laßt mich allein!»

Darauf vertiefte sich Madame Gervaisais wieder in ihre Papiere, überprüfte sie, zählte die Blätter des Briefpapierhefts, die sie mit «Tagebuch meiner Gedanken» überschrieben hatte, eine vor zwei Monaten abgebrochene Reihe von Eintragungen. Es fehlte nichts, nichts war am falschen Ort. Die Daten folgten ordnungsgemäß aufeinander. Trotzdem konnte sie diese Nacht nicht schlafen.

Am nächsten Morgen sagte Monsieur Flamen de Gerbois, als er sie nach dem Frühstück besuchte, gleich zu Anfang: «Sie waren gestern im Gesù... Ich hab' es durch die Prinzessin Liverani vernommen... Sie haben die bösen Worte gegen die Prinzessin von Belgiojoso* gehört?»

«Die Prinzessin von Belgiojoso?» entfuhr es Madame Gervaisais. «Ach... sie waren also auf die Prinzessin von Belgiojoso gezielt!»

Sie atmete zutiefst erleichtert auf, außerstande, ihre Verdächtigungen und verrückten Einbildungen des Vortags zu begreifen – sie mußte vorübergehend ihren gesunden Menschenverstand verloren haben.

Und dennoch fand sie, nachdem Monsieur Flamen de Gerbois gegangen war, die vollkommene Ruhe nicht mehr. Der Schrecken hielt an. Im überspannten Zustand, in dem sie seit einigen Monaten lebte, hatte die Verfluchung jener Frau, die mehr oder weniger gleich zu denken wagte wie sie selbst, sie so stark beeindruckt, daß sie von einer heiligen Furcht besessen blieb. Ihr war, als hätte ein von der Kirche geschleuderter Blitzstrahl neben ihr eingeschlagen und sie gestreift. Seltsam, wie Bekehrungen ihren Tag und ihre Stunde hatten, wie ein Gegenschlag sie auszulösen vermochte – ohne sichtlichen Grund, nach langen Jahren des Reifens und der Vorbereitung –, oft als die Folge eines Unglücks, des Zufalls oder einer unerklärlichen, aber entscheidenden Bagatelle.

LX

Allumfassend ist in Rom die Religion, alles vermag sie mit Frömmigkeit anzustecken.

Rom, schon in seinem bloßen Namen voll heiliger Würde, Rom mit seinen Denkmälern, seinen Erinnerungen, seiner Vergangenheit, seinen Legenden, mit seinen Kirchen, die so zahlreich sind wie die Tage des Jahres, mit seinen Beträumen und den Stufenreihen seiner Betstühle, die aus den Kirchen auf die Gassen überborden, Rom mit seinen vierhundert Madonnen, mit den Tag für Tag festgelegten Riten des Kirchenjahres, mit seinen Kapitular-, Votiv- und Konventualmessen, den Kapellen der Kardinäle und den Kapellen des Papstes, den Kirchweihfesten, Jubelfesten, Septenarfeiern, Kapitularanlässen, Weihetagen, den Segnungen einer Stadt, wo alles und jedes geweiht wird: Tiere, Menschen, Kranke, Postpferde und die Lämmer, aus deren Wolle man das Pallium herstellt; Rom mit den Predigten der Sapienza*, den immerwährenden Kanzelreden und der Spendung von Eulogien*, mit den «Fervorini» genannten geistlichen Vorträgen, seinen Kreuzwegen, seinen Tridui*, seinen neuntägigen Andachten, Wallfahrtskapellen, Tag- und Nachtprozessionen, Generalkommunionen, Vierzigstunden, Darreichungen beim heiligen Abendmahl und Anbetungen, zu denen der auf antike Bogentrümmer geklebte Invito sacro aufruft; Rom mit seinen Märtyrern, deren Seufzer in den Gängen des Vatikans nachhallen; Rom mit seinen großen Beinhäusern, seinen zur Schau getragenen, verehrten Reliquien, den Überbleibseln von Gliedmaßen, den Schweißtüchern und Resten von Heiligen und wundersamen Toten; Rom mit der ihm eigenen Luft, dem Weihrauchduft am Eingang der Basiliken und dem ständigen Gebimmel der Glocken, das den Äther erschüttert und zuletzt gar das himmlische Echo ermüdet; Rom mit seinen Bildern, seiner Sammlung von frommer Kunst, die von Gemälden aus Engelshand bis zum Paradies Raffaels und der Hölle Michelangelos reicht; Rom, wo der Wein und das Brot des Abendmahls den Leuten offen ins Haus gebracht werden und wo, zur Ermahnung aller, Tote im stets gleichen Sacktuch aller Brüder einer Gemeinschaft mit unverhülltem Kopf begraben werden; Rom mit seinem Volk von Priestern und Mönchen, deren Kutte über den Boden schleift und schon von Knaben getragen wird; Rom mit seinen Armen, die ausschließlich im Namen Jesu, der Heiligen Jungfrau und der Seelen im Fegefeuer betteln – Rom, kurz gesagt, ist der Ort, wo, nach den eindrücklichen Worten eines Bischofs, die Frömmigkeit gärt, wie die Natur in den Tropen.

Alles ist dort vorhanden, was eine Seele zu bestürmen, zu verfolgen und in natürlicher Verschwörung mit der Umwelt zu besiegen und zu erobern vermag; alles ist dort vereint, was ein Herz durch den pausenlosen Ansturm von Anstößen, Eindrücken und Empfindungen an den Rand der Bekehrung treibt und in ihm schließlich ein auf den Straßen der Ewigen Stadt häufiges Wunder vollbringt: das Damaskuserlebnis, vor dem auch die stärksten Geister unter den Männern und Frauen überwältigt in die Knie sinken.

Zu jenem Zeitpunkt, da Madame Gervaisais sich langsam von einer Erleuchtung ergriffen fühlte, kamen ihr ihre ersten Tage in Rom wieder in den Sinn. Ihr Gedächtnis zeigte sie ihr nun in einem neuen Licht, offenbarte ihr das Geheimnis, die heimliche, beharrliche, unausgesetzte Wirkung, die diese Umgebung ohne ihr Wissen auf sie ausgeübt hatte. Sie entsann sich jetzt deutlich allerlei banaler Vorkommnisse, alltäglicher Kleinigkeiten, die sie damals für völlig belanglos gehalten hatte. Nun erkannte sie, daß die erste Einkehr, die sie in den Kirchen gehalten hatte, und ihre jähe Freude am Marmor eine erste Begegnung und Fühlungnahme mit den Köstlichkeiten der Religion gewesen waren. In ihrem Geist und vor ihren Augen lebte der Besuch in Sankt Peter wieder auf, als der Fingerzeig ihres Kindes sie die in goldenen Lettern geschriebenen und von den Sonnenstrahlen gestreiften Worte «Tu es Petrus, et super hanc petram aedificabo ecclesiam meam» hatte lesen lassen. Der Palmsonntag und das «Miserere» hatten sie, wie sie jetzt feststellte, über alle Grenzen der weiblichen Empfänglichkeit aufgewühlt; sie hatten in ihrem Innern das Werk Roms fortgesetzt. So verfolgte sie und vergegenwärtigte sie sich einläßlich, Zug um Zug, ja fast Schritt für Schritt den unbewußten Drang, der sie damals in San Agostino der Madonna zu Füßen geworfen sowie jene ihr noch schleierhafte Wandlung, die sie von der Eiche in Castel Gandolfo – den seherischen Worten der Gräfin Lomanossow gegenüber noch scheu und widerstrebend – in den Gesù getrieben hatte; und wie alle frisch zum Glauben Erweckten meinte sie, in der Abfolge und Verkettung all dessen, was ihr zugestoßen war, ein Zeichen der Vorsehung, einen von oben an sie ergangenen Ruf zu erkennen.

LXI

Noch im Zustand dieses Ergriffenwerdens, der ihr bewußt war und den sie sich eingestand, sträubte sich in letzter Stunde ihr Geist in beschämtem Eigenstolz gegen diese Verstrickung im Konkreten, diese Knechtung durch Gefühle, gegen die dumpfe Besitzergreifung ihrer Physis, ohne daß ihr Verstand daran den geringsten Anteil hatte. Wie sie Philosophin geworden, so wollte sie auch Christin werden, durch dieselben Erkenntnismittel; ihre Konversion sollte durch und durch das Werk ihres Kopfs sein.

Sie verlangte nach einer ernstlichen und tiefgreifenden Überzeugung. Also stürzte sie sich in Studien, die die Arbeitskraft eines Mannes erschöpft hätten. Sie las Auslegungen des Alten und des Neuen Testaments, Schriften zur Rechtfertigung und Verteidigung des Glaubens, Bücher ohne Zahl, bis zu den trockensten, schwierigsten und abstraktesten Werken der Theologie, exzerpierte sie und füllte dicke Hefte, bekümmert, daß ihr ewiges Heil ein so vielschichtiges Problem war, welches ihre Angst immer wieder auf ein mühevolles Suchen nach noch gelehrteren Schriften verwies, bei dem sie allerdings jeden Tag jener Gewißheit ein bißchen näherkam, die sie herbeirief, erflehte und gleichsam aus ihrem eifrigen Verlangen und insgeheim fügsamen Streben heranlockte. Nach und nach schwanden in ihr die Vorbehalte und der Widerwille der menschlichen Logik; die Unwahrscheinlichkeit gewisser Dinge erschien ihr weniger unwahrscheinlich, und in einem bestimmten Augenblick bereitete ihr Platos Satz, wonach ein Meister vom Himmel kommen müsse, um die Menschen zu lehren, den Weg, die göttliche Offenbarung anzunehmen. Wenn sie jetzt auf die Philosophie zurückkam, waren ihr die Erklärungen und Lösungen, die sie vorher auf die Fragen nach Ursprung, Dasein und Bestimmung des Menschen akzeptiert hatte, nur noch Hypothesen und Mutmaßungen. Und in diesem Zwiespalt zwischen mühseligem Zweifel und dem Streben nach Glauben suchte sie stets weiter nach der unendlichen Wahrheit.

Mitten in diesem Bemühen übte ein großer Redner und Schriftsteller einen nachhaltigen Einfluß auf sie aus. Sein gedrucktes Wort, von dem der Autor in seiner Bescheidenheit fürchtete, es könnte vertrocknen wie ein Laubblatt in einem Buch, klang ihr so warm und kraftvoll entgegen wie damals, als es 1834 Notre-Dame mit einer ergriffenen Menge gefüllt hatte.* Sie erkannte darin den Apostel der Jugend wieder, der zu den führenden und gebildeten Intellektuellen Frankreichs gesprochen hatte: sie hörte Lacordaire darin. Und sie ließ sich von seiner Redekunst einnehmen, die den Glauben nicht aufdrängen, wohl aber zur Diskussion stellen wollte, und die Geister wohl zu überzeugen suchte, aber stets der Würde des Gewissens Achtung und Ehre erwies. Madame Gervaisais war dieser dem Zeitgeist offenen und für Menschen des neunzehnten Jahrhunderts dargelegten und verkündeten Lehre innerlich zugetan, weiterte sie doch die Kirche von gestern den neuen Bedürfnissen der Welt und der Zukunft. Es beruhigte und befriedigte sie, daß dieser Christ und Jünger Lamennais' die Anschauung seines Meisters, nämlich die Verbindung von Glaube und Vernunft, zu erhärten suchte, indem er den Katholizismus auf Wissenschaft und Geschichte begründete, die himmlische Wahrheit noch durch die Beweise der größten irdischen Taten unterstrich und gar hinter Jesus Christus zurückging, die Weisheits- und Sittenlehren der Antike geltend machte und Konfuzius, Zarathustra, Pythagoras, Plato, Aristoteles, Cicero und Epiktet zu fernen Vorläufern und natürlichen Erblassern des Christentums erklärte. Schließlich war sie überrascht und getröstet zugleich, in jenem Priester auch einen Menschen zu finden, einen Freund dessen, was die Menschheit liebte, jemanden, der empfand, was sie verehrte, einen heimlichen Mitbewunderer ihrer hohen Ideale – der Freundschaft, des Mutes, der Ehre, der Freiheit, des Vaterlandes, ja, selbst des Ruhms – einen Menschen und Bürger, der nachdrücklich erklärte, er würde keine Religion annehmen, der diese Werte fremd wären, keine «auf den Trümmern des Herzens und der Vernunft fußende Frömmigkeit».

Weitere Monate verstrichen noch über diesem mühseligen Suchen einer gläubigen Seele nach letzter Klarheit, Monate des Wechsels von Licht und Dunkel, ohne den siegbringenden Strahl, die jähe Erleuchtung – ohne das Fiat lux!

Und doch kam diese Stunde. Und an jenem Tage schrieb Madame Gervaisais, vom Blitzstrahl der Gnade getroffen, die folgende Glaubens- und Liebeserklärung in das Buch ihrer Entschlußfassungen:

«Im ersten Morgengrauen. Fest der heiligen Agathe.

Amo Christum, amo quia amo, amo ut amem.* – Sankt Bernhard.»

LXII

Einige Tage später betrat sie, ihren Jungen an der Hand, die kleine, verborgene, nüchterne Sakristei, in der, aufrecht und steif an die kahlen Mauern gelehnt, Priester mit Biretten und sanften Gesichtern standen, lang von Gestalt in ihren langen Röcken, den Hals streng reglementarisch vom schwarzen Kragen der Soldaten des Glaubens umschnürt, ihre Gewänder so unverändert, wie es ihr Orden war, also noch wie auf Bildern des sechzehnten Jahrhunderts.

Sie verlangte nach Pater Giansanti.

LXIII

Im Gesù gibt es einen bestimmten Beichtstuhl, den zweiten rechts, wenn man von der Via del Gesù eintritt.

Er befindet sich unter dem Mosaik der Kanzel, eingeklemmt zwischen zwei von Engelköpfen getragenen Stützen, sein braunes Holz, die Säulchen, die beschilderte Stirnseite und die dämmrige Nische seines Innern von der Kanzel überschattet, ein dunkler Kontrast zu den Pilastern aus gelbem Marmor auf dem weißen Marmor ihrer Sockel. Seitlich sind zwei Stufen, auf denen die Büßerin kniet, auf Brusthöhe ein kleines viereckiges Kupfergitter, in dessen Mitte der Atem der Münder und der Hauch der Sünden ein rundes, schmutziges Loch gefressen haben, darüber, in einem ärmlichen schwarzen Rahmen, mit der gedruckten Legende «Gesù muore in croce», ein dürftiges Bildchen, auf dessen Glas sich, wie eine Blutspur, die unruhige Flamme einer Hängelampe der anstoßenden Kapelle spiegelt.

Es war dies der Beichtstuhl, in dem Pater Giansanti regelmäßig jeden Dienstag und Freitag Madame Gervaisais' Beichte abnahm. Sie verbrachte dort oft an die zwei Stunden, in denen von dem abgesonderten, versteckten, schattenhaften, unsichtbaren, verschanzten Beichtiger, diesem Menschen ohne Kopf und Gesicht, nur noch eine Hand da war, die den kleinen zurückgeklappten Flügel hielt, hinter dem er getarnt zuhörte – eine fette, blasse Hand, unbeweglich und fühllos, wie abgeschnitten und ans Holz genagelt, allmählich furchterregend, scheinbar tot – eine ewige Hand!

Eine Stunde verstrich und dann noch eine halbe: Madame Gervaisais lehnte ihre nur mit Mühe aufrechtgehaltene Stirn an die Stütze. Und von Zeit zu Zeit kam das Kind von der Sankt-Ignatius-Kapelle, wo seine Mutter es beten hieß, um nachzuschauen, und dann sah es immer nur diese Hand.

LXIV

Ihre übliche Spazierfahrt führte sie damals zur Villa Borghese. Dort ließ sie ihren Wagen aus den verkehrsreichen, vom lauten Trab der andern Kutschenpferde erfüllten Alleen abbiegen und auf die verwilderten Teile des Gartens zusteuern, unter die Reihen jener bronzefarbenen Bäume, die sich der Erde wie Knäuel von Chimären und Schlangen entwanden und dicht gewobene Astgewölbe wie von Algen zernagte Meeresgewächse über die Köpfe der Spaziergänger spannten; sie fuhr unter diesem Grünspangrün dahin, in dem sich das Staubgrau des Olivenbaums mit den Silbertönen der Weide vermählte, unter dem Laubdach des Leccio, der für Italien charakteristischen Eiche, die aber noch kein Maler italienischer Landschaften zu malen, ja, nur richtig zu sehen vermocht hat. Sie fuhr durch das streng und weihevoll wirkende Gehölz, zu dem sich diese Bäume weiter hinten im Park gruppierten, wo ihr dünnes, düster lastendes Blattwerk sich verdichtete und sie mit einem Dunst, einem bläulichen Hauch füllte, gleich einem heiligen Nebel, der sich dort staute, wie der frischkühle Dämmer in einem Lucus.

Da und dort erblickte man im Schatten, im Gras, den Hut eines Geistlichen, einen Meditierenden, in der Haltung des Priesters in seinem Chorstuhl. Ein Windstoß lüpfte einen Zipfel der Schärpe eines Mönchs; ein Lichtstrahl ließ eine violette Sottana oder eine rote Bauchbinde aufglühen; und der einsame Wald warf gedämpft das selige und schon abgeklärte Lachen der jungen römischen Seminaristen zurück, jener Miniaturpriester in Gestalt schwarz, rot, lila und blau gewandeter Kinder.

Kurze Aufheiterungen entwölkten landwärts mit ihrem klaren Licht frische, zarte, schwerelose Horizonte, dem Hintergrund auf Raffaels Bildern ähnlich, laubiges Grün, mager wie in Umbrien, das ein Maler hinter eine Geburt Christi hätte setzen können.

Zwanzigmal fuhr ihre Kutsche auf denselben Alleen hin und her. Pierre-Charles folgte ihr zu Fuß, rannte an ihrer Seite und pflückte vergnügt Zyklamen. Die Leute, an denen er vorbeilief, schauten ihm, betroffen von seiner Schönheit, lange nach. Kleine Kinder hielten oft jäh inne, ganz natürlich verlockt und augenblicklich in eine Schönheit verliebt, die auch ihnen eigen war, die sie nun aber in einem andern sahen; und verzaubert und gebannt näherten sie sich ein paar Schritte, angezogen wie von einem Licht, und blieben dann in einiger Entfernung vor ihm stehen, verzückt, reglos, bescheiden und demütig, wie verschämte Bettler, die nicht wagten, um ein Almosen zu bitten, und warteten, bis er sie zu küssen geruhte, weil sie es sich nicht als erste zu tun getrauten. Die kleinen Mädchen waren da kühner: Sie gingen geradewegs auf ihn zu, hoben ihn plötzlich hoch, trugen ihn fast auf ihren Armen fort, küßten ihn, als bissen sie eine Frucht an, und stoben dann davon.

Madame Gervaisais erlebte im Garten der Villa Borghese Frühlingstage, die in jenem Jahr warm und regnerisch waren – Tage eines eigentümlichen Wohlbefindens, einer Art seliger Mattheit und Entspannung, die sie eine Zeitlang glücklich ließ, Tage, die lau waren wie ein Bad, von warmem Akazien- und Orangenduft durchströmt, mit einem diesig verhangenen Himmel, an dem die Sonne nur noch ein rotgelber Schein war, mit dem halb erstickten Schall ferner Glocken, mit kurzem, fast müdem Vogelgezwitscher und Schraffen in der Luft, die man für Mückenschwärme halten konnte, die aber feine Nieselstreifen waren, die sich alle fünf Minuten entluden, ohne irgend etwas zu nässen.

An solchen Tagen fiel es ihr schwer, der sich so weich verströmenden Natur zu versagen, und so warf sie denn zum Abschied einen letzten reuigen Blick zurück auf diese Landschaft und die scheidende, warme Sonne, die zuweilen auf einer Seite des Gebetbuches zu ersterben schien, das ein Priester, auf einer Stufe des kleinen Rondells sitzend, vor sich hielt.

LXV

Die Führerschaft der Jesuiten ist nicht so streng und so hart, wie es ein weitverbreitetes Vorurteil wahrhaben will.* Sie hat ihr Vorbild eher in der Regierung Roms, einer im allgemeinen milden, fast väterlich nachsichtigen und zur Vergebung von Fehlern bereiten Herrschaft, soweit diese nicht an die Grundsätze und das Wesen ihrer Macht rühren; doch ist sie, auch darin wie die päpstliche Autorität, ausgesprochen polizeiartig, mißtrauisch, ängstlich und argwöhnisch gegenüber fremden Einflüssen und daher darauf bedacht, ihre Büßer und Büßerinnen von Leuten zu umsorgen, die dem Gesù ergeben sind, ja, selbst von Dienern, die ihm angehören, Menschen, die unermüdlich und sozusagen unterirdisch all das bekämpfen, was außerhalb der Kirche, im häuslichen, gesellschaftlichen und intimen Kreis des Gläubigen dem Gesù abträglich sein könnte.

So hatte Pater Giansanti schon vieles unternommen, um Madame Gervaisais' Kontakte zum französischen Botschafter einzuschränken. Auch wirkte er weiterhin wider Monsieur Flamen de Gerbois, den Gallikaner, dessen Feindschaft seinem Orden gegenüber er kannte. Auf diese Weise, indem er immer wieder Samen der Besorgnis gegen den Umgang mit einem Menschen so gefährlicher Denkart in Madame Gervaisais' Gewissen streute, entfremdete und entwöhnte der Jesuit sie der höchsten, freimütigsten und ergebensten Freundschaft, die ihr verblieb. Monsieur Flamen de Gerbois, bestärkt durch seine Zuneigung zu

Madame Gervaisais und durch die Rechte, die eine langjährige Beziehung ihm verlieh, rang und kämpfte mit ihr, machte sie dem Beichtvater streitig und ließ, ohne den Mut zu verlieren, alle Widerreden, unwirschen Launen, ja sogar die Wutausbrüche der Frau, die er nach wie vor besuchte, über sich ergehen.

Schließlich verbot sie ihm ihr Haus; da erzwang er sich den Eintritt.

«Aber, Monsieur, meine Tür ist Ihnen doch verschlossen...»

«Das ist es eben, Madame... Ich glaubte, Sie seien krank und brauchten...»

«Monsieur, wenn eine Frau einem Mann das Haus verbietet, muß dieser schlecht erzogen sein...»

Und ohne ihren Satz zu beenden, zog sie sich in ihr Zimmer zurück und ließ ihn allein mit ihrem Sohn im kleinen Salon.

Monsieur Flamen de Gerbois, der keine Worte fand, ging auf das Kind zu, das keine Sprache hatte, und küßte ihm traurig das Gesicht.

Trotz dieser schroffen Abweisung war er noch nicht gewillt, die unglückliche Frau aufzugeben und ohne Nachricht von ihr zu bleiben, und aus zärtlichem Mitleid für das einsame Kind, das weder Zerstreuung noch Kameraden hatte, schickte er noch immer von Zeit zu Zeit seine Töchterchen hin, zwei artige Mädchen, die nie böse lachten, sondern mit Pierre-Charles als ihresgleichen, wie mit einem Bruder spielten und ihm so eine bis zwei Stunden lang Freude und die Gelegenheit verschafften, aus sich herauszugehen. Doch eines

Tages, als die beiden wieder da waren, rief seine Mutter Pierre-Charles zu sich und sagte: «Gib ihnen einen Kuß und schick sie dann fort.»

Völlig verwirrt von dem Auftrag, spielte er mit ihnen weiter, als plötzlich seine Mutter erschien und sagte: «Sehr schön, Mesdemoiselles. Ihr seid ja sehr nett... Aber jetzt habe ich euch genug gesehen. Ihr müßt nun weg...»

Und damit stieß sie die völlig verdutzten Kleinen hinaus, die beschämt, fast verängstigt waren, da sie die liebenswürdige Dame, die einst so gut zu ihnen gewesen war, so verändert sahen.

Durch das Mißtrauen, das der Beichtvater ihr Wort für Wort gegen alles einflößte, was sich ihr noch näherte, durch die Verdächtigungen, zu denen er sie gegen alles aufwiegelte, was sie bislang geliebt und angehört hatte, durch die vom Beichtstuhl ausgehende Düsterkeit und Angststimmung schwand ihr so schlichter, offener und lauterer Sinn. Verdrehte, argwöhnische Gedanken und dunkle Befürchtungen schlichen sich ihr in die Seele. Sie quälte sich ab und verbohrte sich in finsteren Spekulationen, Mutmaßungen, Annahmen und bösartigen Urteilen. Und lange vergiftet mit dieser Furcht vor allen und allem, hütete sie sich allmählich fast gehässig vor jedem Menschen, der ihr zugetan war, selbst vor Honorine. Sie wollte sich sofort und ein für allemal von der Gesellschaft lösen, sich notfalls sogar unhöflich gegen sie verhalten, um die Trennung besser zu vollziehen; und so brach sie erbarmungslos, beinahe grob, die Beziehungen zu ihren letzten Bekannten ab, sie, Madame Gervaisais, die bisher in ihrem Umgang so graziöse Würde gezeigt hatte, sie, in Paris eine so distinguierte Frau, eine der letzten, die im Bürgertum die feinen weiblichen Manieren der Restaurationszeit so hochgehalten hatte.

Bald einmal sprach die Prinzessin Liverani bei ihr vor. Honorine richtete ihr aus, Madame sei ausgegangen. Die Prinzessin sagte nichts, wies aber lächelnd auf den Sonnenschirm ihrer Herrin, der im Vorzimmer zurückgeblieben war, und erschien nie wieder.

Ihr Widerwille, mit andern zusammenzuleben, wurde größer, ihr Abscheu vor den Mitmenschen schlug um in wilde Ungeselligkeit.

Eine liebenswürdige Familie hatte es auf sich genommen, ihr die Briefe einer ihrer engsten Freundinnen zu überbringen. Nachdem Madame Gervaisais die junge Übermittlerin zwei-, dreimal gesehen hatte, sagte sie zu Honorine: «Schickt die Frau weg, wenn sie wiederkommt. Sie ist übel gesinnt. Ich mag sie nicht mehr sehen.»

«Aber, Madame», wandte Honorine ein, «sie hat eine Kammerfrau, die sich in Rom nicht auskennt. Und der hab' ich versprechen müssen, sie herumzuführen...»

«Ich verbiete Euch, mit ihr auszugehen...»

«Aber wenn Madame doch bedenken will... Seitdem wir hier sind, bekomme ich nie eine bekannte Seele zu sehen...»

«Na, und? Könnt Ihr es nicht so halten wie ich? Verkehre ich mit jemandem...?»

LXVI

Am Ende der Zufahrt zur Villa Borghese, vor der kurvigen Steigung bei dem halb aus zerfallenem Stein, halb aus Pflanzen gebildeten Tor, wo die Wagen unter einem großen, gewölbten Rosenbaum durchfuhren, der, unweit einer vom Straßenstaub grauen Zypresse, ein Giebeldach aus schneeweißen Blüten über zwei Säulen breitete, sah Madame Gervaisais jeden Tag auf der Rückfahrt von ihrer Kutsche aus zwei Hunde, zwei Pudel.

Der eine, sauber, mit Seife gewaschen, frisiert, hatte den Körper zur Hälfte glatt rasiert, einen fleischfarbigen, trüffelartig gefleckten Rücken, an den Kniekehlen Büschel ausgesparter Haare, einen gestutzten Schwanz mit einer kronenartigen Locke, eine schwarz leuchtende Nase, flossenähnliche Schnurrbärtchen, ein zwischen zwei kleinen Spitzzähnen ruhendes Zungenende, einen feinen Kopf unter dem perückengleichen Schopf, tränende, rosig umränderte Augen von menschlicher Ausdruckskraft, die aber stumpf dreinschauten wie die Augen eines Blindenhundes. Der andere war schmutzig, verlaust, räudig, triefäugig, ein Straßenköter, den nur der Wind kämmte und bloß der Regen wusch. Beide saßen auf ihrem Hinterteil, der zweite freilich drei Schritte vom ersten entfernt.

Die beiden Hunde waren in Rom wohlbekannt. Den ersten nannte man «T'ho trovato» – «Ich hab' dich gefunden» –, eine hierzulande übliche Bezeichnung für verlorene Hunde. Beim zweiten hatte man sich gar nicht um einen Namen bemüht.

Von «T'ho trovato» behauptete man im Volk, er komme jeden Morgen aus einem Palast. Er lief in ein Kaffeehaus am Corso, dessen Kellner ihn am Mittag fütterten; wo er sich nachher herumtrieb, wußte man nicht, doch kehrte er später in Begleitung des andern, kotbedeckten Pudels zurück, der ihm auf der Spur folgte, stillstand, wo jener stillstand, witterte, wo jener witterte, und ein Bein hob, wenn jener das seine gehoben hatte, dies jedoch stets im respektvollen Abstand, den ein rechtschaffener Dienerhund zwischen sich und seinem Meister einhält.

Und so kamen sie regelmäßig und pünktlich miteinander zur Villa Borghese, wo sie, zwischen den auf- und abfahrenden Wagen, an den Vergnügungen der feinen Leute teilnahmen. Zuweilen bemerkte man indessen, daß Trovato später erschien als sonst. Sein Haar war, wie man zuvor hatte sehen können, nachgewachsen und drohte, seinen glatt rasierten Rücken mit Wollflaum zu überziehen. Da stellte er sich aus eigenem Antrieb bei einem alten Hundescherer ein, der im Forum Nervas sein Schurtischchen hatte. Auf diese Werkbank sprang dann Trovato, begab sich unter das Schermesser und verharrte regungslos, ohne daß man ihn anzubinden brauchte. Nach beendeter Schur und nachdem man zu seiner Reinigung einige Eimer Wasser über ihn gegossen hatte, sah man, wie er sich an einer der antiken Säulen trokkenrieb, die dort auf dem Boden lagen, Säulen, die von Sonnenstrahlen bestrichen waren wie ungeheure bronzene Kanonenrohre. Auf ihr thronte er voll gutmütiger Hoheit neben einer Reihe von

Hündchen, die, noch völlig durchnäßt, auf der Brustwehr des Forums schlotterten. War er einmal trocken, so sprang er von der Säule herab und dankte dem Scherer durch ein hastiges, zorniges Gekläff – zornig, weil sein Bellen zu seinem Ärger keine Sprache war –, flitzte dann Hals über Kopf davon und drehte sich gelegentlich um die eigene Achse, um, so gut es ging, das Werk des Hundescherers zu begucken.

Und am Ausgang der Promenade fand man die beiden Gefährten immer wieder, in derselben Haltung, auf dem gleichen Fleck, beim Tor neben der Zypresse, ermüdet und schlapp, und dort lauerten sie, bis ein Wagen sich ihrer erbarmte und geruhte, sie heimwärts zu führen. Trovato hob manchmal flehentlich seine rechte Pfote zu den Vorüberfahrenden, derweil der andere es ihm bescheiden nachzutun suchte. Kaum hatte man ihnen zugewinkt, sprangen beide mit einem Satz in den Wagen, Trovato zu den Herrschaften im Innern, sein Kumpan auf den Sitz des Kutschers, denn Trovatos Spießgeselle war von Natur aus vom Bewußtsein der Ungleichheit der Stände durchdrungen.

Pierre-Charles hatte eines Tages mit seiner kleinen Hand den beiden Hunden zugewinkt: Trovato war eiligst zu ihm heraufgesprungen, während der andere sich zwischen die Beine Giuseppes duckte. Und auf diesen Heimfahrten, die Madame Gervaisais noch um ein Stück des Spazierwegs Poussins oder entlang dem Teverone verlängerte, kam es seither in ihrem Gefährt die ganze Zeit über zu Freundschaftsbezeigungen und Liebkosungen – eine intime Szene, bei der Trovatos Lecken und

Pierre-Charles' Küsse einander ablösten. Für den armen Kleinen, dem die Zurückgezogenheit seiner Mutter und ihr neu erwachter Argwohn jeden Verkehr mit Gleichaltrigen verbot, für diesen ganz auf sich selbst Angewiesenen, der sich allein unterhalten mußte, ja, im Unterschied zu einem jungen Tier nicht einmal in den Genuß des Spielens kam – für ihn war dieser gütige, zärtliche, zutrauliche und zum Spielen aufgelegte Hund ein Freund, mit dem er sich austollen und sein Bedürfnis nach Betätigung und Liebkosen ausleben konnte, wie jedes Kind unter Kindern oder Wesen mit kindlichem Gemüt.

Also wurde denn jene Stunde, die er mit dem Pudel zubrachte und während der der Pudel ihm gehörte, zu einer Zeit der Glückseligkeit, auf die er sich schon vom Morgen an freute und die seinen ganzen Tageslauf erfüllte.

Doch es kam der Tag, wo sich Trovato und dessen Gefährte auf das Zeichen des Kindes hin nicht rührten: Trovato hatte begriffen, daß der Wagen Madame Gervaisais' auf der Höhe der Via dei Condotti abdrehte und ihn daher nicht weit genug in den Corso bringen würde, und da er seine abendlichen Geschäfte in der Nähe des Palazzo Venezia zu verrichten pflegte, hatte er beschlossen, inskünftig eine Kutsche zu wählen, von der er wußte, daß sie bis dorthin fuhr.

Erstaunt stieg Pierre-Charles aus, um ihn auf die Arme zu nehmen, doch Trovato stieß ihn heftig zurück und entwich. Pierre-Charles stieg wieder ein neben seine Mutter, und ein paar Schritte weiter brach er in Tränen aus.

LXVII

Aus dem Dämmer des Beichtstuhls im Gesù drang eine tonlos einförmige Stimme unablässig an Madame Gervaisais' Ohr, so leise, als käme sie von weit her: «... Sie haben Ihre früheren Fehler gründlich gemustert und allesamt gebeichtet; Sie haben sie mehr als bis zur Genüge bekannt. Doch in der Furcht, Sie hätten sich noch zu wenig angeklagt und beschuldigt und nicht alle Umstände Ihrer Sünden genannt, führt Sie Ihr Gewissen hartnäckig und unaufhörlich zu Ihrem früheren Leben zurück und läßt Sie aber und abermals Ihre bejammernswerte Geschichte erzählen. Ich vermisse in Ihnen eine Furcht demütiger, friedlicher und vertrauensvoller Art, eine, die in sich die Tugend der Hoffnung bewahrt, und mit ihr auch Eifer, Mut und Kraft. Auch wenn Sie zu Gott zurückgefunden haben, müssen Sie damit rechnen, daß die Erinnerung an Ihre Irrtümer Sie noch lange, lange martern wird; aber wie der heilige Paulus müssen Sie dies nutzen, um demütig zu werden, ohne sich beirren zu lassen... Ach, meine Schwester, ich befürchte sehr, Ihre Seele ist von der Krankheit des Glaubens befallen, die am schwierigsten zu heilen ist und gegen die mitunter all unsere Bemühungen, unsere Güte und Liebe machtlos sind...»

Er stieß einen tiefen Seufzer aus, näherte sich seiner Büßerin ein wenig und senkte die Stimme noch geheimnisvoller: «... von der Krankheit des Skrupels, dem größten Hemmnis auf dem Weg zur Vollkommenheit, jawohl, zur Vollkommenheit... Oh! Täuschen Sie sich nicht: Der Skrupel ist nicht die Angst eines empfindsamen Gewissens, nicht das, was die Furcht vor der Sünde einflößt und diese durch Vorbedacht vermeiden läßt, vielmehr ist er eine falsche, unbegründete, tödlich eitle Besorgnis, die uns mit teuflischer Kunst die Sünde dort suchen und finden läßt, wo sie nicht ist. Der Zweifel läßt unser Denken in der Schwebe zwischen zwei Extremen, die beide eine gewisse Wahrscheinlichkeit für sich haben; der Zweifel ist vernünftig, während der Skrupel es nicht ist und nie sein wird, denn wäre er es, so bliebe er nicht Skrupel... Verstehen Sie mich?» fragte er in schmerzlichem Ton. «Ich spreche von jener Veranlagung, die man bei widerspenstigen Geistern findet, Geistern, die sich nie ganz dem Richter anvertrauen, der ihr Gewissen lenkt, sich nie an seine Vorschriften halten, ihm nie ihr ganzes Vertrauen, nie ihre ganze Zuversicht schenken, sondern sich von abwegigen Gedanken, den Schemen ihrer Einbildung, durch Zuflüsterungen und trügerische Klügeleien verstören lassen; ich spreche von den Gewissen, die sich nicht leiten und lenken lassen wollen, von den verschüchterten Gewissen, die, nach den Worten des Laurentius Justinianus, nicht einen Schritt tun können, ohne die Furcht zu sündigen... Hat nicht der heilige Bernhard gesagt: ‹Drangsal erzeugt Verzagtheit, Verzagtheit Verwirrung, und Verwirrung Verzweiflung›? Dann spüren solche Seelen, wie ihr Verlangen nach Gott im Sturm dieser ungestümen Leiden in ihnen wie in einem Dornbusch erstickt; sie versinken in Finsternis und fallen zuletzt, im Sog ihrer inneren Bestürzung, in den Abgrund der Verdammnis, falls ...» – und hier machte er eine längere Pause –, «falls ihr geistiges Übel weiter wächst. Erkennen Sie, meine Schwester, sich nicht weitgehend in diesem Seelenzustand, wie ich ihn, wenn auch verkürzt, dargestellt habe?»

Und er neigte sich der Frau zu, die in den halblauten Worten des Priesters tatsächlich zu ihrer Beklemmung all die Herzensqualen geschildert fand, die sie erduldete.

Er fuhr fort: «Sagen Sie ‹nein›, ein offenes Nein, wenn ich mich täusche ... Sagen Sie, quält Sie nicht von allen Seiten das Grauen über Ihre früheren Sünden, wenn Sie zum Sakrament der Buße kommen? Sagen Sie, zittern Sie nicht am ganzen Leib, wenn Sie das Brot der Engel empfangen, und ist Ihnen nicht, als kämpften Sie gegen die Gespenster Ihrer Skrupel? Empfangen Sie die Gnaden, die die heiligen Sakramente heiteren und ruhigen Seelen verleihen, je in ihrer ganzen Fülle? Und – widersprechen Sie, wenn ich mich irre – wie empfangen Sie das Wort Gottes, ganz gleich, ob es nun aus dem Munde eines Heiligen oder eines Kirchenvaters oder aus dem meinen, dem Ihres geistlichen Vaters, kommt? Vermengen Sie es nicht allzuoft mit den Samen der Zwietracht Ihrer verfänglichen Überlegungen, die es unfruchtbar machen? Ach! Sie möchten gerne von mir wissen, was Sie tun können, um zu gesunden ... Als erstes müßten Sie das stolze Verlangen nach einer Vollkommenheit aufgeben, die Sie nicht erreichen können, zumindest nicht im gegenwärtigen Augenblick ... Sie müßten ...»

Doch einem andern Gedanken folgend, verstummte er, besann sich eine Weile und sagte dann, langsamer und eindringlicher, im Tone eines Seelenarztes, der seiner Kranken eine Vorschrift einzuprägen sucht: «Merken Sie sich gut – und diese Wahrheit möchte ich Ihnen einimpfen –, daß eine überängstliche Frau nicht die mahnende Instanz eines rechtschaffenen Gewissens besitzt und daß ihr verdunkelter Geist den rechten Weg nicht finden kann; vielmehr ist sie einem mit jäher Blindheit geschlagenen Geschöpf zu vergleichen, das einen Führer braucht, einen, der ihr angibt, wo sie ihren Fuß hinzusetzen hat, wenn sie durch die Stadt geht und auf irdischen Pfaden wandelt; und desgleichen sind ihr zweifellos eine führende Hand und eine führende Stimme vonnöten, wenn sie sich tastend und blind auf geistigen Wegen bewegt. Bemühen Sie sich also» – und dabei ließ er in seinen unverwandt freundlichen Redestrom einen beinahe harten Ton einfließen –, «bemühen Sie sich, diese Halsstarrigkeit Ihres Geistes zu brechen ... Fassen Sie den Entschluß, Ihrem geistlichen Vater streng zu gehorchen, was immer Ihnen Ihre Gewissensbisse, Ihre Angst und Ihre Befürchtungen raten mögen; erbringen Sie den Gehorsam, den der heilige Bernhard einem Jünger vorschrieb, den dieselben Skrupel plagten wie Sie ... Und sagen Sie nicht: ‹Mein geistlicher Vater ist nicht Sankt Bernhard›, denn merken Sie sich wohl: Man soll einem geistlichen Vater nicht deshalb gehorchen, weil er ein Heiliger ist, sondern weil er die Stelle Gottes vertritt. Nicht seine Heiligkeit bürgt uns dafür, daß wir durch das Befolgen seiner Weisungen den Willen des Herrn erfüllen, sondern der ausdrückliche Befehl, den Jesus Christus uns gibt, seinen Dienern in allem zu gehorchen, was sie uns auftragen. Verbannen Sie darum aus Ihrem Herzen alle eitle Furcht, und glauben Sie daran, daß Ihr ganzes Tun in den Augen des Allmächtigen bereits gerechtfertigt ist. Glauben Sie daran, daß Sie dereinst, wenn Sie vor dem obersten Richter stehen, ihm sagen können: ‹Herr, ich habe dies getan und das unterlassen, um denen zu gehorchen, die Du beauftragt hast, mich in Deinem Namen zu lenken.› Und seien Sie sicher, daß der gerechte Gott Ihre Handlungsweise nicht verurteilen wird; denn er kann sich selber nicht widersprechen, noch Geschöpfe bestrafen, wenn sie, seinem heiligsten Willen gemäß, die Befehle der Diener ausführen, denen zu gehorchen er ihnen vorgeschrieben hat. Lassen Sie sich also davon überzeugen ...» – und hier sprach der Priester in einem beinahe gerührten Tonfall –, «daß eine Seele nicht sündigen kann, solange sie nach den Weisungen und Einsichten ihres geistlichen Vaters handelt, sagt doch Jesus Christus selbst zu seinen Aposteln: ‹Wer auf euch hört, hört auf mich ...›»

Einige Minuten später verließ Madame Gervaisais den Beichtstuhl und blieb in der Kirche stehen, unsicher, wie sie zum Ausgang gelangen werde. Völlig abwesend nahm sie ihren Sohn bei der Hand, mit verstörter Miene und verlorenem Blick, wie jene Vorübergehenden, denen ihre widerstreitenden Gedanken auf die Stirn geschrieben sind.

LXVIII

So kam die arme Frau aus diesen Beichten nach Hause, halb verstört durch die ihr gemachten Vorhaltungen. Nachdem sie so lange ihr sittliches Verhalten aus ihrem Geist abgeleitet und einzig ihrer Vernunft gehorcht hatte, empfand sie es als Qual, zwischen Unterwerfung und einem Rest ihrer früheren Wesensart hin- und hergezerrt und von Unentschlossenheit zerrissen zu werden, zwischen momentaner Auflehnung und fügsamer Demut zu wanken und sich, aus Überdruß und oft ohne Überzeugung, all dem zu beugen, was Pater Giansanti von ihr forderte.

Ihre unerbittlich gemarterte und geplagte Vorstellungskraft kam nicht mehr zur Ruhe unter dem Eindruck gegensätzlicher Stimmungen, dem Schwindel des Nichtverstehenkönnens und den Stößen eines Sturms, der ihr unablässig entgegenwogte; sie fühlte sich irre und haltlos, eine verblendete Fromme, die denjenigen verkennt, den sie sucht, ihn sieht, ohne ihn wahrzunehmen, an ihm vorbeigeht und dabei so wenig Tröstung erfährt wie die Sünderin im Evangelium, die Jesus begegnet und ihn für den Gärtner hält.

So geriet sie in einen Zustand höchster Seelennot; ihr Glaube, ihre Hoffnung, ihre Liebe kamen ihr nur noch wie ein trügerischer Schein dieser Tugenden vor, die sich von ihr abgelöst und aufgehört hatten, «Diener ihrer Seele» zu sein, wie es ein Heiliger verlangt. Ihre Traurigkeit wurde zu Trostlosigkeit und stand in grausamem Gegensatz zu der guten, demütigen und freundlichen Traurigkeit, die der echten Buße entspringt, einer Traurigkeit, die den Geist nicht verhärtet und das Herz nicht entmutigt, sondern ihm in seiner tiefsten Bitternis unvergleichlichen Trost spendet.

LXIX

Die Einsamkeit, die Madame Gervaisais in den abgelegenen Alleen der Villa Borghese fand, genügte ihr nicht mehr. Sie wollte allem aus dem Wege gehen, selbst dem Anblick der Leute, den Begegnungen und dem Wiedersehen mit Bekannten. Die Berührung mit dem Leben anderer verletzte nun ihr schmerzvolles Denken, ihr verschärftes Leiden, und so verfiel sie einer Tag für Tag schwerer bezähmbaren Neigung zur Absonderung und Flucht vor den Lebenden. Auf ihren Spazierfahrten ließ sie sich nunmehr an den äußersten Rand der ausufernden Stadt führen, zwischen die von Fensterkreuzen durchbrochenen, große Gärten, Rebgelände und die einstigen «Kasinos» der Kardinäle umfassenden Wallmauern, zu den Basiliken, die fern in der Öde der Vorstädte verstreut lagen; über Plätze, wo an den Bäumen die wollenen Lumpen der römischen Armen trockneten; über Straßen, die sich lange dahinzogen, bis ihr Pflaster mit einem Mal in ein Feld mündete oder vor Erdhügeln endete, auf denen wilder Hafer wuchs; in verlorene, unbebaute Winkel, wo Pflaumenbäumchen und Ziegen Überreste von Thermen erkletterten und wo außer einer Kuppel unter dem Himmel nichts mehr die Nähe der Heiligen

Stadt verkündete. Stundenlang ließ sie sich über verlassene und von Brennesseln dicht gesäumte Straßen kutschieren, durch eine Landschaft, auf die einem die Sicht durch Wälle aus aufgeschütteter Erde und schilfrohrumwundenen Reisigbündeln verwehrt war. Und dort, in einem der spärlichsten Schattenwinkel, überließ sie sich selbst – ungestört, wortlos, ohne sich zu regen – und vergaß darüber beinahe den von ihrer Seite verschwundenen Sohn, der auf seinen Kissen nach vorn gerutscht war und nun halb liegend dasaß, eine Haltung, die zeigte, daß er es satt hatte, fortwährend in die Luft zu gucken. Über ihrem Sinnen verzog sie bisweilen schmerzlich das Gesicht, um alsbald unter nervösen Zuckungen in einen Halbschlummer zu verfallen, während die Mietpferde langsamen Schrittes auf den horizontlosen Wegen dahintrotteten.

LXX

Madame Gervaisais ging damals viermal in der Woche zur Beichte und jeden Sonntag zur Kommunion.

Pierre-Charles kamen diese Beichten endlos vor, ihm, den sie immer mitnahm beziehungsweise mitschleppte und den sie einmal ebenfalls hatte zum Beichten nötigen wollen, ohne Rücksicht auf seine bloßen sieben Jahre und seinen armen kleinen Geist. Einmal hatte man gesehen, wie sie ihn mit unsanfter Gebärde gepackt und zum Beichtstuhl gezerrt hatte, ohne auf seine Tränen und Gesten, auf die dumpfen Schreckenslaute des

Schuldlosen zu achten, die er, so gut er konnte, herauslallte und hervorstotterte, um ihr darzutun, daß er nichts zu sagen wußte. «Nun, dann sag eben, was die Hausangestellten tun ...» Und damit stieß sie ihn in den Rücken und zwang ihn, auf die Holzstufen zu knien. Doch selbst Pater Giansanti mußte darauf verzichten, diese gebrechliche Seele auszufragen und anzuhören.

Da entschied sich seine Mutter, ihn in der Kirche auf einen Stuhl vor den Altar des heiligen Ignatius zu setzen; dort ermahnte sie ihn, schön brav zu sein und zum lieben Gott zu beten, bis sie ihn wieder hole. Doch hatte sie nicht die Grausamkeit, ihn zu schelten, wenn sie sah, wie er, des langen Stillsitzens müde und bedrückt von den reglosen Bußübungen, von Kapelle zu Kapelle schlenderte und herumtrödelte, ja, sich manchmal bis zur Tür wagte und dort auf die Straße hinausguckte, wo er – das einsamste Kind auf Erden, dem der schwarze Mensch da die Mutter raubte – mit verstohlenem, gierigem Blick einen Betteljungen seines Alters suchte, dem die Stufen zum Seitentor des Gesù als Lager dienten.

Es war ein grindiger Knirps mit glatt rasiertem, bläulichem Schädel. An seinem Hals hing an einer Schnur ein Stoffbeutel mit einer Reliquie. Er schwamm in einem weiten Hemd, das aus dem schwarzen Drillich eines Kohlensacks gefertigt war und dessen Ärmel von den Ellbogen an wie lose Fruchtschalen herabbaumelten. Seine Kniehose mit den hierzulande häufigen, grob aufgenähten Flicken reichte nur knapp bis zu den Knien und wurde mittels zweier Riemen aus Filz einigermaßen festgehalten: die eine war zerrissen und hing vorne heraus, die andere zog ihm die Hose auf dem Rücken bis zu den Schulterblättern hinauf. Hals, Brust, Lenden- und Bauchpartie schimmerten in den etwas nachgebräunten Fleischtönen Riberas durch die Maschen seiner Lumpen. Beschuht war er mit eingetrocknetem Kot.

So also, fast nackt unter seinen Fetzen, mit nur schamhaft umfransten Löchern angetan, genoß der scheußliche und dreckige Bengel Sonnenlicht, Gesundheit und Freiheit und strotzte von animalischem Lebensdrang. Ein breites, tonloses Lachen überkam ihn, wenn Pierre-Charles ihm, wie gewöhnlich, einen Baiocco gab. Als Dank dafür vergnügte er sich mit ihm und lehrte ihn, mit doppelt umschnürten Beinen einen Fünfer weit von sich zu werfen. Für den traurigen und bedauernswerten kleinen Reichen war dies das Beste in seinem Dasein: die Begegnungen mit jenem erbärmlichen und im Vergleich zu ihm doch so glücklichen Kameraden.

LXXI

«Honorine hat Euch beim Stehlen ertappt», sagte Madame Gervaisais zu Peppe, «und dies nicht zum ersten Mal...»

Giuseppe brach in Lachen aus, gewann aber sogleich sein gleichgültiges und düster wichtiges Aussehen zurück.

«Ihr seid entlassen und verlaßt das Haus auf der Stelle...»

Giuseppe richtete sich auf, wie es sich für einen

Bürger Roms geziemte, blies die Backen zu einem theatralischen Schimpfwort auf, das er aber nicht aussprach. Dann grüßte er mit einem Augenzwinkern und ging.

Honorine war ein wenig verdutzt über diese Abfertigung, schien ihr doch, ihre Herrin sei mit den Leistungen Giuseppes zufrieden gewesen. Und tatsächlich hatte Madame Gervaisais in ihm eine gewisse südländische Verschlagenheit geschätzt; des öftern hatte sie Honorine gegenüber fallenlassen, es sei ihr immer noch lieber, von ihm bestohlen, als von einem Deutschen oder einem Schweizer schlecht bedient zu werden. Die Kammerfrau konnte sich diese Entlassung nur im Zusammenhang mit andern Sparmaßnahmen erklären, die Madame Gervaisais jüngst getroffen hatte; anscheinend suchte sie seit einiger Zeit ihren Haushalt bis ins kleinste Detail zu beschneiden und zu straffen.

Am nächsten Morgen klingelte Giuseppe und erzwang sich den Eintritt gegen Honorines Willen, stellte sich vor Madame Gervaisais und sprach die beiden kurzen Worte «Sono pentito» aus – «Ich bereue» . . . Dann wartete er reglos.

«Ich stelle keine Dienstboten wieder ein, die ich entlassen habe.»

«Nun, schön! Dann möge Madame mir etwas schenken . . .»

«Wie? Hab' ich Euch nicht entlöhnt? Warum sollte ich Euch noch etwas schenken?»

Ein feines Lächeln glitt über die tragische Miene des Dieners.

«Warum denn nicht? Selbst wenn ich der Teufel

wäre, gäbe mir Madame doch wohl ein Almosen ...»

Durch die Entlassung ihres Dieners, der sie auf ihren langen Spazierfahrten begleitet hatte, sah sich Madame Gervaisais gezwungen, auch auf die Kutsche zu verzichten; sie kündigte ihr Abonnement beim Vermieter auf und blieb die ganze Zeit über eingeschlossen in ihrem Hause, soweit sie ihre Stunden nicht in der Kirche verbrachte, die zu ihrem zweiten Heim, ihrem eigentlichen Haus geworden war.

LXXII

Mitten in ihrer Abkehr von der Welt ließ sie sich auf das dringende Ersuchen ihres alten Freundes Schnetz dazu bewegen, eines Sonntags noch einmal an einem Empfang der Akademie zu erscheinen. Übrigens dauerte sie ihr Sohn: Sie erinnerte sich, wie sehr er sich jeweils den ganzen Abend vergnügt hatte, wenn er, ohne sich zu rühren, das eine Bein locker über das andere geschlagen, unter den Wandteppichen De Troys in einem tiefen Lehnstuhl saß und voll trunkener Aufmerksamkeit dem Klavierspiel und dem Gesang der Liebhaber und der Künstler lauschte.

Die Hitze des großen Salons fliehend, war Madame Gervaisais, um etwas Luft zu schnappen, an ein Fenster des Speisezimmers getreten, wo man den Tee zubereitete, und von dort betrachtete sie, fast allein in dem Raum, den Garten der Villa, seine unbewegliche Fülle, seinen mächtigen, aber nicht schwarzen Schatten, das von besandeten Alleen umsäumte und durchzogene Gehölz, wo da und dort eine Herme weißlich schimmerte, die Bäume, die ein milchiger Hauch, jener schöne, nächtliche Schlaf umschleierte, der der Natur ihre Umrisse beläßt, sie nur mit seinem tiefen Blau umfängt, durchglüht von den Spuren der Leuchtkäfer.

Alles schlief, und alles lebte; es herrschte besinnliche Ruhe, ein unendlicher Friede, der seinen sanft eindringlichen, fast sinnlichen Zauber verbreitete; da schwang sich mit einem Mal aus dem Schoß des Dämmers eine Stimme empor, der Gesang eines Vogels, das Liebeslied einer Nachtigall, ein inbrünstiger Jubelschrei, wie ihn eine Nachtigall nur in der lauteren Wonne einer römischen Sommernacht ausstößt.

Da eben trat ein schöner Italiener zu Madame Gervaisais, ein von den Beifallsrufen und dem Erfolg seines Gesangs erhitzter und angeregter Tenor, der sich, mit bebenden Nasenflügeln tief atmend, mit einem Taschentuch Luft zufächerte. Er stützte sich auf den Fenstersims, vor dem sie stand, streifte ihren Arm und wandte ihr in der unbefangenen Art von Schauspielern und Musikern, wie einer Bekannten, in seiner Begeisterung über den nächtlichen Garten sein strahlendes Gesicht zu. Er hatte sie nur unabsichtlich berührt, so leicht, daß sie es nicht einmal merkte; auch sprach er sie nicht an, und doch zog sich Madame Gervaisais jäh zurück, als wäre man ihr zu nahe getreten, riß ihren Sohn mitten aus dem Musikvortrag fort und machte sich davon.

Eine Art Sinnestäuschung hatte ihr eine Liebeserklärung vorgegaukelt, die Gefahr einer Ungehörigkeit. Und diese Idee setzte sich in ihr fest und keimte auf, ohne daß der Vorfall diese Sorge um ihre Ehrbarkeit und ihr Gewissen erklärte, hatte sie doch bis hinein in ihre Gedanken die Reinheit und strenge Würde ihres Witwentums bewahrt. Von jenem Abend an bildete sie sich lange Zeit ein, sie verbreite ein wollüstiges Verlangen, führe all jene, die sie betrachteten, in Versuchung, wecke ihre Begierden, reize ungewollt ihre Sinne auf und erzeuge in ihnen durch das Zurschaustellen ihrer Schönheit, wie verblaßt und verwelkt diese auch sein mochte, eine unlautere Leidenschaft. So floh sie denn fast schamvoll vor den Männern, die sie ansahen, während sie die Umstehenden auf diese hinwies; das Ganze war bei ihr zur fixen Idee geworden.

Dieser falsche Eindruck quälte sie so sehr, daß sie sich überhaupt nicht mehr in der Gesellschaft zeigte; so verkroch sie sich mehr denn je in ihrem eigenen Zuhause, in einer Art klösterlicher Abgeschiedenheit.

LXXIII

«Ach, wir ... », sagten unbedenklich die beiden Römerinnen, mit denen Madame Gervaisais eines Tages plauderte und dabei das Gespräch auf die geistliche Führung und die Beichtväter des Landes lenkte, «darüber können wir nicht allzuviel sagen ...»

Dieses Wort klärte Madame Gervaisais auf über das, was sie an der geistlichen Führung Pater Giansantis nicht mehr befriedigte, was ihr nicht mehr zusagte. Nicht die Unterwerfung und die eigentliche Hörigkeit, die ihr Beichtvater von ihr erheischte, kränkten sie noch. Ihren Stolz hatte sie zu diesem Zeitpunkt so gut wie ganz abgelegt; sie hatte sich mit allem abgefunden und die letzten, geheimen Regungen zurückgedämmt, von denen sie sich, aus einem Überrest von Achtung für Vernunft und Verstand, in ihrer Lebensführung gelegentlich noch bestimmen ließ. Durch ihre gläubige Demut aus der Lektüre asketischer Schriften, deren Lehren sie auf sich selbst bezog und die ihr immer wieder einhämmerten, sie sei verachtens- und verwerfenswert, könne nie genug verfolgt, widerlegt, verworfen und herabgesetzt werden und verdiene bloß Abscheu, Verdammung, Verfluchung und Ekel – durch all das gelangte sie auf einen Tiefpunkt der Erniedrigung und Minderung ihrer Persönlichkeit und war, nach dem bildhaften Ausdruck eines gewiegten Seelenmanipulators, nur noch «das Zünglein an der Waage», das empfängliche und fügsame Gerät unter jedwelcher Last, die man ihr aufbürdete.

Was ihr mangelte, war Nahrung für ein neues, plötzlich in ihr gewecktes Bedürfnis; ein Wunsch nach Zucht, Härte, Strenge und herber Buße war über sie gekommen.

Ein Beichtvater «di manica larga», einer, der Sünden entgegenkommend und leicht vergab und für den landesüblichen Beichtbetrieb ausreichte, genügte ihr nicht mehr. Sie brauchte einen Priester, der zuviel verlangte. Mit ihrer geheimen, durch das Leben kaum gekühlten Liebesglut hatte sich diese Frau, die zu extremen Gefühlen neigte, den Glauben als unerbittlichen Verzicht vorgestellt, ein minutiöses Martyrium, als eine große Gelegenheit, ein gegen sie selbst gerichtetes Heldentum zu beweisen. Sie erstrebte in ihm Entbehrung, Opferung, eine Art täglicher, heiliger Folterung. Oft kam ihr in den Sinn, wie der heilige Johannes Climacus ein Büßergefängnis dargestellt hatte; und wenn sie diesem Erinnerungsbild die bisherige, milde Gewissenslenkung gegenüberhielt, war sie enttäuscht über ein so mühelos erlangbares Heil, das ihren gewohnten Lebenswandel nicht störte und darin keine neuartige ungeahnte Umwälzung hervorrief. Es entsprach keineswegs der stürmischen Wunschvorstellung, die sie sich vom Dienst für Gott gemacht hatte. Wenn sie sich noch nicht zu massiven körperlichen Kasteiungen verlockt fühlte und eine letzte Scham ihres gesunden Menschenverstandes sie noch vor der Versuchung leiblichen Leidens bewahrte, so wollte sie wenigstens seelisch leiden und darin unterstützt und ermutigt werden. Wie aufrichtig und seltsam war das Bestreben dieser armen, ruhelosen Frau, die sich nach Qualen sehnte und unglücklich fühlte über eine gütige und erbarmungsvolle Zucht, fast gedemütigt durch das barmherzige Mitleid der Jesuiten mit ihren gesundheitlichen Schwächen, verletzt durch den heiter spöttischen Ton, in dem der menschenfreundliche Priester ihren Übereifer zu mäßigen und ihre fiebrige Zerknirschtheit zu besänftigen suchte! Sie verzieh ihm nicht, daß er sich so nachsichtig zeigte gegenüber ihren Sünden und ihrer verhaßten Vergangenheit, deren sie sich immerfort bezichtigte. Daher kühlte ihre Achtung vor ihm unmerklich ab, und Pater Giansanti fand seine Büßerin nicht mehr so aufgeschlossen wie früher.

LXXIV

Sie zog Erkundigungen ein, in der Hoffnung, irgendwo in dieser Stadt mit ihrem nachsichtigen Katholizismus auf einen strengen Bußpriester zu stoßen.

Sie erwog bereits, sich an einen der Beichtväter des Kapitols zu wenden, die den Gefängnisinsassen und Übeltätern die Beichte abnahmen und über die ihr der Komtur Ennius Visconti eines Abends in einer Salonnische eine betrübliche Geschichte erzählt hatte, die ihr zu denken gab.

Doch sie schreckte zurück vor dem Gerede, das eine solche Wahl in der Gesellschaft Roms und in der französischen Kolonie ausgelöst hätte. Und so schwankte sie, lange unentschlossen, zwischen den Orden der Kapuziner und der barfüßigen Trinitarier, die sich ausschließlich mit der handfesten Seelsorge unter dem einfachen Volk befaßten und die angeblich die herben Tugenden der Bettelmönche am reinsten bewahrt hatten.

Mehrere Monate lang blieb sie ratlos, bis sie sich endlich durch den Ruf der Gottesfurcht und Strenge eines Mannes verlocken ließ, der soeben den alten Orden der Trinitarier erneuert hatte.

LXXV

Die Ordensregel der barfüßigen Trinitarier war außerordentlich hart. Ursprünglich durften sie weder Fleisch noch Fisch essen. Auf Reisen konnten sie sich keiner Pferde bedienen; einzig Esel waren ihnen als bescheidene Reittiere gestattet, woraus sich der im Volk geläufige Übername «Eselsbrüder» ableitet, mit dem sie in einer aus dem Jahre 1330 datierten Urkunde aus Fontainebleau bezeichnet werden. Ihr herkömmliches Gewand, das sie noch immer tragen, besteht aus einer Ärmelkutte aus grober weißer Wolle und einem Skapulier mit aufgenähtem rot-blauen Brustkreuz; ihre bloßen Füße stecken in Sandalen, ihr Haupt ist unbedeckt. Verlassen sie das Kloster, ziehen sie einen Mantel aus schwarzem Wollstoff mit Kapuze über, der bis zu den Knien reicht und auf dem sie links, über dem Herzen, ein weiteres rot-blaues Kreuz tragen. Ihre Kutte gürten sie mit einem Lederriemen, unter dem die rohe Wolle auf der baren Haut scheuert.

Gründer ihres Ordens ist der selige Johannes von Matha, der, als er seine erste Messe zelebrierte, bewirkte, daß beim Aufheben der Hostie, in Gegenwart der Äbte von Saint-Victor und Sainte-Geneviève, ein strahlender Engel auf den Altar herabstieg, die Arme kreuzartig ausgestreckt und auf zwei Sklaven gestützt, einen weißen, christlichen und einen heidnischen, schwarzen – eine Vision, die ihm den Auftrag des Himmels offenbarte, sich selbstlos dem Loskauf der zahllosen Sklaven zu widmen, die an den Küsten und im Innern afrikanischer Länder, der Berberei und Mauretaniens schmachteten. Am 28. Januar 1198, dem Fest der heiligen Agnes, als Johannes von Matha in der Basilika San Giovanni in Laterano eine weitere Messe las, wurde Papst Innocenz III., inmitten seiner Kardinäle, Zeuge einer neuerlichen Erscheinung des Engels in seinem weißen Gewand mit einem rot-blauen Kreuz, und darauf kleidete er Johannes von Matha in einen weißen Rock mit einem Kreuz, ähnlich dem des Engels, und schuf den neuen «Orden der allerheiligsten Dreifaltigkeit zum Loskauf der Gefangenen». Und nachdem dieser also geschaffen und anerkannt war, wurde Johannes von Matha durch Gualterius, den Herrn von Châtillon bei La Ferté-Milon, die Befugnis über den Ort zugesprochen, an den er sich vor seiner Reise nach Rom zurückgezogen hatte. Dort gründete er das Kloster von Cerfroy, das später zum Hauptsitz des Ordens und zur großen Erziehungsstätte der Fürsten jener Zeit wurde; seine Überseefahrten, denen er sein abenteuerliches Leben widmete, dienten bis zuletzt dazu, Sklaven aus Tunesien loszukaufen.

Der Orden blühte rasch auf. Bis zum vierzehnten Jahrhundert hatte er sich schon auf siebenhundertachtundsechzig Klöster verbreitet, welche vierunddreißig Provinzen bildeten. Am Ende des siebzehnten Jahrhunderts zählte er noch zweihundertfünfzig Klöster, eingeteilt in dreizehn Provinzen, wovon sechs im heutigen Frankreich: France, Normandie, Picardie, Flandern, Champagne, Provence; drei in Spanien: Neukastilien, Altkastilien, Aragón; eine in Italien, eine in Portugal. Aber die Provinz Englands, die dreiundvierzig Häuser zählte, die Provinz Schottlands, mit deren neun, und die Provinz Irlands, mit deren zweiundfünfzig, waren durch die Ketzer zerstört worden, wie auch diejenigen Sachsens, Ungarns und Böhmens; und zu den Verwüstungen durch die Menschen war noch die Entvölkerung durch Seuchen gekommen: Eine einzige entriß dem Orden mit ihrem Todeshauch fünftausend Brüder und verschloß die Türen vieler ihrer Häuser.

Dieser große, einstmals so weit über das christliche Europa verbreitete Orden, der durch inneren Zwist gespalten, durch den langsamen und unaufhaltsamen Niedergang aller mönchischen Stiftungen geschwächt wurde, ja, den sogar der Verfall der barbarischen Mächte ruinierte – indem er ihm Sinn und Auftrag raubte –, dieser durch seine Zwecklosigkeit nichtig gewordene Orden siechte unbeachtet dahin, als im Kloster von San Crisogono, das Papst Pius IX. den Trinitariern vor fünf Jahren überlassen hatte, einer der Mönche, beim Betrachten des Gemäldes, auf dem das Wunder des seligen Gründers dargestellt war, laut ausrief: «Nun, da die Beutezüge der Türken aufgehört haben und die Söhne des Johannes von Matha keine der weißen Christen mehr loszukaufen haben, über die der Engel des Herrn seine Rechte ausstreckt, ist die Zeit gekommen, da der andere Teil der mystischen Erscheinung sich zu erfüllen hat: Unser Orden muß sich jetzt um den Loskauf der ungläubigen Neger bemühen, wie sie der Mohr verkörpert, auf dessen Kopf die Linke des Engels ruht.» Diese Worte wurden vom ganzen

Kloster gutgeheißen, als wären sie von oben gekommen, gleich einer Eingebung des himmlischen Meisters des Ordens.

Sie wurden übrigens zu einem Zeitpunkt ausgesprochen, als der Gedanke in der Luft lag und in Nîmes unter dem Titel «Zentralafrika» ein Unternehmen zum Loskauf schwarzer Frauen und Jünglinge auf die Beine gestellt wurde. Sie fielen zusammen mit den mutigen, aber vereinzelten Versuchen Olivieris, eines Genueser Priesters, die farbigen Mädchen Ägyptens der christlichen Gemeinschaft zuzuführen.

Noch im Frühling des Jahres 1853, an der Ordensversammlung im Kloster San Crisogono, legte Pater Sibilla, der glaubenseifrige Förderer des Plans, dar, wie vortrefflich das Wirken des Priesters Olivieri sei, und regte an, dieses Werk mit der ihm beschiedenen großen Zukunft dem Orden der Trinitarier anzugliedern, um diesem dadurch Entwicklung und Fortbestehen zu ermöglichen, wie man es von einem einzelnen Mann nicht erhoffen könne. Der Vorschlag Pater Sibillas wurde einmütig angenommen und er selbst zum Koadjutor Olivieris ernannt, und nach mehreren Afrikareisen rüstete er sich in Rom zu einem großen Feldzug der Erlösung im Herzen jenes Erdteils.

Diesen Priester, den man in Rom für einen Heiligen hielt und dem die sagenhafte und wundersame Kunde seiner Behütung vor Gefahren großes religiöses Ansehen verlieh, begehrte Madame Gervaisais zum Seelsorger zu haben.

LXXVI

Übrigens geschah es nicht zum ersten Mal, daß Büßerinnen auf die Idee verfielen, sich an Pater Sibilla zu wenden. Schon vor Madame Gervaisais hatten Frauen, verführt durch die romanhafte Vorstellung frommer Gemüter von dem Gottesfürchtigen, geglaubt, in diesem heroischen Mann mit seinem strengen und kämpferischen Glauben ihren idealen Führer und einzigen Heilsvermittler gefunden zu haben. Sie hatten um seine Führung nachgesucht, ja gebettelt: Er hatte sie abgewiesen. Und wie die andern, so wies er auch Madame Gervaisais ab.

Die heikle Aufgabe der Beichte, das Anhören von Frauen, die einfühlende Behandlung der empfindsamen Seelen hoher Damen, das kleinliche Lenken ihrer weltlichen, scharfsinnigen und gebildeten Geister war, so wußte er genau, weder seine Sache noch seine Berufung. Ein gebürtiger Kalabrier, der auch in Rom Kalabrier geblieben war, mehr Soldat als Mönch war und sich eben damals mit großen Vorhaben trug, Plänen zu einer Bekehrung, die in seinem Geist noch etwas Kriegerisches hatte, er – ein Apostel, der nach Gefahren dürstete und in seinen Adern Märtyrerblut fühlte – konnte nur Widerwillen, ja beinahe Verachtung empfinden für eine so träge und schlaffe, eine «seßhafte» priesterliche Betätigung wie die Leitung einer Frau; alles machte sie ihm fremd, ihm, dem zuerst auf Kriegszügen gegen Briganten gebräunten Priester, der dann unter wilden Völkerstämmen Missionar geworden war und sich anscheinend bei den

Schwarzen, unter der grausamen Sonne Afrikas, etwas von der Härte eines Sklavenhändlers erworben hatte.

Doch die deutliche, fast barsche Weigerung Pater Sibillas erregte Madame Gervaisais' Verlangen nur noch stärker, und so erlangte sie, durch den mächtigen Einfluß der Frau eines ausländischen Ministers am päpstlichen Hof, eine Empfehlung des Heiligen Vaters, die den Widerstand Pater Sibillas bezwang.

LXXVII

In der Seelsorge Pater Sibillas fand Madame Gervaisais jene Rauheit, die, ähnlich, auch den großen, aber volksnah gebliebenen Wundärzten eignet, die zwar mit Spitalinsassen menschenfreundlich umgehen, hart jedoch mit Leuten aus besseren Kreisen, solchen, die sie nicht für ihresgleichen halten und die ihnen durch ihre Bildung und Überlegenheit das Leben sauer machen.

Der Trinitarier fuhr die selten vornehme und zart blaublütige Seele harsch an, war grob und absichtlich schroff mit ihr; er handhabte sie, tastete sie ab, kehrte sie um, mißhandelte sie wie voll Wut und eifersüchtiger Unerbittlichkeit, ließ es sich angelegen sein, sie herabzusetzen, sie bis zur Schlechtheit und Verbitterung zu entwürdigen, zu entmutigen, zu verachten und ihren Ekel zu wekken in allem, was sie tat oder sich vornahm, aber auch in ihrem guten Willen, und zwar, indem er mit ihr wie zu einem Lumpenweib sprach und sich zu ihr herabließ wie zur erbärmlichsten der Sünderinnen. Mit Genugtuung zerstörte er immer wieder ihre Entschlüsse, zwang sie, beinahe bei jeder Beichte, auf gewisse Gewohnheiten und fromme, geistige Genüsse zu verzichten, an die sie sich klammerte; er verlangte von ihr, daß sie sich auch in durchaus berechtigten Wünschen Gewalt antue und selbst den erlaubten Befriedigungen und Freuden entsage. Er schrieb ihr Dinge vor, die ihrer Vernunft zuwiderliefen und ihren Geschmack beleidigten, er zwang sie, vor den Hemmnissen und den tyrannischen Forderungen, den Befehlen und den Launen einer allmächtigen Obrigkeit auf die Knie zu gehen, indem er sie ohne Rast und Ruhe unter der Fuchtel zermürbendster Quälereien hielt. Und auf diese Marter verwendete er eine ausgeklügelte Kunst, die raffinierte Erfahrung eines Priesters, verstärkt durch eine angeborene Grausamkeit. Dieser Henker seiner selbst, der mit seinen eigenen Leidenschaften, mit dem Blut seines Herkunftslandes hatte ringen müssen und durch eine wahre Schinderei seine heftigen Triebe in sich abgetötet hatte, war ganz folgerichtig zum seelischen Folterknecht anderer und so auch dieser Frau geworden.

Doch eben dadurch wußte er seine Büßerin an sich zu binden. Durch die Art, wie er mit ihr verfuhr, wie er sie brutalisierte, beim Klang seiner Stimme, die ihr nie etwas Sanftes oder Tröstliches sagte, unter dem Adler- und Wolfsblick seiner Augen, angesichts seines gallig gelben und von stacheligem Bartwuchs umstandenen Ohrs, unter den Zänkereien, den Szenen, der Verachtung und den Ausfällen, die Madame Gervaisais in diesem

Beichtstuhl zu erdulden hatte, wuchsen ihr widerstandsloser Gehorsam, ihre Unterwürfigkeit. Die Strenge, das Schreckeinflößende dieses unbeugsamen Vertreters Gottes trieb sie in eine fast unter Zittern und Schlägen erzwungene Frömmigkeit. Und diese barbarische Seelsorge täuschte Madame Gervaisais, durch die Krone des Schreckens, die sie ihrem Führer aufsetzte, eine Größe vor, die die Beschränktheit und Kleinheit des Mannes verbarg.

LXXVIII

Was aber Pater Sibilla in seiner Büßerin am beharrlichsten zu unterdrücken suchte, war das Denken. So unterworfen und erniedrigt ihm dieses erschien, er hielt es noch immer für gefährlich, und so verfolgte er darin den letzten menschlichen Stolz, der Madame Gervaisais verblieb. Wie sklavisch sie immer war und wie gebändigt sie sich unter seiner Leitung gab, in versteckten Tiefen ihrer Person nahm er dennoch Regungen wahr, die außerhalb seines auf Gott gerichteten Willens lagen, kurzlebige, ängstliche Regungen, die sich nicht durchzusetzen wagten, die sie aber, wie er spürte, verdrängte.

Da begann er, um ihren geistigen Hochmut vollends niederzuschlagen, sie von der Größe, der edlen Geistigkeit ihrer religiösen Begriffe loszureißen und stellte sie, nach dem Grundsatz der Verdummung, den geistig Armen gleich, indem er beständig das drohende Schreckgespenst ihrer Eitelkeit heraufbeschwor, ihr jede Hoheit des Glaubens verbot und sie mit den heiligen Texten belastete, die besagten, daß Vielwisserei aufblähe und daß alles, was dem Christen zu wissen fromme, der gekreuzigte Christus sein müsse; dazu zitierte er ihr Paulus, der alle auf Höheres und Merkwürdiges zielenden Gefühle verpönte, da sie gefährlich seien wie Fallen, und lehrte sie, in Übereinstimmung mit der «Imitatio»*, ein Christ habe Wissen und Studium zu mißachten. Und schließlich geißelte er in dieser hochstehenden Frau mit sturem Haß und galligem Fleiß das, was die Kirche die «ehrgeizige Neugier einer Seele» nannte; er tilgte in ihr jegliche Klarheit und Überlegung und versuchte zu guter Letzt, ihrem so fromm und zugleich unfromm verbildeten Verständnis noch eine unwissende Gutgläubigkeit und einen kindischen Aberglauben zuzugestehen.

Er verbot ihr die anspruchsvollen und hochstrebenden Bücher, die sie angesprochen und ihre Bekehrung herbeigeführt hatten. Er entzog ihr ihre geistlichen Lehrmeister, ja, um sie noch mehr hungern und verarmen zu lassen und ihre Entbehrung noch mehr zu verhärten, untersagte er ihr sogar das Lesen des heiligsten aller Bücher. Madame Gervaisais hatte den Anweisungen eines damaligen Glaubensverkünders eine Methode zur religiösen Schulung entnommen, die darin bestand, jeden Tag ein Kapitel des Alten Testaments, beginnend mit dem ersten der Genesis, und ein Kapitel des Neuen Testaments, beginnend mit Matthäus, zu lesen. Auch lernte sie im Alten Testament die Psalmen auswendig und im Neuen die Briefe des Paulus. Pater Sibilla hieß sie diese Übungen unterlassen und statt ihrer Gott anzurufen, zu beten und halbe Stunden lang niedergeworfen oder kniend zu verharren – lauter gemeine, rein mechanische Riten, die Züchtung einer mechanisch körperhaften Frömmigkeit.

Er ließ sie zu Fuß die lange Wanderung der Gläubigen machen, die in Rom «der Besuch der sieben Kirchen» genannt wird: San Paolo fuori le Mura, San Pietro, San Paolo, Santa Croce dei Prati, San Sebastiano, San Giovanni in Laterano, Domine quo vadis, Santa Croce, San Lorenzo fuori le Mura, Santa Maria Maggiore – die Kapellen nicht eingerechnet – mit all ihren Gebetsstellen, Lobgesängen, Gedenkstätten der Wanderungen Christi am Weg zu den Basiliken und an den Weggabelungen, mit dem nimmer endenden Hersagen des «Rosenkranzes unseres Herrn», den Litaneien der Heiligen Jungfrau, den Gebeten, Hymnen und Danksagungen, die der Erfinder dieses Pilgerweges, Filippo Neri*, vorgeschrieben hatte, der Mann, dem beim Gebet in den Katakomben ein Ball aus himmlischem Feuer das Herz derart geweitet, daß ihm davon bis ans Lebensende zwei gebrochene Rippen verblieben waren. Von ihren früheren Büchern beließ ihr der Priester fast nichts außer der «Imitatio»; diejenigen, denen er ihr sich zu verschließen gebot, ersetzte er durch die jämmerlichsten Druckschriften italienischer Frömmelei. Die «Stufenleitern zur Liebe Gottes», die mit einer Vignette bedruckten Bändchen, auf denen der als Harpyie mit Zitzen verkörpere Atheismus sich erdolchte, Regelbücher über das Seelenheil, Geschichten vom sichtbaren Eingreifen Gottes und des Teufels, welche himmlische Wunder auf die Erde bemühten – damit allein befahl er ihr, sich zu nähren, um so ihren stolzen, gebildeten Glauben zu kränken und auf die unterste Stufe der für Kinder und das kindliche Volk Roms bestimmten, infantilsten Heilsgeschichten herabzuwürdigen.

So unerklärlich dieses Band war, es schnürte die Frau und ihren Seelsorger jeden Tag enger aneinander. Nach einigen Monaten beschloß Madame Gervaisais, ihre Wohnung an der Piazza di Spagna aufzugeben und sich im Stadtviertel ihres Beichtigers niederzulassen, um so näher bei seinem Wort zu sein und es häufiger aufnehmen zu können.

LXXIX

Ein Quartier von wilder Volkstümlichkeit, ausgestoßen, auf das rechte Tiberufer verdrängt, das Arbeiterquartier der Tabakbetriebe und der Fabriken zur Herstellung von Kerzen und Messekerzen für die Hunderte von Kirchen der Stadt; eine abgelegene, verlorene, rückständige Vorstadt, die das alte Blut Roms an den Händen messerstecherisch veranlagter Männer und in den von ernster Schönheit geprägten Zügen ihrer Frauen bewahrt hat, eine Art Vorortsiedlung, wo anscheinend die Roheit der italienischen Dörfer ihren Anfang nimmt und ein Hauch von Orient sich mit Erinnerungen an die Antike vermengt; auf Säulentorsi abgestützte Häuserecken, Grundmauern, deren Blöcke ganze Minerven sind, hier eine weißgetünchte Tür, von einem Holzgittervorbau überschattet, und mit einer Matte darüber; daneben wüste, verwaschene, von der Witterung abgelaugte Häuser, Fassaden, aus denen sich unter einem halb zugemauerten Bogen ein schlankes Säulchen mit ionischem Kapitell abhebt; auf Schritt und Tritt rissiger Gips auf Backsteinen aus der Zeit des Augustus, zufällige Buntscheckigkeiten, ähnlich den Farbgemengseln auf den Paletten, die ein Maler an die Wand hängt und in denen sich ein Stück Vergangenheit abzeichnet, ein Profil, eine Skizze der Rippen Roms; oft ein weitläufiger, altersschwarzer Palast, der von seiner zerbröckelnden Pracht nichts bewahrt hat als einen Schwarm aus Stein gemeißelter Raubvögel: die Träger eines längst verschwundenen Balkons im leeren Raum; in all dem die Urtümlichkeit einer Zivilisation in ihren Anfängen, einer gutgläubigen Menschheit mit schlichten Gewerben: die Läden der Barbiere und Bader mit ihren Schildern an den Fensterscheiben, worauf Blut aus Beinen und Armen rot in ein Glas quillt; Schlächterläden, wo der Preis des Schaffleisches auf einer Art Baskentrommel angeschlagen steht; Lotteriebuden, in denen die Gewinnzahlen mit Kreide auf die Fensterläden geschrieben werden; den Spaccio di vino zu zweieinhalb Baiocchi, Läden mit verrußten Supraporten und stallartigen Eingängen, wo Händler und Waren vom Licht und von der Luft der Straße umflossen werden; die gähnenden Höhlen des Kleinhandels, in deren kellerartigen Tiefen die in heißen Ländern übliche kupferne Waage glänzt; Auslagen, Gewerbe, altes Handwerk auf kleinen Plätzen, unter aufgehängter flatternder Wäsche, die der leiseste vorüberstreichende Windhauch wie schwellende Segel zum Knattern bringt; weite Werkstätten primitiven Wagenbaus, Abstellplätze unter freiem Himmel für Pflüge, die an Cincinnatus gemahnen, und starke Wagen mit Scheibenrädern, die noch die Lasten der Republik und das Alteisen Catos zu tragen vermöchten; Herden weißer Ziegen, die, sich stoßend und aufeinander springend, durch die gepflästerten Straßen trippeln; die ruhenden Gespanne schwarzer Büffel, die mit dunkelblauen, glasigen Augen, fade nach Moschus riechend, reglos, nachdenklich wiederkäuen; auf den Abfallhaufen, auf dem Kompost von Küchenpflanzen, in den elenden Gassen ein Gewimmel von Haustieren, Federvieh, bettelnden Hunden und streunendem Lumpengetier; und inmitten von alledem Frauen, die auf Stühlen sitzen und arbeiten, von der Sonne beschienen, die ihnen die Schatten ihrer Wimpern voll auf die Wangen wirft; ein Gewühl quicklebendiger Kinder, wie sie die südländische Zeugungslust schwarmweise auswirft, ein Jungvolk mit heiß glühenden Augen, eine Welt von kleinen Mädchen, die noch kleinere herumtragen und wiegen und die man um die Häuser schweifen sieht, in hinten aufgehakten Röcken, das Hemd am Rücken heraushängend, oder, wie in Licht gekleidet, eine düstere Holztreppe hinuntersteigend, wobei sie sich mit der Hand an der Mauer halten – das nennt man in Rom das Viertel von Trastevere.

LXXX

Madame Gervaisais hätte sich gerne dicht neben San Crisogono einquartiert, zog aber, da sie an der Piazza Sant'Agata oder in deren Umgebung keine möblierte Wohnung fand, gegenüber der Kirche Santa Maria in Trastevere ein, fünf Minuten von San Crisogono entfernt.

In einem riesigen, baufälligen Haus, dessen Tor man durch eine Eisenstange abriegelte, während die Erdgeschoßfenster durch Metallstäbe vergittert waren, hatte sie im ersten Stock eine Wohnung gefunden, die auf dem gleichen Flur lag wie eine türlose Schusterwerkstatt, deren weiß getünchte Wände helles Licht ausstrahlten. Weite Zimmer mit zweifelhaften Betten, so gut wie unmöbliert; eine Stube, die Honorine bei ihrem ersten Besuch Schrecken einjagte, so nackt, ärmlich und elend kam sie ihr vor – das war diese Behausung, deren Stube, gemessen am Quartier, noch ein reiches, ja prunkvolles Gemach darstellte. Es hatte, ganz in dem grellen Blau gemalt, für das die Italiener schwärmen und das selbst den anstoßenden Zimmern noch einen Blaustich gab, eine Decke, deren weiße Balken und Bälkchen ein Netz von roten Linien überzog, die aber schmutzig war und abblätterte. Der an sich schon große Raum wirkte unermeßlich durch seine kärgliche Möblierung, einen Rundtisch aus Nußbaumholz, Konsolen ohne Aufsätze, Stühle mit Strohgeflecht, deren Holzteile mit dem gleichen Blau überstrichen waren wie die Wände, ein altes, mit schäbigem roten Damast überzogenes Sofa, dessen dünn gepolsterte, harte Rückenlehne mit badewannenartig eingerolltem Rand sich nach hinten abschrägte. Eine Konsole freilich trug, was von einer wächsernen Paradiesesszene noch übrigblieb: ein verschimmelndes Jesuskind in einer Gonnella aus verfärbter Seide und mit seinen Schweizer Hosenträgern eine Art kleiner Turner. Von den beiden mit Gasthausvorhängen verhüllten Fenstern aus sah man einen mit wildem Gras überwachsenen Kirchplatz, das Seitenportal von Santa Maria in Trastevere mit seiner Aufschrift «Indulgentia plenaria», eine große Mauer aus kahlem, unterwaschenem Backstein und darauf, unter einem Schirmdach, ein altes Gemälde der Heiligen Jungfrau über einem Katheder, vor dem eine Laterne baumelte; die rechte Seite des Platzes schloß das in spanischem Rokokostil erbaute Pfarrgemeindehaus, zur Linken begrenzte ihn ein kleiner Gottesacker mit seinem umzäunten Vorhof, seinen Trümmern, Gräbern und Schmuckwerken und den rosaroten Wildrosen in den Höhlen von Totenschädeln – der kleine Friedhof, nach dessen traurigem Namen die Straße vor Madame Gervaisais' Behausung benannt war: Via del Cimitero.

LXXXI

Die «Imitatio» wurde zu ihrer Dauerlektüre, zum schwarzen und bitter schmeckenden täglichen Brot ihrer Gedanken. Sie brütete über einzelnen Abschnitten des düsteren Buches und schrieb sie ab, um sie im Kopf zu behalten und mit sich zu tragen. Sie hörte darin zu jeder Stunde etwas, das der Schöpfung, der Natur und der Menschheit die Totenglocke läutete. Sie grübelte über den Seiten dieses schmerzvollen Gebetbuches, wo es immer wieder hieß: «Dem Seienden, den andern, sich selber, diesem Körper ersterben; sterben, immer sterben!» – Anfang und Ende von Litaneien, von denen man geglaubt hätte, sie seien im «in pace» der mittelalterlichen Heiligkeit, zwischen Wasserkrug und Pritsche im Grabgewölbe eines Klosters gefunden worden: ein De profundis des irdischen Lebens, offenbar in der angstvollen Erwartung eines weiteren Jahrtausendendes geschrieben, an dem sich neigenden Tag vor dem Weltuntergang, im ersterbenden Schein des letzten Sonnenlichts.

Und allmählich begann Madame Gervaisais, wenn sie das Buch zugeklappt hatte, das Dasein völlig ernüchtert zu sehen, wie jemand, der vom Friedhof wiederkam: als ein Vorüberziehen, als eine Wegstrecke, die ein fremder Reisender zurückzulegen hat, wobei er auf seinem Gang nur Eitelkeit und leeres Zeug, die Vanitas vanitatum aller Dinge streift, die außerhalb Gottes sind. Zermürbung des Fleisches und Entsagung – so klang es immer wieder unerbittlich aus jenen strengen, unheilvollen Sätzen – Sätzen, die der echten und tiefen Frömmigkeit im Namen der Gottesfurcht befahlen, sich aus allen irdischen Bindungen loszureißen, all dem, was sie für Menschen und Sachen an Liebe empfand, zu entsagen, sich mit Ekel und Verachtung von allem Fleischlichen und Kreatürlichen abzuwenden – von Dingen, die das Buch selbst in aller Unschuld zu genießen untersagte, ja, als «Kot und dürres Gras» zu betrachten gebot. Und so folgten Verse auf Verse; sie fielen wie Tropfen herab, gnadenlos, wie Feuchtigkeit in einer kalten Höhle: Wasser, das das Herz versteinerte, all seine Liebe und Zärtlichkeit vereiste und es hinderte, für das zu schlagen, was das menschliche Wesen auf Erden zu einem liebenden Glied einer liebenden Gesellschaft machte, ein Wesen, das zur Gemeinsamkeit, zu Freundschaft, Liebe, Ehe und Familie geboren war. Gemeinschaften, Anhänglichkeiten, Liebesbande – all dies ließ das unbeugsame Buch verdorren, mit mönchischer Kälte und Teilnahmslosigkeit, trocken und mit fühlloser Eigensucht, die es Schwestern, Brüdern, Gatten, Gattinnen, Vätern – und Müttern unter Zwang auferlegte!

LXXXII

Madame Gervaisais wurde sich dieser Abstumpfung selber bewußt, dieser Verödung ihres Herzens, das sie nicht mehr, wie einst, vor Reichtum überborden und spontan auf andere überfließen fühlte. Der Springquell ihrer Zärtlichkeit schien ihr zu versiegen. Eine Gleichgültigkeit, ein Gefühl der Abspaltung von den Mitmenschen kam in ihr auf. Und tieftraurig erkannte sie gelegentlich, wie elend ihr Gefühlsleben nunmehr darbte. Da befielen sie stechende Zweifel an sich selbst, und betrübt darüber, daß sie weniger liebte und nicht Gott und ihre Nächsten zugleich lieben konnte, verleumdete sie sich selbst und sagte, sie sei des Liebens nicht mehr fähig, wagte es aber keinen Augenblick, diese frostige Verweigerung, die das eisige Buch ihr eingegeben hatte, auch wirklich diesem zuzuschreiben.

An bestimmten Tagen dachte sie ohne Bedauern an ihre Bekannten in Rom, mit denen sie nicht mehr verkehrte, und wunderte sich, getrennt von ihr nahestehenden Menschen leben zu können, als wären diese schon seit Jahren tot. Sie erinnerte sich, wie eng und tief sie einst ihrem Bruder verbunden gewesen, während sie ihm jetzt nicht einmal mehr ein Lebenszeichen an seinen fernen Wohnort sandte und es ihr nahezu gleichgültig war, daß auch er nichts mehr von sich hören ließ. Sie sah sich in Gedanken wieder in der Zeit gleich nach ihrer Ankunft in Rom und entsann sich, wie ungeduldig und begierig sie sich damals um das Angedenken kümmerte, das sie anderswo von sich hinterlassen hatte, wobei sie selbst zum Postamt ging, um die an sie gerichteten, sehnlichst erwarteten Briefe abzuholen, kaum waren sie eingetroffen, und sie dann schon im Hof drunten zu lesen, und sie wußte, wie enttäuscht sie jeweils zurückgekommen war, wenn ihr der Schalterbeamte mit «Niente» geantwortet hatte... Nunmehr ließ sie ganze Monate verstreichen, ohne ihre Post abholen zu lassen, und sorgte sich nicht mehr darum, was in Frankreich noch an freundlicher Erinnerung an sie vorhanden sein mochte. Hätte Honorine, die durch ihre Hingabe an die kranke und zum Fernesein gezwungene Herrin aus der Dienerin fast zur Freundin geworden war, sie von einem Tag auf den andern verlassen, so wäre für Madame Gervaisais die einzige Unannehmlichkeit der Verzicht auf den vertrauten Lebensstil gewesen.

Was ihren Sohn betraf, so mußte sie sich wohl eingestehen, daß er ihr nicht mehr alles im Leben bedeutete, und dies, obwohl sie sich diesbezüglich nur mit Angst erforschte und nicht zu bekennen wagte, was sie im Grunde ihres Herzens für ihn empfand. Sie liebte ihn noch immer, aber nicht mehr mit derselben, ausschließlichen, eifersüchtigen, ungestümen und verzehrenden Liebe, mit der ganzen einstigen Vernarrtheit einer wahren und heißblütigen Mutter – ein peinlicher Gedanke, den sie sofort verdrängte und von sich wies, wonach sie auf Pierre-Charles zustürzte und sich ihm zwei, drei Tage lang wieder zuwandte und an ihm erwärmte mit einem Schwall von Küssen, einer ganzen Verzugsschuld an Zärtlichkeit, einem Übermaß an Liebkosungen, in einem schwärmerischen Taumel, mit hungrigen Blicken und Umhalsungen, die ihn ihr ganz ins Herz zurückpflanzten. Doch dann verfiel sie wieder der Zucht des Buches, das «zügelloses Lieben» aufzugeben gebot, und so machte sie sich diese Überschwenglichkeiten zum Vorwurf – ohne die Regel zu finden, die das richtige Maß der Gläubigkeit und der einer Mutter erlaubte Grad von Liebe hätte sein können.

LXXXIII

Am Morgen, wenn Honorine das Kind anzog und kämmte, sprach Madame Gervaisais mit ihr über Religion, nur über Religion, und versuchte, die Dienerin zu überreden, mit ihr zur Kirche zu gehen, und hielt ihr vor, sie müsse sich zur Beichte begeben. Doch in dieser Hinsicht erreichte sie nichts von diesem gewöhnlich so fügsamen und ihrem Willen ergebenen Mädchen.

Unter Honorines restloser Aufopferung für Madame Gervaisais glomm ein täglich heißerer Haß auf die Religion und diese Priester, die, wie ihr schien, ihre Herrin jeden Tag ein wenig mehr verwandelten und ihr etwas mehr von ihrem Glück und ihrer Güte nahmen. Honorine gab keine Antwort in dieser Bedrängnis, doch ihr stummer Widerstand ließ etwas von dem Abscheu durchblicken, den ihr Madames Verfolger einflößten. So kam es dann zu Auftritten, ja, beinahe zu Gewalttätigkeiten und zu einem heiligen Bekehrungswahn, mit dem die Herrin Honorine von den Ideen, die sie in ihr vermutete, und von ihrer Gottlosigkeit unter Zwang loszureißen suchte. Einmal, als Madame Gervaisais vor Wut ganz außer sich war, vergaßen sich ihre Hände – die Hände einer Dame von Welt – gar soweit, daß sie das geduldige und ergebene Gesicht der Dienerin vor Zorn beinahe zerkratzt hätten, doch Honorine senkte das Haupt und schien ihrer Herrin sagen zu wollen: «Mache Madame, was sie will! Von Madame werde ich alles erdulden ...»

Auf solche Ausbrüche folgten eisige Kälte und barsche Bemerkungen wie: «Laßt mich allein ... Ich brauche Euch nicht», Worte, die schmerzlicher verletzten als Schläge, Blicke, die eine Vergiftete der Magd zuwirft, welche ihr das Gift gereicht hat. Sie hielt Honorine von sich fern, zog sich von ihr zurück, lehnte ihre Aufmerksamkeiten ab, und um sie absichtlich zu demütigen und zu kränken, bat sie in ihrer Gegenwart Pierre-Charles um die kleineren Dienste, die sonst der Dienerin oblagen; sie hieß ihn, ihr ein Buch zu bringen oder das Kopfkissen höher zu schieben. Eines Tages, als sie Honorine noch ärger plagte als gewöhnlich und diese schließlich ihren Widerwillen zeigte, ließ Madame Gervaisais mit böser Stimme die Worte fallen: «Hört, jetzt will ich Euch etwas sagen, Honorine! Ihr zwingt mich zu glauben, was man von Euch geglaubt hat ... Ja ... denn wenn Ihr nicht etwas auf dem Gewissen hättet ... Wenn Ihr nicht ... eben das, was auf Euch lastet ... in der Beichte zu bekennen hättet ... dann, wenn ich Euch darum bitte ... wenn ich Euch um meinetwillen darum ersuche! Oh, es ist sonnenklar: Ihr wart es ...»

«Madame ...», stieß Honorine hervor. Ihre Augen weiteten sich jäh. Sie verstand es nicht, diese Worte konnten unmöglich aus dem Munde, da, vor ihr, gekommen sein.

«Na, ja! Ihr seid es, die Madame Wynant bestohlen hat ... !»

Honorine starrte Madame Gervaisais wie eine Verrückte, voll entsetztem Mitleid an. «Ach, Madame ... Das von Euch ... über mich! Mein Gott, ist es möglich, daß der Gott jener Menschen einen so böse macht!»

Die Stimme erstarb ihr auf den Lippen, ihre Nerven versagten, und sie fiel steif zu Boden.

LXXXIV

An gewissen Tagen fühlte Madame Gervaisais sich ziemlich krank, doch schickte sie sich in das Übel und ließ ihm seinen Lauf, mit jener stillen Ergebenheit in das Schicksal, zu der Glaubenseifer und Gottesfurcht eine Frau oft bringen; sie betrachtete ihre Gesundheit nachgerade als etwas, das sich in Gottes Händen befand und worum eine echte Christin sich nicht zu kümmern brauchte. Das Leiden kam in ihren Augen einer Art von geistigem Fortschritt gleich. Sie hatte keine Ärzte mehr um sich und ließ Doktor Monterone nicht mehr kommen.

Im Zuge des langsamen Kahlschlags, den sie unter ihren Freundschaften und Beziehungen vornahm, hatte ihr vormaliger jesuitischer Beichtvater besonders dahin gewirkt, sie von jenem revolutionären Vertreter in der römischen Konstituante zu trennen.

Der Arzt hatte sie, wenn er bei ihr vorsprach, merkwürdig kühl gefunden und, eben, wenn er beim Erzählen seiner Geschichten zu den lustigsten Stellen kam, verkrampft und humorlos, und so hatte er, mit dem feinen Spürsinn und dem Takt eines Italieners, schnell die heimliche Wühlarbeit des Jesuiten gewittert und deshalb ganz unvermittelt seine Besuche eingestellt. Einzig ein Zeichen hatte er noch mit Honorine vereinbart: War an einem Fenster der Wohnung der Vorhang hochgezogen, so bedeutete dies, daß es Madame Gervaisais an jenem Tage schlechter ging. Darauf begab er sich, wie früher, zu ihr hinauf, und nach einer kurzen, nichtssagend höflichen Einleitung kam es regelmäßig zu folgendem Gespräch: «Lassen Sie mich doch Ihr Taschentuch von letzter Nacht sehen!»

«Aber warum denn, Herr Doktor?»

«Warum? Warum? Haben Sie nicht ein bißchen Blut gespuckt?»

«Nein, schauen Sie.»

«Doch, ein wenig, ein klein wenig, oh, fast nichts.»

Er griff nach seinem Hut.

«Morgen werden wir Sie zur Ader lassen.»

Am nächsten Tag, nach dem Aderlaß, verschwand er, ohne daß sie ein Wort gewechselt hätten, für vier bis sechs Wochen. Es lag in diesen unvorhergesehenen Besuchen eine fast gebieterische Besorgnis, die Madame Gervaisais nicht den Mut ließ, auch mit ihm einfach schroff abzubrechen. Sie hätte gerne einen Vorwand oder eine Gelegenheit gehabt, ihn endgültig wegzuschicken und sich mit ihm zu überwerfen. Sie verbarg ihm den Ärger nicht, mit dem sie sich seiner selbstherrlichen Wissenschaft beugte. Doch der Arzt verfügte über eine unerträgliche Geduld und ließ sich von ihr alles gefallen, teils aus Erbarmen mit der Kranken, teils aus Schadenfreude über die Wut Pater Giansantis. Mit der Zeit hatte Madame Gervaisais geradezu Angst vor diesem Arzt bekommen, der stets ausgerechnet an dem Tag, ja, fast zur genauen Stunde vorbeikam, da sie ihre Krisen hatte. Und hier, in Rom, dieser Hochburg der Spionage, wo die Furcht, bespitzelt zu werden, sozusagen ansteckend in der Luft schwebt, ergriff sie darüber eine Ungewißheit, ja sogar der ängstliche Verdacht, sie werde heimlich belauert.

Und so war sie denn beim Verlassen des Corso-Viertels froh gewesen, nichts mehr mit ihm zu tun zu haben, mit der einfachen Begründung, daß sie in einen anderen Stadtteil und damit weiter weg zog.

«Es gibt überall Leute, die zur Ader lassen können», hatte sie zu Honorine gesagt, als sie diese zu Doktor Monterone sandte, um die Rechnung für seine Besuche zu begleichen.

LXXXV

So gläubig, so weit fortgeschritten Madame Gervaisais im Religiösen war, so sehr litt sie lange Zeit unter einem schmerzlichen Zustand, den sie ihrem Beichtvater nicht einzugestehen wagte. Sie fühlte sich auf eine Probe gestellt, die sie zeitweise untröstlich machte: Trotz ihrer glühenden, leidenschaftlichen Frömmigkeit und ihres zähen Betens, ihres Strebens nach Gott und ihrer Begier, ihm allein zu gehören und alles zu opfern – trotz all dem, was eigentlich Gott in ihr hätte lebendig machen sollen, wurde Gott nicht lebendig in ihr. Sie hatte ihn nicht gegenwärtig in sich, und sie vermochte seine Gegenwart nicht zu erwirken. Der Gedanke, daß er vor ihr zurückwich, bedrückte sie. Und so fühlte sie sich unwohl und verunsichert, wie gewisse hochherzige Mädchen, denen ihrem Angebeteten gegenüber das im Anbeten wurzelnde Vertrauen fehlt und die für ihn nur Furcht und Respekt empfinden, derweil sie sich, wie der heilige Augustinus sagt, nicht trauen, sich ihm in die Arme zu werfen und in seinem Schoß zu verbergen. Die furchteinflößende Majestät des Höchsten benahm ihm seine Güte, und der Eindruck, den er ihr machte, erdrückte in ihr, wie durch einen heiligen Schrecken, den Wunsch, ihn zu lieben und sich ihm hinzugeben: Sie hatte Angst vor Gott.

LXXXVI

Es gibt in den Apotheken Roms jeden Tag, zwischen vier und sechs Uhr, eine spannende Stunde: die des Crocchio oder der «Nagelversammlung», zu der sich die Ärzte einfinden, um ihre kommenden Aufträge einzuholen. Kaum sind sie durch die Ladentür mit dem schlangenumwundenen Äskulapstab getreten, reißen sie weit die Augen auf, um zu erspähen, wie viele Chiamate an einem ihnen zugewiesenen Nagel befestigt sind. Darauf kommt es zu einem schauerlich komischen Blickwechsel zwischen demjenigen, an dessen Nagel beschämenderweise nichts vorhanden ist, und seinem Kollegen neben ihm, der sich vor den zwei, drei Zetteln, die an seinem hängen, in die Brust wirft.

Solche Blicke des Grauens vor einem unbehangenen Nagel warf jeden Tag ein armer Teufel um sich, der «illustrissimo dottore romano» Pacifico Scarafoni, ein beachtlicher Pflanzenkenner und recht geschickter Heiler regional verbreiteter Fieberkrankheiten, in allem übrigen aber stumpf wie ein störrischer Packesel, ein Mensch, der für seine Unwissenheit die naive Entschuldigung vorbrachte, in Rom sei es schwierig, die Anatomie zu erlernen, würden doch für das Medizinstudium nur Teile von Frauen statt ganzer Leichen freigegeben.

Seine Mißerfolge in der Allopathie hatten ihn einstweilen zum bloßen Homöopathen verurteilt. Gleichzeitig war er aus einem für seine Berufsklasse bezeichnenden Freidenker zu einem eifrigen Kirchengänger geworden, was ihm die Begünstigung und den Zulauf einiger Geistlicher der ärmeren Orden eingetragen hatte. Als Pater Sibilla Madame Gervaisais auf ihn hinwies, bezeichnete er ihn als den Arzt Seiner Exzellenz des Prinzen Maximiliani. Allerdings wußte Madame Gervaisais damals nicht, daß dieser Prinz, dem Beispiel aller Fürsten Roms folgend, sich von einem aus der Fremde zugezogenen Arzt behandeln ließ, während der angebliche Doktor Scarafoni nur für die gesundheitlichen Bedürfnisse der Pferde und der Dienerschaft der Casa berufen und dafür mit sechs Talern im Monat entlöhnt wurde und im Dachstock des Palazzino Unterkunft bekam, jenem Nebengebäude der noblen Häuser Italiens, im Schatten des großen herrschaftlichen Palastes.

Folglich zitterte der glücklose Pacifico eines Abends vor Freude, als er, zum Crocchio erscheinend, den Namen einer reichen französischen Dame vorfand, die ihn zu sich rief, weil sie unter blutigem Auswurf litt. In einem Satz stürmte er an die wertvolle Adresse und präsentierte sich Honorine an der offenen Tür mit seinem grauen Hut, seinem abgetragenen Anzug, der standesüblichen

Weste aus schwarzem Atlas, einem schweren Uhrgehänge zur Abwehr des bösen Blicks sowie zwei großen, viereckigen, grabsteinschwarzen Knöpfen aus Gagat an seinem schmutzigen Hemd.

Er befragte Madame Gervaisais, während Honorine ihm mit ihren paar Worten Italienisch auseinandersetzte, Madame sei krank, weil man sie sonst allmonatlich zu Ader gelassen, ihr jetzt aber schon längere Zeit kein Blut mehr genommen habe. Der Mann mit den großen Knöpfen schüttelte den Kopf und erklärte, das Aderlassen sei der Kranken nicht zuträglich, ja, es schwäche sie noch mehr; er hingegen, Doktor Pacifico Scarafoni, mache sich anheischig, sie mit den von ihm selbst hergestellten Pulvern zu heilen, den berühmten Pulvern, «den Pulvern, denen... den Pulvern, die...».

Doch als Madame Gervaisais sich die schäbig makaber, witzbildhaft unheimliche Gestalt des Arztes näher besah und das marktschreierische Geflunker dieses Quacksalbers und Allheilmittelkrämers anhörte, durchfuhr sie ein kalter Schauer. Und eine Weile erwog sie, ob sie den Menschen nicht lieber unverzüglich wegschicken und Doktor Monterone herbeirufen sollte.

Da, eben als die Kranke Pacifico Scarafoni verraten hatte, sie habe ihn auf Empfehlung Pater Sibillas beigezogen, entdeckte dieser aus dem Augenwinkel die frommen Bilder in ihrer Wohnung und kam dabei auf die vorzügliche Idee, die verworrene Anpreisung seiner Erzeugnisse abzubrechen. Und zur Kranken vorgebeugt, sagte er: «Meine Pulver...? Nun, meine hochehrenwerte

Dame, sie sind schlicht und einfach homöopathische Mittel... Sie sehen, daß Sie nicht davor zu erschrecken brauchen... harmlose homöopathische Pulver, zusammengestellt nach den Dosierungsvorschriften der berühmtesten Magister von Paris und London, deren demütigster Schüler ich bin. Ma...», und dabei klang in seiner Stimme eine gewisse einschmeichelnde Reue auf, «ich mische...», und dazu senkte er andächtig Stimme und Blick, «ich mische ihnen Märtyrerpaste bei... Ja, ein Quentchen Paste der heiligen Märtyrer, von der Sie sicher gehört haben und deren wundertätige Wirkung bei zahlreichen Kranken, auch in ganz hoffnungslosen Fällen, Ihnen zweifellos nicht unbekannt ist. Ich, ich allein, erhalte sie von den Ministri degli infermi in der Santa Maria Maddalena.»

LXXXVII

Madame Gervaisais empfand nichts mehr plastisch. Sie wohnte in einem kahlen Zimmer, einer unmöblierten Leere, einer Behausung für fromme Seelen, für die anscheinend die sie umgebenden Dinge nicht mehr Teil der Wohnung sind, einer Wohnung, die, aus wahrhaft christlicher Sicht, bloß die Herberge eines kurzlebigen Leibes ist. Sie liebte die Blumen nicht mehr, atmete aus ihnen nicht mehr ein, was sie einst eingeatmet hatte. Sie musizierte nicht mehr, hörte sich keine Musik mehr an. Sie betrachtete einzig noch Votivtafeln oder Heiligenbilder. Sie fand jetzt Gefallen an dem fast schmutzigen Elend der Winkel und der Menschen in den Kirchen von Trastevere, wo es säuerlich roch wie in einer Kinderkrippe, und sie mischte sich unter jene Lumpenweiber, die, wo sie beteten, irgendeinen Fetzen auf den Kirchenboden fallen ließen. Nichts Häßliches tat ihr mehr weh. Die einstige Künstlerin, die zu den auserlesenen Genüssen des Schönen vorbestimmte Frau hatte es fertiggebracht, ihre bewundernswerten, überfeinerten Sinne denen des Volkes anzugleichen.

Sie vermochte die Natur, die Landschaften nicht mehr zu würdigen. Die Form, der Rahmen des Menschlich- und Irdisch-Stofflichen rings um sie, verlor an Bedeutung, ja geradezu an Wirklichkeit; in allem Vergänglichen und Sterblichen, das hienieden sichtbar und fühlbar ist, nahm sie nur noch eine Art leichenhafter Schönheit der Dinge wahr, einen Makel auf dem einzig wirklichen Glanz, dem Glanz Gottes.

LXXXVIII

Mit dem Aufgehen der vom jesuitischen Seelsorger ausgestreuten Saat und unter dem Druck des Trinitariervaters war nach und nach die große, erhabene und ganz menschenunähnliche Vorstellung verblaßt, die die Büßerin sich einst von Gott gebildet hatte und die sie zunächst nicht auf das katholische Maß zuzuschneiden vermochte: die Vorstellung von einem unzugänglichen und unerfaßbaren Gott, einem Gott, der zu unermeßlich war, um eine Person, ein bestimmter Jemand zu sein. Diesem Gott ihres philosophischen Denkens war in ihr ein anderer, der furchterregende Gott ihres Glaubens, gefolgt, der Allmächtige, Gott Vater, der sich in mählicher und wundersamer Verwandlung zu einem menschlichen Gott, zu Gott Sohn, zu dem uns ähnlichen, dem Gott unserer Übel und Leiden, zum göttlichen Liebenden gemildert hatte: zu Jesus Christus – dem Jesus, der ihr vor ihrer Bekehrung im Evangelium begegnet war, in einem geschichtlichen Geschehen, das in ihren Augen damals noch nicht göttlich gewesen war.

Und das widerfuhr ihr, als sie noch die Lehren und praktischen Übungen des Ignatius von Loyola befolgte und sowenig Klarheit als möglich suchte, sondern den Dämmer, den jener für besser geeignet hielt, die Sinne über ihre weltlichen Eindrücke hinwegzutäuschen – in einem Augenblick also, als sie sich die Zeit des heiligen Ereignisses auszumalen versuchte, das Gegenstand ihres Gebetes war. Den Anweisungen des großen Seelenlenkers gemäß, tat sie ihren fünf Sinnen Gewalt an: den Augen, damit sie den Ort, den Rahmen, das Gewand und das heilige Gesicht sahen oder sich vorstellten; dem Gehör, damit es den Klang seiner Stimme vernahm; dem Tastsinn, damit er seine Hände, seine Kleider und die Spur seiner Füße erfaßte; dem Geschmack- und dem Geruchssinn, damit sie die unsagbare Süße spürten, die ein göttlich-menschliches Wesen verströmte – so vereinte sie sich mit dem gekreuzigten Gott.

Von da an begann sie, befreit von ihrem langen, quälenden Schrecken, bebend, gerührt und in ihrem ganzen Sein erschüttert, sich des keuschen und köstlichen Umgangs mit ihrem jungen Meister zu erfreuen; sie erschauerte beim Beten, war wonnevoll gerührt und kostete geistliche Freuden, erfüllt von der unaussprechlichen Wollust der «fühlbaren Gnaden», nach denen ihr Lieben sich so inbrünstig, aber vergeblich verzehrt hatte. Nun schwelgte sie im Vertrauen und der Hingabe einer Frau, die sich restlos Jesu schenkte und sich an ihm festnagelte. Sie hängte ihr Herz an nichts anderes mehr, besaß sie doch in Ihm – vollkommener, dauerhafter, reichlicher und reiner – all das, worauf sie um ihrer Liebe willen verzichtete, und so glühte sie mit steter, reger Flamme über allem, was das Tun, die Freude, den Jubel und die Glückseligkeit einer Leidenschaft ausmachte, die, außer an sich selbst, an nichts Gefallen fand. Dauernd schmeichelte sich ihr etwas mit starker Sanftheit oder sanfter Stärke bis ins Herz ein, etwas, das sie der Welt entzog und in sich hinein zwang, in ihr großes und verhaltenes inneres Schweigen tauchen ließ, wo unausgesprochene Worte sie umschwebten, Worte, die sie wohl nicht durch ihr Gehör aufnahm, sondern die von Ihm herrührten, so tief verspürte sie sie in sich.

So verbrachte und verbrauchte sie ihre Tage. In ihren größtenteils durchwachten Nächten, mit höchstens einer oder zwei Stunden ungebrochenen Schlafes, Nächten, in denen sie das Bett verlassen und im Zimmer hin- und hergehen mußte, um nicht vor Kurzatmigkeit zu ersticken, reihte sie, eine magere, geisterhaft hagere Gestalt in weißem Schlafrock, unartikulierte Gebete aneinander und träumte, während sie dösend die dunklen, vom Leben verlassenen Stunden durchschritt, von einer

Anbetung, von der ihr am nächsten Morgen die blasse Erinnerung an eine nächtliche Vision des Erlösers verblieb.

LXXXIX

Darauf erfaßten sie leidenschaftliche Regungen, ein Beben und Aufbrechen der drängenden Gläubigkeit, in der Glaubenslehre «Aspirationen» genannt. Durch leise vor sich hin gesprochene Stoßgebete und ein Murmeln, das auf ihren fast regungslosen Lippen erstarb und das die Mystik mit dem Geflüster von Liebenden vergleicht, die fürchten, ihre Stimmen könnten, falls sie lauter sprächen, nicht mehr ihnen allein gehören, brachte es Madame Gervaisais bis zu jenen «stummen Gesprächen», in denen ein Augenpaar einem Augenpaar und ein Herz einem Herzen antwortet, ohne daß jemand hört, was gesagt wird, außer den geheiligten Liebenden, die es sich zuhauchen.

Eines Tages nahm Honorine im Zimmer ihrer Herrin wahr, wie diese sich sonderbar verwandelte und deutlich einen Namen aussprach: «Magdalena!» Dieser Anruf – auf den scheinbar, angeführt von Magdalena, ein wichtiger Besucher eintrat – ließ die Kammerfrau tief bestürzt und verständnislos. Auf dem Boden kniend, suchte Madame Gervaisais offenbar den Saum eines Rockes zu küssen, warf sich dann der Länge nach hin und sprach, als bete sie in dem kahlen, menschenleeren Zimmer einen König an, mit strahlendem Gesicht mehrmals die Worte: «Rabboni, mein guter Meister! Mein guter Meister!»

XC

Insgeheim zerbrach sie sich den Kopf im Suchen nach Leiden und Martern für ihren Körper, diesen armen, kranken Leib, den selbst ihre Beichtväter gegen sie in Schutz genommen hatten, indem sie ihr verboten, ihn zu kasteien und zu quälen. Sie hatte alle möglichen ausgeklügelten und ausgefallenen Entbehrungen entdeckt, die sie sich auferlegen konnte. So schnitt sie sich die Zehennägel nicht mehr, sondern schabte sie mit einem Backstein ab. Und ähnlich eine ganze Reihe weiterer Erfindungen und klug ausgedachter Zuchtmittel. Ihrer Person gegenüber einstmals so liebevoll, sann sie jetzt bei ihrer kärglichen Körperpflege allerlei Härten und Rauheiten aus, welche an den Körperhaß der Büßerinnen der ersten kirchlichen Jahrhunderte gemahnten.

Seit geraumer Zeit fand Honorine zu ihrem Befremden in den Hemden ihrer Herrin Staudenzweiglein mit blutbefleckten Enden, ohne sich deren Herkunft erklären zu können: Auf die Weigerung Pater Sibillas, sie ein Büßerhemd tragen zu lassen, hatte Madame Gervaisais angefangen, auf das Leinentuch, das ihr die Brust bedeckte, kleine Reiser von Rosensträuchern zu nähen, deren Dornen ihr die Haut zerkratzten.

XCI

In Santa Maria in Trastevere hatte Madame Gervaisais einen alten Winkel ins Herz geschlossen, der vom Schutt der Jahrhunderte angefüllt und damit geflickt war, eine finstere Ecke mit Säulen aus dunklem Porphyr unter bronzenen Kapitellen, voll von Fetzen alter Kunst und Überresten der Antike, mit gotischen Inschriften und steinernen Leichen von Kardinälen, die unter ihren roten Hüten in die Mauern eingelassen waren: ein Ansatz zu einem Museum von ehrwürdiger Baufälligkeit, wo alle beim Abbruch des Kaiserreichs und bei der Enteignung des Olymps zusammengetragenen und in heiligem Krimskrams gezeigten Vergangenheiten Roms gegenwärtig waren.

Ein kleiner Kirchendiener, ein Kind, das vom Pfarrgemeindehaus am Platz nach ihr spähte, sobald es sie ausgehen sah, kam, um ihr die kleine, mit byzantinischen Laubwerkmotiven verzierte Tür zu öffnen, durch die sie jeweils über eine wackelige Stufe hinab die Kirche betrat. Als sie im Weihwasserkessel, im Schein eines Lämpchens, die Finger genetzt hatte, stieg sie rechter Hand die fünf Stufen zum Podest hinauf, kniete dann auf den Marmorboden und sah, leicht zu ihrer Linken, eine halbrunde braune Täfelung, in deren Mitte sich rätselhaft ein Sitz aus weißem Marmor erhob, behütet von zwei Greifen – ein Thron von beängstigender Leere –, ferner oben, im Gewölbe, einen kolossalen Jesus, eine lange, riesenhafte Muttergottes und die Apostel, die sich, gekrümmt durch die Rundung, mit wilden, durch die gemalten Edelsteine und den Goldschmuck ihrer Gewänder gebleichten Märtyrergesichtern aus dem goldenen Himmel herabneigten, die Füße auf dem großen Fries, auf dem sich, zu beiden Seiten des himmlischen Lamms, auf schwarzem Grund der phantastische Herdenzug der Lämmer abwickelte.

Madame Gervaisais war allein in der zu jener Stunde geschlossenen Kirche.

Auf den Knien, ihren wundgeschürften Knien, begann sie zu beten, und da sich in ihr Beten ein wenig Schrecken mischte, verlor sich ihr Blick in der Deckenansicht, auf jenen Darstellungen des Göttlichen, die von allen andern, den verlockenden und sanften Bildern, an die Bücher und Radierungen sie gewöhnt hatten, so verschieden waren; ihre Augen irrten durch diesen harten Himmelstraum, dieses ungeheuerliche Paradies, diese barbarische Feierlichkeit, diese dem Menschenfeindlichen abgetrotzte Schönheit, verloren sich in dem in diesen Figuren verkörperten Stil der Unbeugsamkeit, diesem Entsetzen vor dem einem schauerlichen Kaiser des Leidens ähnlichen Christus; und dem Gefühl für die Wirklichkeit mählich entrückt, wurde sie verschwommenen Blicks eins mit dem goldenen Geglitzer über ihr und glaubte, einem Wunder beizuwohnen, bei dem das Licht der vierten Nachmittagsstunde das Mosaik, Körper, Gesichter, Kleider und Gliedmaßen, wo immer sein Stahl sie traf, mit Wellen überrieselte. Sie wähnte, der Schatten drücke mit seinem Finger die schweren Lider der Greifvögel nieder und laste auf ihrem marmornen Schlaf; und es senkte sich beinahe ein Unbewußtsein über sie; ihr war, als verliere sie – nicht ohne ein ängstliches Wohlgefallen – den Boden unter den Füßen, als werde sie über Ort und Zeit in ein Gefilde hinweggetragen, das jenes der Apokalypse sein mochte, in jenen Raum der

Zukunft, in dem dereinst das Buch mit den sieben Siegeln geöffnet wird.

Sie blieb meistens stundenlang auf den Knien, aufrecht und immer verkrampfter. Zuzeiten erbleichte sie, als wäre alles Blut aus ihr entflossen, manchmal sackte sie in letzter Erschöpfung zusammen, entkräftet, körperlich überwältigt, den Kopf wie sterbend auf die Schulter gelegt, einer Ohnmacht nahe. Dann streckte ihr Sohn, den sie stets in der Nähe behielt, ihr ein Fläschchen mit Essig unter die Nase, das sie ihn immer mitnehmen ließ, für den Fall, daß sie das Bewußtsein verlor. Das arme Kind war darauf abgerichtet. Es war diese Schwächezustände seiner Mutter gewohnt und ängstigte sich nicht mehr darüber. Nachdem sie eine Weile tief eingeatmet hatte, richtete sie sich mutig wieder auf und betete weiter. Und wenn das Gebet zu Ende war, trug ihr todmüdes und verhärmtes Gesicht den Ausdruck des Todeskampfes: die Augen eingesunken, der Blick hohl und nach innen gekehrt, wie im Antlitz des heiligen Hieronymus beim letzten Abendmahl auf dem Bild des Domenichino*.

XCII

Dieses Glaubensfieber ließ bei der entkräfteten, durch Krankheit, Kasteiungen und vernachlässigte Gesundheit ruinierten Frau die Ekstase bald zu einem Dauerzustand werden, und bald überkamen sie diese Entrückungen, Aufschwünge und Höhenflüge der Seele, die sie dem irdischen Sein entrissen, nicht mehr nur in Santa Maria in Trastevere, sondern auch bei sich zu Hause, unversehens und fast ununterbrochen.

Oft, während seine Mutter an einer Stickerei arbeitete, hörte Pierre-Charles ihre kleinmädchenhaft gewordene, schluchzende, erstickte, ja zuweilen kindlich weinerliche und wimmernde Stimme zwei-, dreimal tief seufzen, darauf jäh verstummen und sich dann in einem Ausruf überschlagen; alsdann sank ihr Gesicht mit den roten Flecken auf den Backenknochen – auf irgend etwas gerichtet – nach hinten.

Und so verharrte sie lange, in einem Zustand der verzückten Abwesenheit, einzig vom Gefühl beseelt, sie entschwebe leibhaftig, im Sinnentrug oder unter dem Eindruck, sie werde von einer Kraft aus dem Sofa emporgehoben und dem nahegebracht, was sie anscheinend an der Decke sah – ohne daß sie je davon sprach. Ihre Augäpfel blieben starr, ihre Wimpern zuckten nicht mehr, ihren Blick füllte eine helle Verblendung. Eine unnennbare Schönheit fiel dann über dieses abgezehrte und reglose, dicht am Rande des Himmels schwebende Gesicht. Ihre Krankenhände tauchten, sobald sie sie zu der Vision erhob, ins Licht und wurden durchsichtig.

Wenn ihr dies geschah, schaute das Kind, das nicht mit ihr sprechen noch Honorine herbeirufen durfte, seine Mutter in namenlosem Schrecken an, freute sich aber zugleich, sie mit so furchterwekkender Schönheit angetan zu sehen.

Nach einer Weile kam dann Madame Gervaisais leise zitternd wieder zu sich. Etwas verdutzt schaute sie zuerst um sich, ob niemand zugegen war, denn diese Gnadenbezeigungen Gottes, die sie lieber verheimlicht hätte, verwirrten, ja beschämten sie fast; und beruhigt, nur ihr Kind bei sich zu finden, machte sie sich darauf wieder an die Arbeit, als wäre nichts geschehen, hielt aber gelegentlich inne, ruhte sich aus und schöpfte, schmerzlich keuchend, Atem.

Am 29. Juni, dem Fest der heiligen Peter und Paul, hatte sie ihren Sohn mit Honorine ausgeschickt, die festlich beleuchtete Kuppel von Sankt Peter anzuschauen. Als die Kammerfrau das Kind wieder heimbrachte, fand sie ihre Herrin ohnmächtig neben einer Kerze liegen, deren Halter unter der erlöschenden Flamme gesprungen war; Madame Gervaisais war flach auf den Rücken gefallen, die Hände, noch immer zum Beten gefaltet, über dem Kopf.

XCIII

Die Krankheit, die schleichende Krankheit, die Madame Gervaisais' Leben fast friedlich auslöschte – die Schwindsucht –, trug wesentlich zu diesem Mystizismus, diesen ekstatischen Zuständen bei, aber auch zum Hang dieses immer schemenhafteren Körpers zum Übernatürlichen und zur reinen Geistigkeit.

Die durch die Schwindsucht bedingte Abmagerung, das Schwinden und Verschwinden der Muskeln, das beginnende, stufenweise Absterben des Fleisches durch die höhlende innere Verzehrung, die wachsende Entstofflichung des leiblichen Seins rückten die Kranke dem heiligen Wahn und dem halluzinativen Labsal der religiösen Liebe ständig etwas näher. Und noch eine andere Auswirkung ihres Leidens förderte dies. Im Unterschied zu den Erkrankungen der niedrig gemeinen Körperorgane, die den Geist, die Vorstellungskraft, ja selbst die Stimmungen des Leidenden wie durch eine Seuche besudeln und verschmutzen, erweckt die Schwindsucht, diese Erkrankung der höheren und edlen Teile eines Geschöpfes, im Kranken bezeichnenderweise einen undefinierbaren Adel, eine Gerührtheit, etwas Liebendes, eine neue Fähigkeit, die Dinge gut, schön und ideal zu sehen – eine Art menschlicher Erhabenheit, die kaum noch von dieser Welt ist.

Doch die Schwindsucht wirkte auf Madame Gervaisais hauptsächlich durch ihren seltsamen Einfluß auf das Gehirn, die unglaubliche Verwandlung jener Gußform der Gedanken, durch einen unbeachteten, bis anhin verschleierten und der Medizin unbekannten Einfluß, den aber ein bedeutender Physiologe unserer Zeit zu ergründen sucht – eine Einwirkung, die dem Gehirn jene ursprüngliche Lauterkeit zurückgibt, in der es eigentlich nur noch besitzt, was es als Gehirnsubstanz unbedingt braucht, und wo es, in seiner krankhaften Rückbildung und Schrumpfung, alles in den verflossenen Jahren erworbene Wissen gleichsam abstößt und ausräumt, so daß eine vierzigjährige Brustkranke beim Abbau ihres Gehirns auf dessen erste kindliche Wesenszüge wieder so rein denkt wie ein Mädchen von zwölf Jahren, wie eine Kleine bei ihrer ersten Kommunion.

Schließlich verursachte die Schwindsucht durch

das Unvermögen der Lungen, die erstickende Kohlensäure auszuatmen, einen Erregungszustand sowie leichten Schwindel, ähnlich dem Rauschgefühl eines kleinen Kindes, das nüchternen Magens Selterswasser getrunken hat.

XCIV

Die Krankheit, die sie zermürbte, schwächte und beduselte, ihre anhaltend und erschöpfend übersteigerten Gefühle, das Fortdauern einer fixen Idee, die regellose Aufwühlung ihres ganzen Wesens, die Anstrengung und Spannung all ihrer geistigen Fähigkeiten und ihres gesamten Vorstellungsvermögens – dies alles gesellte sich zu ihrer natürlichen Voraussetzung einer heimlichen Lust an göttlicher Liebe und brachte sie also schnell an jene kaum wahrnehmbare Grenze, die Erleuchtung von der Einswerdung trennt, vom großen Immer der in Gott ruhenden Seele, wie man es auch nennen könnte.

Sie gab sich dem Unendlichen voll und ganz hin, stand mit ihm in unmittelbarer, ununterbrochener Beziehung, identifizierte sich mit ihm, indem sie sich – stärker als es die Vorstellung oder menschliche Worte zu fassen vermögen – von ihm aufzehren ließ, und dies mit dem Einsatz ihrer ganzen Seele. Völlig abgetötet in ihrem denkenden und tätigen Ich, und in ihrem Empfinden eigentümlich und wundersam gelähmt, ja, wie von einer heiligen Erstarrung befallen, schien sie dem Irdischen zu entschweben und an einen himmlischen Ort aufzufliegen, wo sie mit irdischen Augen sah, wie Jesus seine stechende Krone weitete und sie auch ihr um den Kopf wand, den sie an den seinen preßte, und wie er ihr seine Dornen und Nägel darreichte und zur Hälfte mit ihr teilte.

Oh, glückseliges Irresein, gesegneter Rausch und rasender Anfall des Kreuzeswahns! Doch die Natur und die menschlichen Kräfte haben ihre Grenzen und ihr Maß: Ganz unvermittelt, eben, wenn der Trug am stärksten und intensivsten ist, lassen sie ein Geschöpf im Stich, und dieses verfällt dann aus der Einheit mit dem Ewigen in eine Nervenkrise, die es lange nicht abzuschütteln vermag.

XCV

Dieser Moment kam auch für Madame Gervaisais. Ihre Ekstasen verloren an Kraft und Häufigkeit, stellten sich nur noch in Abständen von mehreren Tagen ein, erheischten von ihr, damit sie sie erlangte, eine stärkere Willensleistung, büßten an Täuschungskraft und Dauer ein, entrissen sie der Wirklichkeit nur noch ruckweise und für kurze Zeit, boten ihr bloß noch unvollständige, wirre und verschleierte Gesichte, als zerreiße im Himmel die Glückskette, die ihr Leben zusammenhielt, als wolle sich Gott ihr dort oben nicht mehr freundschaftlich nähern, als entziehe er ihr sein vertrautes Licht.

Und je weiter die Gnade der Entrückung von ihr wich, desto merklicher mischte sich in ihre Gebete, ihre Anrufungen, Andachten und inneren Gespräche ein bisher nie gekanntes Gefühl des seelischen Unbehagens, jener Zustand, in dem die fromme Liebe plötzlich wie durch einen Bruch zerdrückt und vernichtet wird, dessen Ursache sie nicht kennt und vergeblich in sich selber sucht – ein Zustand der Dürre, in dem alle Liebe, mit der Gläubigkeit sich anbietet und emporstrebt, vertrocknet und abstirbt und vor dem Herrn daliegt wie ein Stück unbewässertes Land.

Ihr war, als habe Gott ihr das Labsal entzogen, das er als Teil seiner selbst den Neulingen im Glauben vorsetzt, später aber wieder nimmt, um sie durch trockenere Kost wieder daran zu gewöhnen, ihm wunschlos und ohne Lust an ihrer eigenen Glückseligkeit zu dienen, anspruchslos und ohne das eigennützige, ja eigensüchtige Suchen nach Stillung eines persönlichen geistig-sinnlichen Verlangens. Es war für sie jener kritische Moment gekommen, jener Augenblick der Prüfung, der selbst der Heiligkeit der größten Heiligen nicht erspart bleibt, der Augenblick, wo die Seele weiterhin lieben muß, so leer und von der Liebe Gottes verlassen sie sein mag, trotz der Einbuße aller ihr früher vergönnten Liebesbezeigungen, Hoffnungen und Zeichen des Vertrauens. Der Zustand der «Gnade» war nun der Gnade bar, und in seiner Verlassenheit fand er sich auf seine eigene Dürftigkeit verwiesen. Ihre Glaubensübungen muteten sie nun schal an, entbehrten jeglicher zarten Würze. Vergeblich suchte sie eine Bleibe in den blutenden Wunden Christi oder Zuflucht in seiner Passion; vergeblich schrie sie inständiger zu ihm, rief und flehte sie ihn vermehrt an: Sie kannte keine Rührung mehr, kein Erweichen und Benetzen wie früher, unter den Tränen ihrer Zerknirschtheit. Bei ihren Gebeten blieb sie kalt wie eine Statue, und da ihr Blick nun an bloßen Mauern haftenblieb, vermochte sie ihrem verhärteten Herzen keine Liebestat mehr zu entlocken.

XCVI

Eingeschlossen in ihrem Trastevere-Viertel, lebte Madame Gervaisais zurückgezogener denn je und raffte sich nur noch zum Ausgehen auf, wenn ihr Blick auf das Kind und dessen bleiche Sträflingsmiene fiel.

Ihre öden Spaziergänge zogen sich, ohne je über die Brücken zu führen, dem Tiber entlang, zwischen den zum Strom abfallenden, in Immondezzaio endenden Ausmündungen, über Gelände mit verkümmertem Gestrüpp, vorbei an Böschungen voll schleimigem, wie von den Gezeiten an den Mündungen der Ströme abgelagertem Schlamm, durch Uferpartien mit verdeckten und verfaulten Häusern mit Löchern anstelle von Türen und Fenstern und abgeschundenen Fassaden, über die anscheinend die ganze Tierwelt Roms in braunen Brandmalen ihren Kot entleert hatte – entlang einer Front von Schmutzbuden, beherrscht von einer alten aloegrünen Metallkuppel, aus der hier und dort Rippen aus antikem Backstein hervorstanden, einer Abflußarkade, die einen Garten mit Wildrosen und goldenen Zitronenbäumen trug. Madame Gervaisais' Blick verlor sich gewöhnlich auf dem Strom, der zu ihren Füßen gelb dahinfloß und in seinem trüben Wasser, über dem schlammigen, mit versunkenen Meisterwerken ausgebetteten Grund, Broccoli-Strünke träge dahintrieb. Bei den längsten Ausgängen, die ihre Kraft ihr noch erlaubte, führte sie Pierre-Charles noch etwas weiter, bis auf die Insel San Bartolomeo und den kleinen Ponte Quattro Capi, zu jenem Teilstück des Tibers, wo ihn Mühlen und Holzbaracken mit hohen Schaufelrädern, Stauwehre, Pfahlwerke und schwingende Laufstege zu einem altertümlichen Stück Wasserlandschaft einengten, das an die stromumwundenen Höfe in alten Städten erinnerte, wie man sie auf den topographischen Ansichten Merians sieht.

Dort belustigte sich das Kind ein wenig, die Wange auf ein Geländer gelegt, am munteren und unausgesetzten Gewirbel des Girarello, des römischen Fischnetzes mit seinen Waagearmen, die jeden Augenblick ins Wasser tauchten und dann wieder, oft mit mannslangen Stören beladen, daraus hochstiegen.

Auf dem Rückweg von einem dieser Spaziergänge begegnete Madame Gervaisais in der Longaretta ihrem einstigen Diener. Dieser redete sie mit dem den Römern angeborenen Gefühl außerdienstlicher Gleichrangigkeit leutselig an. Er war elegant mit einem neuen Anzug gekleidet, trug orangefarbene Handschuhe, hatte einen Spazierstock und hielt mit der größten Selbstverständlichkeit einen flachen, getrockneten Fisch unter den Arm geklemmt, der ihm mit seinem Salz die Achselhöhle weiß bepuderte.

«Nun, Giuseppe», sagte Madame Gervaisais zu ihm, «Euch ist es, scheint's, gut ergangen.»

«Noch nicht, Signora ... Giuseppe ist noch Giuseppe ...»

Doch dann fügte er mit geheimnisvoller Miene hinzu: «Ich bin bei einem Unternehmen, das sich mit Grabungen befaßt ...»

Und mit der hohlsten Stimme, deren er fähig war, mit theatralischen Redepausen und verräterischem Augenverdrehen erklärte er seiner einstmaligen Meisterin, das Geschäft laufe vorzüglich; die gefundenen Backsteine verkauften sich zu fünfzig Baiocchi je Wagenladung und deckten damit die Taglöhne der Arbeiter; dazu kämen noch kleinere Gewinne aus den Bruchstücken von Marmorsäulen – Medaillen und Münzen nicht eingerechnet. Und einmal würden sie vielleicht sogar einen Torso entdecken!

Er ereiferte sich, streckte seine langen Arme aus und riß seine kleinen Augen auf über der Vorstellung von einem so wundersamen Fund unter der Erde.

«Ein Torso ...!» sagte er nochmals und geriet ins Feuer. «Fünftausend Dukaten einstreichen ...! Und vom Papst geadelt werden!»

Leider könne er nicht in großem Stil arbeiten; seinem Teilhaber, dem Gärtner des Fürsten Santa Croce, fehle es an Kapital. Und dabei wisse er von einem Ort! Wenn eine reiche Person, wie Madame Gervaisais, sich mit ihm zu gleichen Teilen zusammentäte, wäre er sicher, an der besagten Stelle einen großen, vergoldeten Herkules zu finden, dick vergoldet wie eine Zechine und schöner als der des Kapitols. Was ihn selbst betraf, so gestand er, daß es ihm allein ums Geld gehe...

«Und...», fragte er und wandte sich dem Kind zu und berührte es an der Schulter, «würde sich die Signora nicht freuen, wenn Seine Heiligkeit den kleinen Herrn da zum Grafen oder Marquis schlüge?»

XCVII

In ihrem Zustand der äußersten seelischen Verlassenheit, mit einem Herzen, in dem die Verehrung der Muttergottes bisher so gut wie keinen Platz gefunden und das bislang nicht zur Patronin ihres Geschlechts gebetet hatte, einem Herzen, das, wie die der Erleuchteten, der Heiligen Jungfrau etwas neidisch war, wie es Gattinnen auf die Mütter ihrer Gatten von Natur aus sind – aus solchem Herzen rief Madame Gervaisais nun zum ersten Mal Maria, die «Trösterin der Betrübten», an.

Das Gebet blieb unerhört, und im tiefsten Dunkel tappend, von Ungewißheit und Todesangst erfüllt und unfähig, die Ursache zu finden, die sie alle Gnaden Gottes verwirken ließ, brach Madame Gervaisais mit den Worten des Psalmendichters laut in die Klage aus: «Mein Gott! Du hast Dein Antlitz von mir abgewandt, und ich bin irre geworden.»

Die «fühlbaren Gnaden» hatten sie, wie üblich, ihrem Beichtvater entfremdet, die Gnadenlosigkeit trieb sie zum Beichtstuhl von San Crisogono zurück.

XCVIII

Auf die alte Kirche von San Crisogono, auf ihre kärglichen Reichtümer, ihren verfallenen Marmor, ihren mit Drachen und die Schwingen ausbreitenden Adlern übersäten Mosaikboden, dessen Löcher man mit Pflastersteinen vom Platz draußen gestopft hatte, auf ihre kargen, rustikalen Kapellen und das aus den Fugen geratene Holz der Altäre sowie auf die grobschlächtig grellen Bilder zur Ordensgeschichte senkte sich, zwischen den ehrwürdigen Pfeilern, die finstere Nacht, und diese verbreitete jenes Angstgefühl, durch das in Rom in allen abgelegenen und wenig besuchten Basiliken die Dunkelheit den Eindruck der Einsamkeit verstärkt. Ein letzter Lichtschimmer erhellte im dämmrigen Chor einzig einen riesigen, von zwei Pfauenfiguren getragenen Kandelaber mit einer mächtigen, von oben bis unten bemalten und mit fünf Kieferzapfen besteckten Kerze – ein scheidender Strahl, der auf einer Fliese erstarb, auf der zu lesen stand:

Vera fraternitas
Nec in morte separatur*

Die Kirche war anscheinend leer. Nur einige letzte, verspätete Schritte verhallten zur Tür hin, und aus irgendeinem Winkel, wo man den Opferstock leerte, drang das kupferne Geklimper der an jenem Tage gespendeten Baiocchi; dann versank alles wieder in tiefes Schweigen, umflossen vom Schweigen, das draußen auf dem Vorplatz der Kirche und über den umliegenden, ausgestorbenen Straßen ruhte.

Aus dem Dunkel dieses erloschenen, entschlafenen, stummen und beängstigenden Bauwerks wurde aber nach und nach eine barsche Stimme laut; sie sprach zu einer Frau, die auf einem als Stufe zum Beichtstuhl dienenden Stück einer antiken Grabplatte kniete: «Elende Sünderin! Ihr beklagt Euch, Gott lasse sich von Euch nicht umfangen? Gott gibt und anerbietet sich nur denen, die sich Ihm ganz ergeben, die um seinetwillen auf alles verzichten, die Ihm rückhaltlos und uneigennützig alles opfern, was sie hienieden in Banden hält... Euer Kind! Laßt es Euch gesagt sein: Was Ihr für das Kind hegt, ist nicht christliche Mutterliebe!»

«Aber, mein Gott! Wie soll ich es denn lieben?»

«Zermalmt Euer Herz... Euer Kind...? Ein Kind, das auf seiner Stirn die Zeichen des Zorns Gottes trägt, das bestrafte, verfluchte Kind aus der Zeit Eurer früheren Ungläubigkeit.»

Die Mutter wollte nochmals ihre Stimme erheben. Doch der Beichtvater walzte sie mit den Worten nieder: «Wenn einer zu mir kommt, so kann er nicht mein Jünger sein, er hasse denn seinen Vater, seine Mutter, sein Weib und seine Kinder – seine Kinder... hört Ihr? So hat es unser Herr Jesus Christus im Evangelium des heiligen Lukas, Kapitel XIV, Vers 26, wörtlich gesagt.»

Madame Gervaisais verharrte stumm und geknickt in der Ecke des Beichtstuhls, während das Klappern eines Rosenkranzes durch die Kirche drang, als einer der Trinitarier vorüberschritt.

XCIX

Wenn Madame Gervaisais ohne Pierre-Charles ausging, der, seit sie sich anscheinend von ihm zurückzog, vor Verlangen nach seiner Mutter fieberte, wartete er jeweils in dem fast lichtlosen und als Vorraum dienenden Zimmer, damit sie ihn früher küsse; dort horchte er zur Treppe hinaus, erkannte ihren Tritt von der ersten Stufe an, öffnete dann flugs die Tür und lief dem noch ein wenig atemlosen Kuß der Mutter entgegen.

An jenem Abend stieß Madame Gervaisais, als sie heimkam, die Arme von sich, die das Kind ihr entgegenstreckte. Dieses rannte ihr, leidenschaftliche Wortbrocken lallend, nach, zerrte sie am Rock, damit sie sich umwende, suchte sich an sie zu hängen und folgte ihr so durch die ganze Wohnung. Als Madame Gervaisais vor ihrem Zimmer angelangt war, riß sie sich jäh von ihm los und verschloß ihre Tür hinter sich. Verdonnert und sprachlos starrte das Kind lange auf diese Tür, die nicht aufgehen wollte; schließlich begann es, unter Tränen und von wildem Zorn entbrannt, mit Füßen, Händen und seinem ganzen Körper gegen das Holz zu poltern, schreiend, rufend und mit Flüchen, die ihm vor Grobheit im Munde hängenblieben, toll vor Wut; dann sank es vor der bösen Tür zusammen, wälzte sich auf dem Boden, in Tränen aufgelöst. Auf das Getöse hin erschien Honorine; sie hob den Knaben auf, trug ihn, ohne ein Wort an ihn zu richten, auf das Sofa; der Mut, mit ihm zu sprechen, war ihr vergangen.

C

In jener Nacht ging Madame Gervaisais nicht zu Bett. Vor einem Kruzifix kniend, das an der Wand hing, unterhielt sie sich die ganze Nacht mit jenem Stück Kupfer, schilderte ihm ihr Leben und gestand ihm ihre Trauer in einem jener fast vertraulich erregten Gespräche, in denen man sich an Gott wendet, wartet, bis er antwortet, oder mit ihm plaudert, als wäre er eine tatsächlich anwesende Person.

Sie sagte zu ihm: «Ich habe Dir alles geopfert, mein Gott, seitdem ich Dich kenne ... Mein Gott, mein Gott, ich bitte Dich, höre mich barmherzig an ... Ja, ich habe Dich lange nicht gesehen und den Weg zu Dir nicht gefunden ... Doch seit meiner Betrübnis und Bitternis weißt Du, wie sehr ich mich verabscheue, wieviel Grauen und Ekel ich ob meinem früheren Leben empfinde ... Und dennoch, mein Gott, kann ich nicht aufhören, Mutter zu sein ... kann ich nicht aufhören, mein Kind zu lieben ... Es ist zuviel, mein Gott! Es ist zuviel! Mein Gott, mein jesuitischer Beichtvater gewährte mir mein Kind ... Er fand an dieser Liebe nichts Unrechtes gegen Dich ... Warum verlangt dieser hier noch mehr von mir ...? Mein Gott, wohl sehe ich Dein mir zugeneigtes Haupt, Deine auf mich gesenkten Augen, Deine vor mir zum Zeichen der Gnade und Nachsicht geöffneten Arme ... aber Du erwiderst mir nichts, mein Gott ...? Aber, mein Gott, ist es gerecht, wenn dieses Kind durch mich unglücklich ist und leidet ...? Wenn ich es töte ...? Ich, die ich es bereits verstümmelt habe, als ich ihm das Leben schenkte...! Denn Du hast mich ja schon bei seiner Geburt geschlagen, mein Gott... Oh, ich klage Dich nicht an, mein Gott...! Dein Wille gehört Dir... Aber muß sie jetzt deswegen sterben, diese arme Unschuld von einem Kind...? Antworte mir, mein Gott... Du antwortest mir nicht, mein Gott...»

Und ächzend und schluchzend wand sich die beklagenswerte Frau auf dem Boden, unter dem Kruzifix, wie die Mutter eines verurteilten Sohns zu Füßen eines erbarmungslosen und stummen Richters. Und derweil die Nacht vorrückte, weckten ihr schmerzlich verzweifeltes Flehen und ihr immer lauteres Rufen nach Gnade zuletzt Honorine, die eine Weile lang glaubte, es sei jemand bei ihrer Herrin eingetreten. Barfuß kam sie herbei und lauschte erschrocken an der Zimmertür.

Über eine Stunde lang hörte sie dasselbe Weinen, dasselbe Schluchzen und Bitten: «Antworte mir, mein Gott...! So antworte mir doch und laß mich Dich hören...»

Dann – als Folge der Erschöpfung – kamen nur noch ein erstickter Tränenstrom, Klagen und eine fast ohnmächtige Stimme, die noch immer murmelte: «Schließlich ist es noch immer mein Kind...!»

Das war das letzte Wort dieser grausamen Litanei, im Schweigen ihres Zimmers, zu Füßen eines gekreuzigten Gottes in seinem Todeskampf.

CI

Der Kampf währte lange, der Streit im Innern der Mutter war entsetzlich. Wochen-, ja monatelang dauerte das Ringen. Mehrmals mußte der Beichtvater sein Machtwort sprechen. Indessen fühlte das Kind von Tag zu Tag weniger Mütterlichkeit in der Frau, die ihm zu essen gab, ihn mitnahm, wenn sie ausging, und ihm morgens und abends gewohnheitsmäßig ihren kalten Mund auf die Stirne drückte. Der kleine Wicht kam sich von ihren Gedanken, ihren Augen und Blicken vergessen vor; es schmerzte ihn, daß sie ihm keine der tändelnden Koseworte mehr gönnte, mit denen sie ihn einst verwöhnt hatte, keinen der Augenblicke zärtlichen Schweigens mehr, in denen sie ihm einstmals gleichsam mit geschlossenen Lippen gesagt hatte: «Ich liebe dich!» Sie sprach nicht mehr wie eine Mutter zu ihm, schenkte ihm nichts mehr von jener Wärme, die früher der Lebensatem seines kleinen Herzens gewesen war.

Durch all die Ideen, die man ihr eintrichterte, wonach die mütterliche und unvollkommene Liebe zu sterblichen Geschöpfen etwas Unwürdiges sei und man sie dem Schöpfer großzügig opfern müsse, wuchs Madame Gervaisais' Gefühlskälte, wenn auch mit Mühe, unterbrochen von Qualen, Rückfällen und Kehrtwendungen, die sie zu ihrem Kind zurücktrieben und mit dem jähen Verlangen erfüllten, es zu umarmen, mit Anwandlungen, denen sie sich nur durch überstürzte Flucht in ihr Zimmer entzog, wo sie in Tränen ausbrach, sich ihrer Schwächen beschuldigte und zu der fürchterlichen Marter stählte, eine gefühllose Mutter zu werden, und so an sich selbst das vollzog, was der Trinitarier das «Zermalmen des Herzens» genannt hatte.

Ein Gefühl der Angst beschlich sie allmählich vor dem armen Kleinen, wie angesichts einer Gefahr: Sie wich ihm aus, erwehrte sich seiner Gegenwart wie einer Versuchung. Sie kam sich dem Kind gegenüber wie eine Frau vor, die sich hüten mußte, körperlich verführt zu werden. Und nach all diesen Verdrehungen ihres mütterlichen Gewissens und Triebes rang sie sich einen gewissen, möglicherweise heiligen Haß ab, jenen scheußlichen, widernatürlichen Sieg über das eigene Blut, den letzten und höchsten Triumph der Religion, einen seltsam gebrauten Haß auf diesen Sohn, in dem sie nicht mehr ihr Kind, sondern nur noch ein Hindernis zu ihrem Heil sah, ein Hemmnis gegenüber der ihr von Gott zugedachten Güte, einen geliebten und zugleich verabscheuten Feind ihres ewigen Lebens!

Nach dem Vorbild einer berühmten Heiligen, die sich nie von einer irdischen Bindung heilen konnte, sprach sie jeden Tag, nach der Empfehlung ihres Beichtigers, den Gesangstext des «Veni Creator Spiritus». Da, eines Tages, als sie ihn eben hersagte, war ihr, als würge ihr plötzlich eine mächtige und wirksame Hand das Herz im Leibe ab und kehre alles um, was ihr noch an Zartgefühl verblieben war. Darauf fühlte sie keine Liebe zu ihrem Kind mehr in sich. Sie fühlte zu niemandem mehr Liebe.

CII

Eine maßlose Traurigkeit befiel den armen Verstoßenen und wie aus seiner Mutter Verbannten, eine seinem Alter unangemessene, in ihrer Schwere, Beanspruchung, stillen Ergebenheit und dunklen Abgründigkeit fast der Verzweiflung eines Mannes ähnliche Traurigkeit, und mit der langwährenden und unbewegten Langeweile eines Erwachsenen hielt er denn auch den Blick auf einen Pflasterstein der Straße oder auf die Mauer der gegenüberliegenden Kirche geheftet. Sein Kummer ließ sich weder trösten noch ablenken.

Seine Kindlichkeit äußerte sich nicht mehr geräuschvoll. Er trat nicht mehr ans Fenster, wenn auf der Straße Musik erklang. Er hatte kein Auge mehr für die kleinen Fanciulle, die zu vielen auf den Treppenstufen kauerten. Der Anblick von Mädchen entlockte seinem kleinen, unfertigen und vorschnellen Wesen, den Organen seiner Wahrnehmung, die dem Geist in ihrer Entwicklung voraus waren, keine sinnliche Beachtung mehr. Und von seinem ganzen Tageslauf verblieb ihm nichts Gutes mehr als ein einziger Augenblick am Morgen im Bett, jenes beginnende, gedächtnislose Erwachen, das selbst die grimmigsten Kümmernisse einem Kind vergönnen, worauf allerdings das Lächeln jäh aus seinem kleinen Gesicht schwand, einem Gesicht, das sich alsdann erinnerte. Einmal auf den Beinen, suchte er einen Winkel, den Dämmer eines Zimmers auf, wo er, aus der Ferne, seine Mutter anflehte, sie möge zu ihm kommen, mit einem kindlichen Blick, den Madame Gervaisais zu übersehen trachtete, der sie aber, wenn sie ihn gelegentlich kreuzte, zusammenfahren ließ. Oft täuschte sich der Unglückliche über die Bedeutung ihres Gesichtsausdrucks; im Glauben, darin seine frühere Mutter wiederzuerkennen, wagte er sich hervor, stand auf und ging auf sie zu, doch sogleich hemmte ihre eisige Miene seinen Gang: Was er auf sich bezogen hatte, war bloß das gerührte Ende eines Gebets, einer Anrufung, eines inneren Gesprächs mit Gott, das unbemerkt von ihr weg und auf das vergessene Kind abgeirrt war und das dieses wie Krumen des Herzens seiner Mutter zusammenraffte.

Und wenn ihn abends Honorine zu Bett brachte und sich über ihn beugte, um seine Decke einzuschlagen, sagte er immer als letztes: «M'ma Pierre-Charles nicht mehr lieben.»

CIII

Zu jener Zeit hatte Madame Gervaisais nichts anderes mehr anzuziehen als ein altes, schwarzes und für ihre Magerkeit zu weit gewordenes Kleid, das Honorine ihr hatte einnehmen müssen; an Leibwäsche besaß sie sechs geflickte Hemden und einige schäbige Taschentücher. Von neuen Anschaffungen wollte sie nichts hören.

Seit Monaten trieb sie sich selbst und die mit ihr Lebenden durch Tag für Tag kleinlichere, beschämendere Einsparungen in die Enge. Durch die Entlassung ihres Dieners und die Kündigung ihres Mietwagens hatte sie die häuslichen Ausgaben beschnitten und ihren Haushalt sowie die Lebenskosten für ihr Kind und sich selbst mit fanatischem Geiz eingeschränkt, was Honorine an einer Person wie Madame Gervaisais verwunderte und sich ihres Erachtens einzig als die Laune einer Kranken auslegen ließ, wobei sie keine Ahnung hatte, was aus Madames Geld wurde.

Und diese Knausrigkeit, diese erbarmungslose Härte sich selber und den andern gegenüber, nahm noch zu. Obwohl sie so sehr zum Frösteln neigte, daß sie nach ihren eigenen Worten lieber auf Brot als auf Feuer verzichtet hätte, versagte sie sich an kühlen Vormittagen und Abenden die Wärme eines Kohlebeckens.

Nach ihrer Niederlassung in Trastevere hatte sich Honorine vorgenommen, nicht zu gestatten, daß ihre Herrin sich mit den italienischen Gerichten vergifte, die sie aus einer Trattoria des Quartiers bezog, und so hatte sie begonnen, ihr, so gut sie es konnte, die Küche zu besorgen. Doch mit der Zeit hatte Madame Gervaisais gefunden, dieses Kochen im eigenen Hause koste zu viel, und deshalb bestellte sie fortan ihr billiges und einförmiges Abendmahl Tag für Tag nebenan: eine Brühe mit Resten von Truthahn und ein römisches Hühnchen, groß wie eine Taube, das drei Münder zu ernähren hatte.

Ihr Sohn wäre verhungert, hätte Honorine ihm nicht im Verborgenen noch zu essen gegeben.

CIV

Schließlich kam der Tag, an dem die Gnade in Madame Gervaisais die Natur vollends ermordete. Die Frau, das irdische Wesen in ihr, existierte nicht mehr. Die ursprüngliche Neigung der Kreatur, ihre redliche Daseinsfreude in andern Geschöpfen und Dingen zu suchen, ihr Bedürfnis nach Zuneigung von Wesen ihresgleichen, nach lieben Gewohnheiten, ihr Streben nach Glück und ihr angeborener Hang, Weh und Leiden zu bekämpfen – das also, woraus die Natur mit ihrer unwiderstehlichen und vorseherischen Kraft die Wesenszüge, den Mut und die Vernunft allen wahrhaften Lebens schafft, schien ihr nur noch aus Täuschungen, Lügen und Trugbildern des Verlangens und der Triebe zu bestehen. Alles Menschliche war aus ihr gewichen.

Und so sah sie immer mehr einer lebendigen Toten gleich; sie wurde zu einem Abbild des *geistigen Todes,* den die Kirchenväter so treffend mit dem natürlichen Tod vergleichen, indem sie ihm dieselben Wirkungen und Folgen zuschreiben wie diesem. Ihre gleichsam in sich selber verstorbene und von Selbstekel erfüllte Person bewahrte so wenig Willenskraft wie ein Leichnam in den Händen der Totengräber. Da sie gleichsam aus sich selber verschieden war, ließ sie Ungnade, Verwirrung, Schande, Beleidigung, Demütigung, Leiden, Ungerechtigkeit, Lob und Verachtung, Unheil und Glück ohne eine Reaktion ihres Leibes von sich abgleiten; sie vermochte alles zu erdulden, war sie doch schon fühllos wie ein Kadaver in seinem

Grab. Tot gegen alles, was nicht Gott war, hatte sie sich innerlich so vollständig von allem Vergänglichen, allem irdisch Befristeten gelöst und sich so sehr ihrer selbst, ja gar der Versuchung entäußert, ihr Daseinsbewußtsein zurückzuerlangen, daß von ihr fast nur noch jenes Nichts verblieb, das die Sprache der Mystik versucht hat, durch das Bild des Leichnams im Staube auszudrücken.

Und gleichsam aufgelöst durch diesen künstlichen Tod, sehnte sie allmählich den wirklichen Tod herbei. Die Gnade versetzte ihr den Gnadenstoß; sie streifte das stärkste aller Bande von Madame Gervaisais ab, den Lebenswillen, und sie riß sie aus ihrer tiefsten Verwurzelung: dem Schrekken vor dem Tod. Langsam und in einem düsteren Rausch *verliebte* Madame Gervaisais *sich in den Tod;* sie lechzte nach ihm wie nach einer Liebesbezeigung. Es hungerte und dürstete sie nach ihm. Sie erwartete ihn voll Ungeduld.

CV

An Sonntagen ließ sie sich jeweils zu den Katakomben führen, und schonungslos hieß sie auch ihren Sohn mit ihr gehen. Sie nahm eine kleine Kerze entgegen, die ein Frate ihr anzündete, stieg dann einige Stufen hinab und drang in die engen Tuffsteingänge ein, schritt durch die gewundenen Stollen und gelangte zu niedrig überdachten Scheidewegen, wo ein Loch und Rauchspuren verrieten, wo bei den heimlichen Messen die Lampen gehangen hatten. Sie ging durch Galerien, die bis unter die Deckengewölbe in gestaffelten Lagen gehöhlt waren wie vielstöckige Schiffspritschen, und mit einem Blick, der zugleich hoffte und fürchtete, etwas zu finden, musterte sie die aufgebrochenen, leeren Gräber, die kleinen Höhlen, in denen zusammengerafft lag, was die Circenses von einem Körper übriggelassen, was die Bestien davon verschmäht hatten, wobei sie hier auf einen Loculus stieß, in dem ein Blutfläschchen – Zeichen des Martyriums – fehlte, dort auf ein Häufchen zu Staub verfallener Menschenreste, die jeder Lufthauch forttragen konnte, und bei ihrem Gehen kam sie sich schwerelos vor, als schreite sie auf heiliger, vom Opferblut getränkter Erde. Sie blieb vor irgendeiner kunstlosen Malerei stehen, die sekundenlang im fahlen Kerzenlicht aufdämmerte, vor den kindlichen Zeichnungen eines in seinen Anfängen steckenden Glaubens, einem sinnbildlichen Vogel oder dem Rest einer Arabeske, vor einer Säule, die anscheinend als Richtblock bei der Enthauptung von Heiligen gedient hatte, welche, wie auf Gemälden der alten Schulen, im Himmel von Engelscharen erwartet wurden. Und manchmal staunte sie, auf dem Grabstein eines siebzehn Jahrhunderte alten Märtyrers einen Strauß frischer, am selben Morgen gepflückter Blumen zu finden.

Je weiter sie vordrang, desto stärker lockte sie der vergrabene Friedhof ins Ungewisse seiner Finsternis und seiner unbestimmten Unendlichkeit. Weder der blasse Schein, der über die Wände flakkerte und diese unsicher und zweifelhaft erzittern ließ, noch das tappende, zaudernde Schreiten auf dem unebenen, holprigen Grund, weder die Furcht, im Dunkel zur Linken oder zur Rechten irgendwo anzustoßen, noch die Angst vor Löchern, aus denen der Luftzug von Abgründen wehte, vor den Schlünden rätselhafter Tiefen und dem Hauch aus den Klüften, die stickig fade Luft, die sie atmete und die sie zwang, von Zeit zu Zeit Mund und Stirne auf den feuchten Sand zu drücken, weder die instinktive Bangigkeit vor einem endlosen Weg noch die unfaßbare Furcht vor einem unentflechtbaren Wirrsal, noch das Durcheinander der Gedanken an einem Ort ohne sichtbaren Himmel – nichts vermochte ihre Neugier zu dämmen, ihren nervösen Drang, zu sehen und noch mehr zu sehen, und während sie dem Mönch, der sich umwandte, bedeutete, er solle nur immer weiter vorangehen, und sie ihr Kind vor sich her schubste, folgte sie dem fahlen Umriß ihres Führers, an dem sich einzig der die Kerze haltende Daumen und ein Ohrläppchen hell abhoben. Wenn sie dann endlich des Umherirrens müde war und ihre Seele und ihre Sinne am heiligen Schrecken dieses Steinbruchs von Reliquien sattgetränkt hatte, kehrte sie, erfüllt von dem Tod und der Nacht unter Tage, zur Eingangstreppe zurück, einer weiten Treppe mit abgenützten, ausgetretenen und von den Füßen der Träger und Totengräber gehöhlten Marmorstufen: ein Abglanz von himmlisch weißem Licht fiel dort ein und strahlte etwas vom Glanz des Wunders und der Befreiung aus, die sich im Carcere Mamertino* zugetragen hatten. Dort war es Madame Gervaisais, als senke sich Morgenlicht auf ihre von finsteren Traumbildern noch schweren Lider.

Doch auf die Länge befriedigte sie dieser Anblick nicht mehr. Er bot ihr nur die Raststätte der Toten an, sowie die Erinnerung an sie, bewahrte doch ihr steinernes Schweißtuch lediglich den Abdruck ihrer Leichen. Auch die beiden in den Calixtus-Katakomben unter Glas verwahrten Skelette genügten ihr nicht: Sie bedurfte eines Todes, bei dem vom Toten mehr übrig blieb. Und dabei hatte sie früher, wie jede Frau, die in Sachen Feinheit und Sauberkeit etwas auf sich hält und ihren Körper fast kultartig pflegt, und wie es sich für eine Kranke, eine dem Tod Verfallene und dem Grabe Nahe geziemt, beim Gedanken an Verwesung nichts als Ekel und Schaudern empfunden. Oft hatte sie mit bitterem Bedauern des Todes in der Antike gedacht und der rosenbekrönten Züchtigkeit und heiteren Leichtigkeit, die ihn begleiteten, seiner kunstvollen und trostreich gefälligen Riten, seiner Mythen und Allegorien, als da waren: geleerte Trinkbecher, zum Himmel geschossene Pfeile, mitten in der Arena umgekippte Wagen, die bekränzte Urne des Totenmahls, manchmal andeutungsweise das Bild einer halboffenen Tür: die ganze Poesie, mit der die Alten das Ende eines Menschenlebens umschleierten und säuberten und ihm das Grauen der Zersetzung nahmen, indem sie die sterbliche Hülle in Asche verwandelten, den Kot des Grabes morgens in eine Flamme und abends in eine Handvoll Erinnerungen. Nunmehr ging sie in die Beinhäuser Roms, zu den Kapuzinern, ins Totenoratorium, zur Bruderschaft der Sacconi di San Teodoro il Rotondo, überallhin, wo der Tod kunstvoll ausbreitete, was er an Resten übrig ließ, wo er sich krümmte und zum häßlichen Muschelwerk verkrustete, sich zu Ornamenten entknöcherte, Oberschenkelknochen vorkragen ließ, Portalpfeiler mit Schambeinen und Hüftknochen verschnörkelte und Kranzgesimse mit eleganten Hand- und Fußknochen behing. Sie ging durch die Grabgewölbe der Franziskaner, wo einem das Skelett eines Kindes gezeigt wurde, das wie ein Leuchter von der Decke hing und einst eine kleine Prinzessin Barberini gewesen war; mit der einen Hand hielt es eine Sichel aus Kieferknochen, mit der andern eine Waage, deren Schalen aus Schädeldecken bestanden und an je drei Wadenbeinen hingen. Nebenan stellten Grotten die ausgemergelten Gestalten von Mönchen zur Schau, eingehüllt in ihre wollenen Kutten, mit leeren Augenhöhlen und offenen, braunen, wie mit Humus vollgestopften Mündern.

Als sie, gesättigt, den Ort verließ, wo sie ihre Blicke geweidet hatte, hätte sie, mit den Worten Hiobs, zur Fäulnis sagen können: «Du bist meine Mutter!» und zu den Würmern: «Ihr seid meine Brüder und Schwestern!»

CVI

Auf diese Lust auf den Tod, von dem sie so manchen Vorgeschmack gekostet hatte, folgte in ihrer Seele bald eine weitere, zum christlichen Todeskampf gehörende Empfindung: die Furcht, in den Augen des Allmächtigen der Überheblichkeit schuldig zu sein, weil sie es so eilig hatte, vor ihm zu erscheinen, das demütige Bedenken, sie könnte nicht würdig sein, ihm zu nahen, und so entschloß sich Madame Gervaisais, das so sehnlichst begehrte Ende einfach abzuwarten und die Wahl der letzten Stunde nunmehr Gott zu überlassen, bereit zu sterben, so er es wollte, aber auch bereit zu leben, falls dies sein Gebot war.

Nach diesem letzten Verzicht hatte sie keinen Wunsch mehr. Grenzenloser Überdruß und Niedergeschlagenheit stumpften sie schrecklich gegen alles ab. Es war, als enthebe eine apathische Trägheit sie aller menschlichen Empfindungen. Sie erwartete und erhoffte nichts mehr, nichts reizte und nichts berührte sie mehr. Ihre Augen trugen bisweilen einen abwesenden, erloschenen Ausdruck, wie die eines Blinden; sie verfiel einer abgrundtiefen Gleichgültigkeit, in welcher Leere und Erschöpfung und die Verluste ihres Daseins sie sogar in ihrem Glaubenseifer erlahmen ließen.

CVII

Zur Stunde des Angelus, um die Zeit, da man in Rom zu Abend aß, war Madame Gervaisais, zusammen mit ihrem Kind, mit dem Zubereiten der Mahlzeit beschäftigt, was sie zunächst tat, ohne das Licht anzuzünden; da klingelte es plötzlich heftig an der Tür.

«Ich bin für niemanden zu Hause, hört Ihr, Honorine ... für gar niemanden ...»

Doch Honorine hatte schon geöffnet, und fast gewaltsam war ein Offizier mit sonnengebräuntem Gesicht eingetreten, der nun Madame Gervaisais seinen harten Schnurrbart an die magere Wange drückte.

«Sind Sie es, mein Bruder...? Sie in Rom...?» sagte sie mit einer anfänglichen Verblüffung, die keine schwesterliche Freude über das Wiedersehen mit dem Bruder verriet.

«Ja, ich bin's... Unsere Besatzungseinheit hat einen Auftrag erhalten... Ich fand, ich sei schon lange ohne Nachrichten von Ihnen geblieben. Da hab' ich mich hierhin entsenden lassen...»

Dabei betrachtete er das traurige Kind, die geröteten und ungetrockneten Augen Honorines, das kahle Zimmer, das freudlose Innere, alles, was er darin an Nöten, vergossenen Tränen, Leiden und erlittenen Entbehrungen sah und erriet.

Madame Gervaisais, verlegen über diesen Blick, den sie auf sich, auf den Wänden und den Geheimnissen des Hauses ruhen fühlte, sagte zu ihrem Bruder: «Sie nehmen doch das Abendbrot mit uns ein?»

Der Bruder hatte das Hühnchen auf dem Tisch bemerkt.

«Hab keine Angst, Kleiner, ich werde dir deinen Teil nicht wegessen», sagte er und schloß Pierre-Charles in die Arme; dieser hatte sich ihm, einen Freund und Beschützer witternd, schon zwischen die Beine geschlichen und betastete mit seinen kleinen Fingern wie magnetisiert das stolz glänzende Gold an der vom Feuer gebräunten Felduniform.

Dann wandte der Offizier sich an seine Schwester: «Ich esse heute beim General.»

Honorine hatte eine Kerze geholt.

«Aber ich finde Sie sehr verändert, Schwester.»

«Nein, ich versichere Sie, es geht mir nicht schlechter...»

«Ich will nicht länger stören. Ich wollte Sie heute nur begrüßen.»

Dann trat er dicht zu ihr: «Wird man Sie morgen nachmittag sicher antreffen?»

«Mein Bruder... was für eine Frage von Ihnen...»

«Dann also bis morgen, um ein Uhr... Ich habe ein bißchen mit Ihnen zu plaudern.» In seiner Stimme lag energische Güte.

Unter der Tür meinte er zur Kammerfrau, die ihn zurückgeleitete: «Nun ja, Honorine... Es wird einen heißen Kampf absetzen... Der Teufel soll mich holen, wenn ich mir trotz meines Alters vor ihr nicht immer noch wie ein kleiner Junge vorkomme!»

CVIII

Am nächsten Tag erwartete Madame Gervaisais ihren Bruder mit banger Sorge.

Er kam um ein Uhr, setzte sich aufs Sofa, an den Platz, den sie für ihn freimachte, indem sie ihren engen Rock noch etwas enger an sich raffte; dabei befühlte er das Holz der Lehne und sagte: «Ist das nicht sehr hart, da... für Ihren armen Rücken?»

«Ich bin daran gewöhnt.»

«Und dieser Boden da unter den Füßen... diese Möbel... Sie liebten doch Ihren hübschen Salon in Frankreich so sehr...»

«Das stimmt ... Aber in mir hat sich vieles sehr verändert.»

Zwischen dem Bruder und der Schwester trat eine Pause ein.

Dann nahm er wieder das Wort: «Verkehren Sie nicht mehr mit Monsieur de Rayneval?»

«Nein.»

«Und mit Monsieur Flamen de Gerbois haben Sie auch keinen Kontakt mehr?»

«Man hat ihn mir verboten.»

«Also haben Sie mit niemandem mehr Umgang?»

«Mit niemandem.»

«Ihr Kleid ist reichlich alt, liebe Schwester ...»

«Es genügt mir.»

«Aber wohin fließt denn Ihr Vermögen, Ihr Geld?»

Der Bruder begann, sich beim Reden zu ereifern: «Was machen Sie damit, sagen Sie mir!»

«Mit meinem Geld ...?»

Madame Gervaisais richtete sich mit einem Ruck voll hochmütiger Ungeduld auf. «Sie wollen es wissen? Nun denn ...!» sagte sie, bezwang sich dann aber wieder. «Ich gebe es den Priestern ... den Armen ...»

Wieder trat Stille ein, noch tiefer als die erste.

Der Bruder brach sie: «Jeanne ... früher waren Sie meine Schwester ... Fast eine Mutter sind Sie für mich gewesen ... Heute, wo wir uns wiedersehen ... Mir ist, damals sagten wir du zueinander ...»

«Aber ich versichere dir, es freut mich sehr, dich wiederzusehen ...»

«Wie lange du mir nicht mehr geschrieben hast...! Du, die du mir sonst allwöchentlich schriebst...»

«Ich weiß nicht mehr», sagte die Schwester und senkte den Kopf, «es ist lange her... Verzeihe mir... Doch das, was ich dir geschrieben hätte... bei dem, was mir damals durch den Sinn ging... Da hab' ich befürchtet...»

«Es wäre immerhin etwas von dir gewesen, wenigstens dies... Ach, dein Leben hier...!»

«Aha, da haben wir's... Jemand hat dir aus Rom geschrieben... Monsieur Flamen de Gerbois... Oder – wer weiß – Honorine? Man hat dir wohl falsche Ideen in den Kopf gesetzt...»

«Falsche Ideen?»

Er stand auf.

«Falsche Ideen! Dabei braucht man dich bloß anzusehen, dir bloß zuzuhören, meine arme Schwester...! So schau doch: Hast du mir nicht soeben gesagt, du hättest all deine Freundschaften abgebrochen?»

Und während er zwischen Sofa und Fenster auf und ab schritt, warf er ihr jedesmal, wenn er sie wieder vor sich hatte, Redebrocken, gebrochene Sätze zu; Madame Gervaisais blieb unbewegt und antwortete nicht mit einer einzigen Silbe.

«Nur schon der Ton, in dem du zu Honorine sprichst... Wie du dich ihr gegenüber benehmen mußt... Wie du mich gestern empfangen hast... Mit nichts mehr verbunden auf Erden... Verwandte, Familie, Freunde... nichts, nichts mehr lieben...! Dein Sohn...? Bist du überhaupt noch eine Mutter...? Und dabei solltest du es ja doppelt sein, mit einem Kind wie dem deinen ... Doch nein, statt dessen ist dein Sohn, was er ist, ein unglückliches kleines Geschöpf ...! Die Kinder der Armen, die Mütter haben, sind glücklicher als er ... Dein Kind? Du gibst ihm ja nicht einmal zu essen, deinem Kind!»

«Wirfst du mir vor, ich lasse es verhungern?»

«Ja ...! Hast du denn keine Augen im Kopf? Schau ihn dir doch einmal an, heiliger Gott im Himmel ...! Schau dir dieses Gesicht an ... diese Pickel ... Er ist ja räudig, dein Sohn ...! Ein Ladre ist er, dein Sohn ...! Und wonach ist er diebisch? Ich will es dir sagen: nach den Würsten, mit denen deine Dienerin in der Küche aus Mitleid seinen Hunger stillt!»

Madame Gervaisais' Augen hatten sich geöffnet, als wären die irdischen Dinge und ihr Sohn mit einem Schlag wieder in ihr Gesichtsfeld getreten. Sie warf sich auf das Kind, umschlang es voll Schmerz, küßte es auf seine Pickel, benetzte es lange mit ihren Tränen und wiegte es zu den Stößen ihrer Schluchzer.

Ihr Bruder ließ sie ausweinen, dann sagte er mit einer Stimme voll sanfter Strenge: «Jeanne, das Klima Roms bekommt dir schlecht ... Die vier Jahre, die du hier verlebt hast, haben deine Gesundheit gar nicht verbessert ... In vierzehn Tagen wird mein Auftrag hier erledigt sein ... In vierzehn Tagen reisen wir ab. Ich bringe dich nach Frankreich zurück ... Dann wirst du den Winter mit mir in Algerien verbringen ... Morgen führe ich dich zu einer Modistin, und die wird dich einkleiden, wie sich's für meine Schwester gebührt ... Und in einigen Tagen wirst du an meinem Arm deinen früheren Freunden einen Besuch machen ... Und sie werden alle erfreut sein, dich wieder zu sehen ...»

Madame Gervaisais hörte ihm zu mit einem Gesicht, als verstünde sie ihn kaum. Als er ausgesprochen hatte, gab sie ihm mit einem Handzeichen zu verstehen, er möge sie sich selbst überlassen.

Der Bruder hatte erneut begonnen, mit langen Schritten aufgeregt das Zimmer zu durchmessen. Er erwartete ängstlich, was aus diesem Herzen und diesem Kopf kommen werde, gespannt auf die nächsten Worte dieser Unglücklichen, gegen die er nicht mehr aufzubegehren wagte. Und der Knabe guckte neugierig und erstaunt zwischen dem Offizier und der Mutter hin und her, wie ein Kind, das Vater und Mutter über einer häuslichen Tragödie vergessen haben.

Madame Gervaisais war am Ende ihrer Kräfte. Sie fühlte sich außerstande, dieses Kreuz, das sie niederdrückte, weiter zu tragen. Schließlich ergab sie sich in den Zusammenbruch ihrer ganzen körperlichen und seelischen Energie. Mit ihrem Leben war es aus. Der Tod hatte zu lange gezaudert und sie nicht zur richtigen Stunde abberufen. Seit einem Monat rang sie angestrengt, aber vergeblich, im Bemühen, etwas zu wollen. Was da soeben ins kraftlose Nichts ihrer Seele gefallen war – die schlagartige Ankunft ihres Bruders, dieser Erscheinung aus ihrem früheren Familienleben in ihrem jetzigen Dasein, die Anschuldigung, sie vergehe sich an ihrem Sohn, die er ihr, der Mutter, entgegengeschleudert hatte –, all das war wie ein letzter Stoß, und unter diesem brach die Frau, zu der sie Rom gemacht hatte, innerlich geknickt, zusammen.

Nach einer Viertelstunde hob sie den Kopf und sagte langsam: «Ich werde alles tun, was Sie wünschen, mein Bruder. Nur um eines bitte ich Sie noch vor unserer Abreise ...»

Hier stockte sie einen Augenblick.

«Ich bitte Sie, mich mit meinem Kind den Segen des Papstes empfangen zu lassen ...»

Ihr Bruder schloß sie in seine Arme.

«Bis morgen, Georges!»

Worauf auch sie ihn spontan nochmals umarmte.

CIX

Madame Gervaisais legte dem, was sie ihrem Bruder zu tun versprochen hatte, keine Schwierigkeiten in den Weg, noch suchte sie Ausflüchte oder zeigte üble Laune. Und als das neue Kleid zur Anprobe gebracht und die eine und andere Änderung daran nötig wurde, kam Honorine nicht mehr aus dem Staunen über einige Bemerkungen ihrer Herrin, in denen sich anscheinend deren einstiger pariserischer Geschmack wieder ankündigte.

Geleitet von ihrem Bruder, sprach sie beim Botschafter Frankreichs vor, bei Monsieur Flamen de Gerbois, bei der Prinzessin Liverani. Sie suchte all ihre einstmaligen Bekannten wieder auf, und dies so unbeschwert, als hätte sie sie erst am Vortag verlassen; sie wirkte unverkrampft, sprach von weltlichen Dingen, war liebenswürdig, gefällig und hinterließ bei allen, die sie besuchte, den Eindruck, sie gewinne, zusammen mit ihrem früheren Liebreiz, das Wesen einer Französin zurück, sie, über die in den römischen Salons das Gerücht umging, sie sei dem Glaubenswahn verfallen. Sie schickte ihren Sohn zu Doktor Monterone; der Gedanke, diesen Arzt für sich selbst zu beanspruchen, erweckte allerdings einen Widerwillen in ihr, den zu bekämpfen ihr Bruder für unklug hielt.

An den folgenden Tagen führte er sie spazieren, nahm sie auf kleinere Ausflüge mit, sowie zum Abendessen in Hotels, und versuchte so, sie von ihrer Vergangenheit zu lösen und den ganzen Tag mit leichten Zerstreuungen an seiner Seite zu halten. Sie überließ sich ohne Widerstreben seinen Wünschen und dankte ihm dafür, daß er so heiter und gut zu ihr war, lächelte bisweilen, wenn er lachte, ließ gelegentlich ein ernstes oder ein gelehrtes Wort über etwas fallen, das sie miteinander betrachteten, äußerte Bedauern über eine Ruine – Gedanken einer Genesenden. Indessen glaubte der Bruder in ihrem Verhalten zu erkennen, wie verbissen sie sich aufzufangen, sich mühsam und beharrlich aus einer Art Starre, einem lähmenden Schlaf, einer tödlichen Bedrücktheit aufzurappeln suchte. So gab es, vornehmlich nach den Besuchen, die er sie abstatten ließ, Augenblicke, wo die Maske der Angeregtheit sich unversehens ablöste und von ihrem Gesicht glitt; oft sah er auch, wenn sie vor ihm im Wagen saß, wie abwesend sie schien und weder ihm noch sich selber mehr gehörte.

Seltsam, was in dieser Frauennatur vor sich ging: Solange sie unter der Fuchtel des Trinitariers gelebt hatte, solange sie durch eiserne Zucht gequält, geschlagen und geprügelt wurde, solange sie bis aufs Blut büßte und der Nervenkitzel des Entbehrens sie aufpeitschte, hatte ihr armes, durch Leiden ermüdetes, verbrauchtes und zermürbtes Wesen sich aufrecht zu halten, davonzukommen und sich weiterzuschleppen vermocht; es hatte sich an unmöglichen Aufgaben üben können, in Unterfangen, die über seine Kräfte gingen, ähnlich einer jammervollen Schindmähre, die nichts mehr hatte als ihren Schnauf und die ein Peitschenhieb dennoch weitertrieb. Nun mangelte und entschwand ihr jegliche Lebenskraft, eine maßlose Schwäche befiel ihren kraftlosen Organismus, und so versank sie in eine Mattigkeit, die zu überwinden sie Tag für Tag mehr Mühe kostete.

Dabei tat die Bedauernswerte, was sie vermochte, um lebendig zu erscheinen, und war auch nahezu glücklich mit den Ihren, mit Pierre-Charles, den sie nicht von ihrer Seite weichen ließ, sondern stets bei sich haben wollte. Sie brauchte ihn beim Erwachen und während ihrer träge durchkränkelten Vormittagsstunden, wenn sie flüchtig einschlummerte und mit geschlossenen Augen dennoch seine geliebte Gegenwart genoß; sie wollte, daß er neben ihr auf ihrem Bett oder zu ihren Füßen saß. In der Kalesche liebte sie es, seine Hände in den ihren zu fühlen, seinen kleinen Körper, an den sie sich lehnte, nahe zu wissen, begierig an sich zu schmiegen und in ihren Schal zu hüllen, den Atem seines Mundes einzufangen sowie das

Leben seiner nun nicht mehr traurigen Augen, in denen sie das schöne und kluge, seinem Herzen entspringende Lächeln wieder aufleuchten sah.

Der Ton, in dem sie mit Honorine sprach, war anders geworden: In ihrer Sprechweise klang eine gerührte Entschuldigung mit, eine unausgesprochene Bitte um Verzeihung. Die überglückliche Honorine bereitete frohgemut die Abreise vor, die Flucht aus dieser Stadt des Unheils; entzückt und außer sich vor Freude, wegzugehen, wirbelte sie durch die Zimmer, wühlte in den Schubladen, faltete, ordnete und rüstete zum Umzug, stopfte lange im voraus Koffer und Kisten voll, nur etwas verdutzt über die Kühlheit ihrer Herrin, wenn sie diese um Anweisungen bat, wie etwas zu verpakken sei, und dann zur Antwort bekam: «Ach richtig ... Wir verreisen ja ...»

CX

«Gebt her!» sagte Madame Gervaisais zu Honorine.

Und damit nahm sie ihr den Brief aus den Händen, den eben ein päpstlicher Gendarm überbracht hatte, sie las ihren Namen, der unter dem Siegel mit den Worten «Anticamera pontificia» geschrieben stand.

Das Herz zuckte ihr zwei-, dreimal in der Brust; sie rührte sich nicht: Ihre Hände ahnten, daß sie eines der wichtigen Ereignisse ihres Lebens hielten. Eine ganze Minute lang verharrte sie so und wagte es nicht, das feierlich amtliche Papier zu öffnen.

Und dann erbrach sie hastig das Siegel und überflog den halb gedruckten, halb handgeschriebenen Brief mit dem Vermerk «Vaticano», dem erhabenen Ort seiner Verschickung, dann las sie die Floskel, der zu entnehmen war, daß Seine Heiligkeit sie zu einer Audienz zuzulassen gedenke, nämlich am Samstag, den 30. April, um fünf Uhr nachmittags.

Sie las den Brief abermals, Letter für Letter, bis zur unleserlichen Unterschrift des Kämmerers und zur Avvertenza am Rande des Blattes, die Kleidung der Damen und der Herren betreffend. Es war, als wolle sie sich vergewissern, daß ein Traum Wirklichkeit war.

Sie ließ das Schreiben auf ihre Knie sinken, hielt es aber noch immer, und warf einen Blick auf das schwarze Kleid und den schwarzen Schleier, die auf dem Sofa bereit lagen. Es war für den morgigen Tag! Sie sollte vom Nachfolger des heiligen Petrus empfangen werden, dem Stellvertreter Jesu Christi, dem Papst – dem Papst! –, ein Wort, das bis in die tiefsten Gründe ihrer Hochachtung widerhallte. Sie entsann sich nicht mehr, wie menschlich er ihr damals bei ihrer Begegnung auf dem Weg zu den Weinbergen erschienen war. Jetzt sah sie ihn von vornherein verwandelt: Sie nahte sich ihm wie einem Bild, einem Abglanz, einer irdischen Erscheinung Gottes. Ein Licht blitzte vor ihr auf, und in einem Augenblick der Erleuchtung sah sie den Eingang zu einem strahlenden Raum vor sich, einer Vorkammer des Himmels.

Den ganzen Tag lang wollte sie das Audienzbillett offen vor sich haben, es mit unstetem, flakkerndem Blick in Besitz nehmen, wobei sich ihr die Buchstaben zwar verwischten, sie aber noch immer ihr Glücksgefühl über das Geschriebene auskostete, auch wenn sie es nicht mehr lesen konnte. Und für die Nacht hatte sie es mit einer Stecknadel am Vorhang hinter ihrem Bett befestigt, um es auch im Schlaf bei sich zu haben.

CXI

«Ich blute, ich blute...», sagte Madame Gervaisais am Morgen zu ihrem Bruder, als er ihr Zimmer betrat.

«Ist nicht schlimm... Du wirst dir das Zahnfleisch angeritzt haben...»

«O nein... Das Blut kommt von da her...» Dazu hielt sie die Hand auf die Brust.

«Nun, dann müssen wir Doktor Monterone kommen lassen...»

«Ich will nichts mehr von Doktor Monterone wissen...»

«Hast du Pulver?»

«Ja, richtig. Gib mir das Pulver dort... dort...»

«Hast du eine schlechte Nacht verbracht?»

«Schlecht? Nein... Ich erinnere mich nicht... Ich weiß nicht, wo ich diese Nacht war...»

«Du hast um drei Uhr einen Hustenanfall gehabt, Honorine hat dir ein paar Schluck Wasser gegeben, und das hat dich beruhigt. Um fünf hast du nochmals gehustet, und jetzt eben hast du Fieber... Wenn du einsichtig wärest, liebe Schwester, so würdest du diese Audienz verschieben... Wir würden unsere Abreise auf etwas später verlegen.»

«Die Audienz? Meine Audienz beim Papst? Nein, nein, ich gehe hin. Ich muß hingehen...»

Sie stützte sich ein wenig auf in ihrem Bett, wie um zu prüfen, was ihr an Kräften verblieb.

«Ich will hingehen... Es ist noch nicht zehn Uhr... Willst du mich bitte alleinlassen...? Ich will versuchen zu schlafen.... Um drei wird es mir gutgehen...»

Um punkt drei Uhr klingelte sie Honorine, stand auf, ließ sich von ihr ankleiden, mit Ruhepausen, in denen sie sagte: «Wartet ein bißchen...»

Und nachdem sie ein wenig Tee genippt hatte, wandte sie sich zu ihrem Bruder: «Gehen wir! Ich bin bereit. Auf!»

Dann ging sie ihm voraus, gestärkt durch den Willen zu gehen. Während der Hinfahrt im Wagen sagte sie immer nur: «Danke... vielmals...», wenn sie ihn anblickte.

Unter dem Säulengewölbe der Peterskirche trennten sich Bruder und Schwester. Madame Gervaisais nahm ihren Sohn bei der Hand und durchschritt die Reihe der Schweizer Hellebardiers, die vor dem Tor zum Vatikan nach alter Sitte Wache standen, darauf stieg sie in keuchender Eile die weite Treppe empor und hielt dann einen Augenblick ein, um Atem zu schöpfen, mit einer Hand auf die Schulter Pierre-Charles' gestützt.

Sie trat in einen ersten Saal, in dem sich rotgekleidete, barhäuptige Leute aufhielten.

Dieser Saal führte in einen andern über, dessen Wände, wie sie glaubte, mit den Wappen früherer Päpste verziert waren; darin schattenhafte Lebewesen in altertümlichen Gewändern, trüb erleuchtet, wie durch das Licht, das in einem Theater am hellen Tage zwischen die Bühnenwände dringt.

Sie schritt schnell und hielt die Hand ihres Kindes so fest in der ihren, daß sie ihm weh tat.

Dann durchquerte sie weitere Säle, strich an Uniformen, an Gardisten und Dragonern vorbei, gelangte nochmals in andere Säle, die, je weiter sie vorankam, immer kirchlicher aussahen und wo unter den Kommenden und Gehenden immer mehr Priester und Schatten waren.

Der seltsam bevölkerte Palast erstreckte sich vor ihr, so unendlich und verwirrend wie ein Gang in einem Traum, durch den sie immer weiterging, mit dem Blick und dem Schritt einer Schlafwandelnden.

Dann befand sie sich in einem Gemach, das einer Stube von Ordonnanzoffizieren glich und in dem ein Trupp der Nobelgarde in zwei Gliedern die Waffen präsentierte und den Degen zum Gruß hob, wenn Kardinäle vorübergingen.

Dort überreichte sie ihren Brief und sah, wie er auf einem Silbertablett weggetragen wurde. Darauf tat sich ihr ein weiterer Saal, ein imposanter Thronsaal auf, mit einem samtenen Baldachin über einem goldenen Sessel, wo Amtsdiener in schwarzseidenen Wämsern, schwarzen Samtmänteln und mit Halskrausen auf leisen Sohlen vorbeiglitten.

Während sie dort wartete, trat der Großpönitentiar Frankreichs – der Mann, der ihr die Audienz verschafft hatte – zu ihr, um ihr eine Weile Gesellschaft zu leisten und mit ihr zu plaudern; doch in jenem Moment pochte ihr Herz so laut, daß sie nichts zu hören und bloß durch Nicken und ein mechanisch starres Lächeln zu antworten vermochte.

Endlich erreichte sie einen letzten Raum, wo sie nichts mehr sah als eine Tür, doch auf diese richtete sie fest ihren Blick – die Tür, hinter welcher der Papst war.

Plötzlich erschreckte sie ein Klingelzeichen, die Flügeltür ging auf; Madame Gervaisais richtete sich mit einem Ruck auf, lief beinahe zur Schwelle hin, hielt im Angesicht des von düsterem Rot durchwirkten Purpurzimmers jäh inne, hob die Arme hoch und sank dann langsam über ihrem Kind zusammen.

Pierre-Charles, der sie um die Taille gefaßt hatte, sah eine feine Blutspur auf ihren Lippen und hörte, das Ohr an ihre Brust gepreßt, wie mit einem erstickten Glucksen, ähnlich dem des Wassers in einer Flasche, das Leben aus ihr rann...

Er stützte sie, fast erdrückt von der Last, einen über ihm im Leeren wankenden Körper.

«M'ma! M'ma!» rief er zweimal über der Leiche, die seinen kleinen Armen entglitten und zu Boden gerollt war.

Dann stieß das Waisenkind einen lauten Schrei aus, artikulierte aber deutlich, als wären ihm aus seinem gebrochenen Herzen plötzlich der Verstand und eine neue Redefähigkeit aufgegangen: «Meine Mutter!»

Rom, März 1866 – Auteuil, Dezember 1868

NACHWORT

Wenn nicht eine Straße und eine Metrostation in Paris sowie der begehrteste Literaturpreis Frankreichs ihren Namen trügen, wären die Brüder Goncourt heute möglicherweise vergessen. Übrigens fühlten sich die beiden schon zu Lebzeiten sowohl von der Kritik als auch vom breiten Publikum unterschätzt, ja verkannt. Verbittert notieren sie einmal in ihrem Tagebuch, es gebe Werke, die ihren Autoren den verdienten Ruhm erst nach ihrem Tode brächten. Solchen Anspruch auf verspätete Anerkennung darf in ihrem Fall heute wohl an erster Stelle der Roman «Madame Gervaisais» erheben[1], ferner vielleicht ihr vielbändiges Tagebuch, das sie zu eigentlichen Schlüsselfiguren der französischen Literatur des neunzehnten Jahrhun-

[1] Nicht zufällig ist dieser Roman als sorgfältig ediertes Taschenbuch 1982 neu aufgelegt worden (Madame Gervaisais, Édition présentée, établie et annotée par Marc Fumaroli, Gallimard, Collection Folio), wogegen die meisten übrigen Titel seit langem vergriffen sind. Wir entnehmen dieser Ausgabe einige Erläuterungen zum Text.

derts macht[1]. Von psychologischer Bedeutung ist das seltene Beispiel ihrer unzertrennlichen menschlichen und schöpferischen Partnerschaft.

Edmond de Goncourt kam 1822 in Nancy, Jules 1830 in Paris zur Welt. Ihr Vater hatte unter Napoleon als Offizier gedient; ein bescheidenes elterliches Erbe machte sie zeit ihres Lebens finanziell unabhängig. In ihrer Jugend fühlten sich beide zur Malerei hingezogen, ihre Zeichnungen zeugen von beachtlichem Talent.

1851, am Tag des Staatsstreichs, der Charles Louis Napoléon Bonaparte zum zweiten Kaiser Frankreichs machen wird, erscheint, fast unbeachtet, ihr erster Roman, «En 18..». Es folgen journalistische Arbeiten, von denen eine, wie Flauberts «Madame Bovary» und Baudelaires «Fleurs du Mal», einen Prozeß wegen Verletzung der Sitten nach sich zieht. Die beiden Schriftsteller beginnen in der literarischen Bohème eine wichtige Rolle zu spielen. Mehrere Veröffentlichungen über Sitten und Kultur vergangener Epochen verraten ihre Vorliebe für das achtzehnte Jahrhundert mit seinen galanten Gesellschaftsformen. Watteau, dessen Werke Edmond katalogisiert, und Fragonard sind ihre Lieblingsmaler.

---

[1] Das Tagebuch ist sowohl ein «Journal intime» als auch ein Werkkatalog, vor allem aber eine Gesellschafts- und Klatschchronik, eine Porträtgalerie und ein Glossarium zum damaligen Literaturbetrieb. Die Goncourts kannten durch ihre vierzehntäglichen Tafelrunden die halbe Intelligenzia von Paris – Gautier, Flaubert, Taine, Michelet, Renan, Daudet, Zola und andere – und beschrieben diese, weitab von ihrer öffentlichen Pose, mit einer boshaften Freude an Indiskretionen, Zoten und Anekdoten.

Ab 1860 erscheinen die Romane «Charles Demailly» (ursprünglicher Titel: «Les Hommes de lettres»), «Sœur Philomène», «Renée Mauperin», «Germinie Lacerteux», «Manette Salomon» und «Madame Gervaisais», die meisten zunächst als Fortsetzungsgeschichten in Zeitungen, dann erst in Buchform. Ein Theaterstück, «Henriette Maréchal», wird 1865 von der Comédie-Française uraufgeführt, doch sogleich wieder abgesetzt. Man wirft den Autoren vor, sie hätten die Annahme des Werks durch ihre persönlichen Beziehungen zur Prinzessin Mathilde[1] erwirkt. Im Tagebuch schildern sie, wie ein feindselig gesinntes Publikum das Stück verhöhnte.

Seit 1862 treffen sich die Goncourts regelmäßig an zwei Montagen im Monat mit Freunden zum Abendessen im Restaurant «Chez Magny» in der Rue Contrescarpe-Dauphine, heute Rue Mazet. Ihr Bekanntenkreis umfaßt viele der bedeutendsten Schriftsteller, Gelehrten und Mediziner ihrer Zeit.

Von der Rue Saint-Georges, unweit von Pigalle und Montmartre, ziehen die beiden Brüder 1868 in den damals noch stillen Pariser Vorort Auteuil um, weil der an Syphilis erkrankte und äußerst lärmempfindlich gewordene Jules dringend der Ruhe bedarf. «Madame Gervaisais» (1869) ist das letzte

[1] Die Prinzessin Mathilde (1820–1904), eine Tochter Jérôme Bonapartes, führte in Paris einen berühmten literarischen Salon, in dem die Goncourts seit 1862 verkehrten. Der Salon galt als einer der wenigen Orte, wo in den muffigen Jahren des Zweiten Kaiserreichs freie Meinungsäußerung möglich war.

Werk, das die Goncourts – wie schon alle früheren – gemeinsam geschrieben und signiert haben. Jules stirbt am 20. Juni 1870 nach langem Leiden.

Nach dem Tod seines Bruders schreibt Edmond weitere Romane und führt das Tagebuch fort, das er ab 1887 zu veröffentlichen beginnt. Bis 1896 füllt es neun Bände. Einzelne Teile erregen Ärger und Protest. Edmond stirbt am 15. Juli 1896 im Haus der befreundeten Familie Alphonse Daudets. Im Jahre 1900 findet, dem Letzten Willen des Toten entsprechend, die erste Sitzung der «Académie Goncourt» statt.

Wohl das Eigentümlichste am Leben der Brüder Goncourt ist die fast vollkommene Übereinstimmung ihrer Naturen. «Une unité de deux», eine Einheit aus zweien, nannten sie sich. Sie lebten, reisten, aßen, lasen, malten und schrieben zusammen. Sie hatten dieselben Neigungen, Begabungen, Ansichten, Schrullen, Pläne, Hoffnungen, Ängste, Enttäuschungen, Urteile und Vorurteile. Sie gingen zusammen aus, besuchten dieselben Freunde und dieselben Salons, ja hatten sogar die gleiche Mätresse, Maria, eine Hebamme von «rubenshafter Körperfülle». (Frauen, so behaupteten sie, hätten in der Gesellschaft lediglich eine «animalische Rolle» zu spielen.)

Gewisse Kritiker sehen zwar in Jules die eigentlich schöpferische Kraft, den «Ideenspender» dieses Zweigespanns, in Edmond eher den gewissenhaften Ausführenden, den feinen Kunsthandwerker. Stichhaltige Anzeichen dafür, wer von ihnen jeweils was angeregt und wer was geschrieben hat, fehlen aber. Schreiber des Tagebuches war bis 1870 vorwiegend Jules. Nach seinem Tod geht das Werk fugenlos weiter. Unterschiede in der Schreibart der beiden lassen sich kaum feststellen.

Am treffendsten hat Edmond selber die seltsame Wesensverwandtschaft zwischen Jules und ihm umschrieben: «Dieses Tagebuch ist unsere alltägliche Beichte, die Beichte zweier im Vergnügen, in der Arbeit und im Leid unzertrennlichen Existenzen, zweier Zwillingsdenker, zweier Geister, die von Menschen und Dingen so übereinstimmende, ja gleichartige Eindrücke empfangen, daß man diese Beichte als die erweiterte Aussage eines einzigen Ichs betrachten kann.»

Die schreckliche Krankheit und dann der Hinschied seines Bruders, so bekannte Edmond, hätten ihn der Hälfte seiner selbst beraubt und mit einem Schlag zu einem alten Mann gemacht.

Historiker, so schreiben die Goncourts programmatisch, seien «des raconteurs du passé», Erzähler der Vergangenheit, Schriftsteller dagegen «des raconteurs du présent», Erzähler der Gegenwart; die Geschichte sei ein Roman dessen, was war, der Roman eine Geschichte dessen, was hätte sein können. Sie selber, die Goncourts, sind beides gewesen, Historiker und Romanschreiber. Die Arbeitsweise beider Gattungen ist ihres Erachtens dieselbe: Sowohl der Historiker als auch der Romanautor müssen sich zuerst aufs sorgfältigste «dokumentieren», sich genaue Kenntnisse über Personen, ihre soziale Umgebung und ihre Epoche verschaffen.

Dieses Gebot haben die beiden mit großer Gewissenhaftigkeit befolgt. Ihre Romanfiguren sind zumeist lebenden Personen nachgebildet. «Charles Demailly» und «Manette Salomon» sind in diesem Sinne sogar Schlüsselromane. Das «Urbild» der «Sœur Philomène» war eine Krankenschwester im Spital von Rouen, das der «Germinie Lacerteux» eines ihrer Dienstmädchen, das «Modell» für «Madame Gervaisais» eine ihrer Tanten. Vor der Niederschrift der Romane lebten die Brüder sich intensiv in die Atmosphäre ihrer Handlungsorte ein, in die Welt des Spitals von Rouen, in die proletarische Armut einer Vorstadt von Paris. Dem Roman «Madame Gervaisais» ging, nach einer ersten Italienreise, 1867 ein längerer Aufenthalt in Rom voraus. Unter den nachgelassenen Manuskripten sind sogenannte «carnets préparatoires» erhalten, Hefte mit Notizen zu bestimmten Szenen der Romane. Oft flochten sie aber auch Beobachtungen aus dem Tagebuch oder bestimmte, im Wortlaut aufgenommene Gespräche – «Dialogstenogramme» – in ihre fiktionalen Werke ein.

Dieses Bestreben, möglichst «lebensecht» zu beschreiben und mit «wissenschaftlicher Genauigkeit» aufzuzeichnen, macht die Goncourts, wenigstens in ihren frühen Schriften, zu eigentlichen Vorläufern – oder Mitbegründern – des Naturalismus. So soll denn auch Emile Zola seine Aufgabe als Schriftsteller beim Lesen von «Germinie Lacerteux» erkannt haben. Ferner hat der junge Thomas Mann durch die Werke der Goncourts, insbesondere durch «Renée Mauperin», entscheidende Anregungen empfangen.

Als reine Naturalisten lassen sich die Goncourts allerdings nicht etikettieren. Ihre Schilderungen lesen sich über weite Strecken wie lyrische Impressionen. Und auch ihren angeborenen, aristokratischen Hang zum Ästhetizismus, zum Kult des Schönen, vermögen sie nie lange zu verleugnen. Man nennt daher ihren hochgezüchteten, bisweilen manierierten Stil gelegentlich eine «écriture artiste» – vielleicht ein Verlegenheitsausdruck der Kritiker. Was unter einer solchen «Künstler-» oder «Kunstsprache» zu verstehen ist, läßt sich wohl nirgends besser erhärten als am Beispiel von «Madame Gervaisais»: Der Roman, obwohl offenbar als naturalistische Untersuchung eines «Falls» geplant, wächst schon bald in einen Erlebnis- und Erfahrungsbereich hinein, der mit naturalistischen Mitteln nicht zu bewältigen ist und deshalb nach ganz andern gestalterischen Formen ruft.

Denn im Grunde ihres Wesens waren die Goncourts nicht kühle, gefühllose, sondern leidende, übersensible Betrachter. «Alle Beobachter», notieren sie, «sind traurig und müssen es sein. Sie schauen dem Leben zu. Sie sind keine Handelnden, sondern Zeugen des Lebens. Sie haben keinen Anteil an dem, was andere täuscht oder berauscht. Ihr Normalzustand ist eine wehmütige Heiterkeit.»

Aus diesen Voraussetzungen sind ihre Romane entstanden, Werke, die in einzelnen Teilen noch immer beeindrucken, als Ganzes aber weniger überzeugen. Sie sind eher geschickt konstruiert als inspiriert, eher Erzeugnisse eines künstlerischen Wollens als die Frucht einer tiefen Einsicht in menschliches Sein. Unter einem Übermaß von Fakten des äußeren Lebens lassen ihre Gestalten oft das innere, das echte, spontane Leben vermissen.

Was «Madame Gervaisais» zu einem Werk von ungewöhnlicher Bedeutung macht, ist zunächst die darin eingeflossene Problematik. Es ist die Geschichte einer außerordentlichen Frau und ihrer mystischen Bekehrung, erzählt von zwei geschworenen Frauenverächtern und Atheisten.

Über die Motive und die Vorgeschichte des Buches hat Edmond de Goncourt selber im Nachwort zu einer Neuausgabe im Jahr 1892 ausführlich Auskunft gegeben. Eine Tante, Nephtalie de Courmont, hatte in seiner Jugend eine entscheidende Rolle gespielt. Sie wohnte zuerst an der vornehmen Rue de la Paix in Paris, besaß aber noch ein herrschaftliches Haus mit Garten aus dem achtzehnten Jahrhundert in Ménilmonant, im heutigen zwanzigsten Arrondissement. Bei jedem Besuch, den Edmond als Knabe und später als Jüngling bei ihr machte, war er tief beeindruckt von der Feinheit ihrer Erscheinung und ihrer Manieren, von ihrer Bildung und Belesenheit. Im erwähnten Nachwort bezeichnet er sie als «cette femme d'élite».

Diese Tante nahm sich Edmonds in jenen Jahren geradezu mütterlich an. Und sie war es, die dem Jungen als erste die Welt des Schönen erschloß, in ihm «le goût des belles choses», die Liebe zur Literatur und zur Malerei weckte. Sie, so wagt Edmond zu behaupten, habe ihn zum Schriftsteller und Kunstliebhaber gemacht.

Nephtalie de Courmont war aber damals schon

schwer krank – sie litt an Schwindsucht –, was, nach Ansicht ihres Neffen, zum Teil die Zartheit ihrer Züge und ihres Wesens erklärte. Auf den Rat ihres Arztes begab sie sich dann nach Rom, um sich durch das trockene, warme Klima jener Stadt Erleichterung zu verschaffen. Die Kranke nahm dorthin ihren zweiten Sohn, Alphonse, mit. Ihre erstes Kind – der anmutige, aber schwachsinnige Sohn Arthur – war kurz vor ihrer Abreise gestorben. Sie selbst starb in Rom, nicht *während* einer Audienz beim Papst, wie Madame Gervaisais, sondern *vor* einer Audienz, zu der sie sich eben vorschriftsgemäß ankleiden wollte.

Aus diesen Begebenheiten ist der Roman «Madame Gervaisais» erwachsen. Mit dem Plan dazu hatten sich die Brüder schon lange getragen. So ist im Tagebuch bereits 1856 die Rede davon. Offenbar reifte das Werk aber nur langsam, wahrscheinlich, weil der jüngere Jules seine Tante kaum persönlich gekannt hatte und somit erst durch seinen Bruder allmählich mit dem Stoff vertraut gemacht wurde.

Ein Vergleich zwischen Roman und Biographie zeigt unschwer, welche Freiheit sich die Dichter mit der Materie genommen haben: Pierre-Charles ist Madame Gervaisais' einziges Kind und steht in Wirklichkeit für ihren ersten Sohn, der Rom gar nie zu sehen bekam. Ferner sind die Umstände ihres Todes im Sinne einer dramatischen Steigerung leicht verändert. Sonst aber, so versichert Edmond, sei der Roman «la pure et authentique histoire» seiner Tante.

Die «authentische» Wahrheit des Erlebten geht

allerdings weit über diese faßbaren Tatsachen hinaus und ist in ihrer psychologischen Komplexität nicht einfach aufzuzeigen. An der Gestalt ihrer Tante fesselten die Brüder vornehmlich drei Wesenszüge: ihre Mütterlichkeit, ihr Kunstsinn und schließlich ihr Verhalten gegenüber Krankheit und Tod. In ihrer romanhaften Darstellung suchten die Goncourts unter anderem das Geheimnis einer Frau zu entschlüsseln, die für sie Mutterfigur, Muse und Engel des Todes in einer Person war. Bezeichnend für die Haltung der Brüder zum weiblichen Geschlecht ist dabei, daß Madame Gervaisais ihnen als ein Geschöpf von «engelhafter», aber keineswegs sinnlicher Schönheit erschien. Geist und Eros gehören bei Frauen nach ihrer Überzeugung verschiedenen und unvereinbaren Lebensbereichen an.

Ebenso kennzeichnend für diesen tieferen Wahrheitsgehalt ist aber auch der Umstand, daß Edmond, zusammen mit dem Romanstoff, durch sein menschliches Verhalten auch die Tugenden seiner Tante an seinen Bruder weitergab: Aus vielen Stellen des Tagebuchs geht hervor, mit welcher beinahe mütterlichen Zärtlichkeit er an seinem Bruder hing. Ferner war er als der ältere ebenfalls zuerst Jules' Mentor im Reich der Kunst und Literatur gewesen. Endlich hat er einen Teil der Todeserfahrung seiner Tante im Sterben seines Bruders buchstäblich nacherlebt. Kein Wunder also, daß er jener einzigartigen, geliebten und verehrten Frau im letzten gemeinsam geschaffenen Werk ein dauerndes Andenken stiften wollte, sei es ein Denkmal oder ein Grabmal.

Dabei entdeckte Edmond übrigens – eine typische Erfahrung der Dekadenten –, daß zwischen dem Dienst an der Kunst und der Todesverfallenheit eine geheimnisvolle und unheimliche Verwandtschaft bestehen kann. Mit einer fast lächerlichen Beharrlichkeit sträubte er sich nämlich bis zum Schluß, die wahre Todesursache seines Bruders in einer vulgären Syphilis zu sehen. Vielmehr glaubte er, was Jules verzehre, sei in einem höheren Sinn seine aufreibende, kompromißlose Arbeit als Schriftsteller, sein ruheloses Suchen nach dem treffenden Wort, sein ständiges Feilen an Sätzen und Gedanken, kurz, seine dichterische Sendung: «J'ai l'impression qu'il est mort du travail de la forme, de la peine du style.»

Das Kernmotiv des Werkes ist der Tod. Die Stadt Rom selber steht als äußerliches, augenfälliges Symbol dafür, Rom, die Stadt der Ruinen, das Trümmerfeld der Antike, Rom mit seiner Schaubühnenkulisse aus prunkenden Palästen und Kuppeln barocker Kirchen. Am Anfang hat Madame Gervaisais, die vom Tod gezeichnete Kranke, noch einige Bindungen ans Leben: die Liebe zu ihrem schwächlichen Kind, die Besuche einiger Freunde, ihre Entdeckerfreude bei Streifzügen durch die ihr noch fremde, abenteuerliche Stadt. Der Roman fängt hier noch kleine Szenen des farbigen römischen Volkslebens ein. Gärten umgrünen ihr zurückgezogenes, gefährdetes Dasein, Pflanzen blühen in ihren bescheidenen Alltag hinein. Doch schon in den Prozessionen, die sie durch ihre handfeste Glaubensgewißheit abstoßen, grinst ihr, erschreckend und widerlich, die Maske des Todes entgegen. Und in ihre wachsende Liebe zum Marmor und zur Stille der Kirchen hat sich, ihr zunächst noch unbewußt, ebenfalls die Ahnung des Todes eingeschlichen.

Zwei an sich heitere Episoden, die der beiden Pudel und der «Nagelversammlung» der Ärzte in einer Apotheke, bringen einen gewissen Kontrast auch in die allgemeine Düsternis der letzten Kapitel; der körperliche und moralische Zerfall der Heldin, der sie überschattet, macht ihren Humor aber eher makaber. Madame Gervaisais steht im Todesbann Roms, wie später bei Thomas Mann der Schriftsteller Aschenbach dem Bann Venedigs verfällt.

Doch noch ein anderer Wandel vollzieht sich langsam in der kranken Frau: das, was die Autoren «l'insensible venue en elle des choses divines» nennen, das unmerkliche Nahen des Göttlichen. Rom bietet das Sterben ja tatsächlich in zwei grundverschiedenen Formen an, der heidnischen und der christlichen.

Die Wahl, die Madame Gervaisais schließlich trifft, läßt die beiden Verfasser im Grunde ratlos. Sie verstehen und billigen ihre Bekehrung nicht. Im oben schon zitierten Nachwort spricht Edmond von der «folie religieuse» ihrer Heldin. Um so erstaunlicher ist ihr Versuch, der Frau auf dem von ihr eingeschlagenen Weg soweit wie möglich zu folgen, ihre heimlichen Beweggründe zu begreifen und ihnen vorurteilslos gerecht zu werden. Sie tun dies unter Beiziehung von Schriften gläubiger Dichter und Denker: Chateaubriand, François de Sales, Michelet, Lamennais, Renan.

Völlig unverständlich ist ihnen dagegen die grausame Askese, die sich die Frau in der letzten Phase ihres Lebens, hauptsächlich unter dem Einfluß finsterer Prediger und Beichtväter, auferlegt: ihre Kasteiungen und der Liebesentzug, durch den sie bewährte Freunde, Honorine, ihre ergebene Kammerfrau, und vor allem ihr rührend anhängliches Kind unglücklich macht.

Hier wird der Roman deutlich antiklerikal, steigert sich zur heftigen Anklage gegen Rom. Der Haß der Goncourts auf eine lebensfeindliche Kirche tritt unverhohlen zutage. Sie nennen Madame Gervaisais das Opfer einer fanatischen Geistlichkeit.

Das ist Madame Gervaisais aber nur zum Teil. Gleichzeitig ist sie ja auch das Opfer ihrer unheilbar fortschreitenden Krankheit. Mehr noch, sie findet in der Religion ihren Seelenfrieden. Der unerwartete Besuch ihres Bruders kurz vor ihrem Tod söhnt sie gleichsam wieder mit dem Leben aus. Sie sieht ihre Irrtümer ein und bereut die Auswüchse ihres Glaubenseifers. An ihrem Glauben aber hält sie fest.

Hier wird der Roman vielschichtig und deshalb so ungeheuer faszinierend. Man kann seinen Text gleichsam auf verschiedene Weise oder auf verschiedenen Ebenen lesen. Denn trotz der Kritik, die die Goncourts an der Kirche – einer menschlichen Institution – üben, bleibt das Phänomen des Glaubens – eine übersinnliche Erfahrung – unangetastet, zumal ganz am Schluß des Buches, im Schrei «Meine Mutter!», mit dem Pierre-Charles endlich seine Sprache findet, noch ein kleines göttliches

Wunder geschieht – es sei denn, man erkläre sich das Ereignis, im Sinne Doktor Monterones, als die Folge eines psychischen Schocks...

Mehrdeutigkeit des Geschehens, Verschiedenheit der Lesarten – falls die Goncourts ihren Roman dennoch als ein Bekenntnis zum Atheismus verstanden, kehrt er sich durch diese Eigentümlichkeit, wenigstens teilweise, gegen sie selbst. Damit gehört Madame Gervaisais vielleicht zu jenen sonderbaren Gestalten der Weltliteratur, die, wie Shylock in Shakespeares «Merchant of Venice» oder Molières Misanthrop, im heutigen Leser oder Theaterbesucher andere als die von ihren Schöpfern erwarteten Gefühle auslösen.

Was ein Schriftwerk letztlich einmalig macht, ist aber seine sprachlich-formale Schönheit. Den Romanen der Goncourts wurde oft ihr angeblich zu loser Aufbau vorgeworfen. Auch «Madame Gervaisais» bietet sich als eine lockere Folge von kurzen Szenen und Bildern dar; die der Stadt Rom gewidmeten Teile blättern sich sogar fast skizzenbuchartig auf. Was jedoch früheren Generationen als ein Mangel erschien, dürfte heute geradezu als Kühnheit gelten, eine Vorwegnahme späterer Romanformen.

Einige der Beschreibungen von Szenerien mögen etwas zu lang wirken. Bloße Tagebuchblätter oder Seiten zu einem Reiseführer sind sie aber nie, stehen doch alle in die Geschichte einbezogenen Örtlichkeiten in einem schicksalhaften Zusammenhang mit der inneren Entwicklung der Heldin.

Unverwechselbar in ihren Evokationen ist die Sprache der beiden Autoren. Madame Gervaisais ist auf ihren Wanderungen, wider strengen ärztlichen Rat, öfter versucht zu malen. Genau das aber tun mit Worten die Goncourts, die selber auch Gelegenheitsmaler waren. Sie malen Farbnuancen, Formen und Umrisse, Himmelstönungen, Schlagschatten, ja, in einem weiteren Sinn, sogar Klänge, und sie berauschen sich an ihnen. Rom ist wohl selten in stärkeren Tönen beschworen worden.

Fast ungeheuerlich sind die Freiheiten, die sich die Goncourts – um dieses Ideals der Wortmalerei willen – bisweilen mit der Sprache nehmen. Oft bilden sie neue Wörter oder beugen schon bestehende zu neuen Formen. In lyrischen Schilderungen wachsen Sätze zu nicht enden wollenden Wortgirlanden aus.

Man mag solchen Umgang mit der Sprache tadeln, wie dies geschehen ist. Doch sollte man nie vergessen, daß einzig diese Eigenwilligkeit die Goncourts zu jener spezifisch dichterischen Leistung befähigte, bislang Unsagbares sagbar zu machen.

Hugo Meier

ANMERKUNGEN

9 Chateaubriand erwähnt die Episode in den «Mémoires d'outre-tombe».

11 Baiocco («Sechser»): alte Münze des Kirchenstaates von geringem Wert.

17 Das Thema der Verklärung Christi (Matth. 17,1–8; Mark. 9,2–8; Luk. 9,28–36) mit Jesus zwischen Moses und Elias und mit den Jüngern Petrus, Jakobus und Johannes ist oft bildlich dargestellt worden. Hier dürfte es sich um Raffaels Gemälde handeln.

29 So benannt nach der altrömischen Göttin der Toten und der Beisetzung, Libitina. Durch eine Porta libitinae wurden jeweils die toten Gladiatoren aus dem Kolosseum weggeschafft.

31 Nach altem Volksglauben konnten Lebende durch die Bereitstellung von Tränenkrügen den Toten das Weinen ersparen.

32 Getränkeladen, nach acquaiuolo («Wassermann»).

37 Alessandro Algardi (1602–1654), neben Bernini der berühmteste italienische Bildhauer des Barock (Grabmal Leos XI. und Attila-Relief in der Peterskirche), Baumeister der Villen Raffaels und Giulio Romanos wie auch der Villa Pamphili auf dem Gianicolo.

41 Dugald Stewart (1753–1828), schottischer Philosoph, Vertreter der Common-sense-Lehre.

41 Théodore Jouffroy (1796–1842), franz. Philosoph, Herausgeber und Übersetzer Reids und Stewarts.

44 Thomas Reid (1710–1796), schottischer Philosoph und Schöpfer der Common-sense-Philosophie.

44 John Locke (1632–1704), englischer Philosoph, Begründer des englischen Empirismus.

44 Étienne Bonnot de Condillac (1715–1780), französischer Philosoph, Hauptvertreter des Sensualismus.

45 Kant war in Frankreich im Zeitalter Louis-Philippes vorwiegend durch kritische Besprechungen bekannt.

49 Dschagannathpur oder Puri, Stadt in Orissa, Indien, berühmter Wallfahrtsort der Hindus.

54 Wasser, das über den im Jahre 109 unter Kaiser Trajan erbauten Aquädukt aus dem Lago di Bracciano nach Rom geleitet wurde.

57 «Euren Puls, bitte!»

58 Messerstich(wunde).

63 Giacomo Antonelli (1806–1876), Kardinal-Staatssekretär (seit 1848), Leiter der päpstlichen Außenpolitik unter dem Pontifikat Pius' IX. (1846–1878).

64 Pellegrino Graf Rossi (1797–1848), Straf- und Staatsrechtsprofessor, 1845 Gesandter Frankreichs beim Vatikan, 1848 Innen-, Polizei- und Finanzminister Pius' IX., wurde am 15. November 1848 von italienischen Freiheitskämpfern erdolcht.

67 Hugues Félicité Robert de Lamennais (1782–1854), französischer Priester und Philosoph; forderte in seiner 1830 gegründeten Zeitschrift «L'Avenir» die Trennung von Kirche und Staat sowie völlige Religions-, Unterrichts- und Pressefreiheit. Nach seiner Verurteilung durch Gregor XVI. erlebten seine «Paroles d'un croyant» (1834) einen beispiellosen Erfolg. In «Affaires de Rome» (1836) rechnete er mit der römischen Kurie ab.

67 Henri Dominique Lacordaire (1802–1861), zunächst Advokat, dann Priester und Dominikaner; zuerst Anhänger Lamennais', unterwarf er sich Rom; glänzender Kanzelredner, Förderer des Dominikanerordens.

67 Einsamer Ort bei Dinan (Côtes-du-Nord), wo Lamennais seine Jugend verbrachte und auch später zeitweise lebte.

68 Palast und Garten der maurischen Könige nahe der Alhambra bei Granada.

69 Es handelt sich um die Pforte zur Grabkapelle Papst Alexanders VII.

77 Das Vorrecht, den Vatikan mit Palmwedeln zu beliefern, soll Papst Sixtus einem Schiffskapitän aus Genua namens Bresca als Dank dafür verliehen haben, daß dieser bei der Aufrichtung des Obelisken auf dem Petersplatz geraten hatte, die Hebestricke zu benetzen, als diese unter der Last des Steins zu reißen drohten. Später blieb das Privileg seinen Nachkommen erhalten, die in San Remo wohnten.

80 Das neunstimmige «Miserere» (um 1638) von Gregorio Allegri (1582–1652) war das berühmteste und exklusive Repertoirestück der Cappella papale, die auf Sixtus IV. (1471–84), den Auftraggeber der Sixtinischen Kapelle, zurückgeht. Der Chor sang stets unbegleitet («a cappella») und war berühmt für seine makellose Reinheit, die Zartheit seiner Phrasierung, die Feinheiten der Dynamik und seine virtuosen Verzierungen der Gesangslinie. Bis zum Ende des 19. Jahrhunderts gehörten ihm auch Kastraten an. Die Berühmtheit des «Miserere» von Allegri erklärt sich auch aus den Umständen der Aufführung. Am Ende der langen «Tenebrae»-Gottesdienste am Mittwoch, Donnerstag und Freitag der Karwoche wurden alle Lichter in der Sixtina gelöscht, und der Papst und die Kardinäle knieten vor dem Altar,

während der Psalm 51 (in der Vulgata Psalm 50: «Miserere mei, Deus»), der bereits im Laufe des Offiziums auf einen Psalmton gesungen worden war, in einer kunstvollen Vertonung wiederholt wurde. Am Ende scharrten die Kardinäle mit den Füßen, um das Chaos einer Welt zu symbolisieren, in der das Licht Christi erloschen ist.

93 Madame Lizinka Aimée Zoé de Mirbel (1796 bis 1849), bedeutende Miniaturistin zur Zeit der Restauration und der Juli-Monarchie.

94 Jacques Laffitte (1767–1844), französischer Bankier, ab 1809 mehrmals Chef der Banque de France, Förderer der Juli-Revolution von 1830; wiederholt Präsident der Abgeordnetenkammer.

98 Die monumentale, auf dem ehemaligen Stadion des Kaisers Domitian angelegte Piazza Navona wurde unter den Päpsten für allerlei Volksfeste und Wettkämpfe verwendet und im Sommer in ein riesiges Schwimmbecken verwandelt.

98 Giovanni Paolo Pannini (1691–1765), italienischer Maler und Architekt; schuf zuerst Dekorationsmalereien, später Veduten.

103 «Seufzertreppe» (Gemoniae scalae) zwischen dem Carcer Mamertinus und dem Forum, über welche die Leichen der Hingerichteten zum Tiber geschleppt wurden.

104 d. h. den neuen Museumsflügel.

121 Muttergottes der Entbindung.

136 «Abhandlung über die Gleichgültigkeit in Sachen Religion», Schrift Lamennais', 1817–23, worin er die päpstliche Hierarchie verteidigt. – Die folgenden Worte der Fremden sind ein Zitat aus einem Werk betitelt «Lettres de Mme Swetchine», Paris 1862.

138 1800 nach dem Vorbild der Jesuitinnen gegründeter und 1826 von Leo XII. bestätigter Frauenorden (Dames du Sacré-Cœur), der sich hauptsächlich der Erziehung der weiblichen Jugend widmete.

152 Zitat aus dem Werk «Servitude et grandeur militaire» (1835) von Alfred de Vigny (1797–1863). Papst Pius VII. macht sich darin mit diesen Worten über die Redekunst Napoleons I. lustig.

157 Cristina Trivulzio, Prinzessin Belgiojoso (1808 bis 1871), Mailänder Schriftstellerin und Patriotin, unterstützte aktiv den Befreiungs- und Einigungskampf Italiens.

158 Römische Universität.

159 Überbleibsel geweihten Brotes.

159 Dreitägige fromme Übung.

163 Es handelt sich um die Fastenpredigten Lacordaires von 1835/36.

164 Ich liebe Christum; ich liebe, weil ich liebe; ich liebe, damit ich liebe.

169 Gegen die Mitte des 19. Jahrhunderts gerieten die Jesuiten immer mehr ins Kreuzfeuer der Kritik. Zu ihren Gegnern gehörten Gelehrte wie Quinet und Michelet, aber auch der damals außerordentlich populäre Schriftsteller Eugène Sue. Die Goncourts nehmen in diesem Kapitel bewußt Abstand von einer summarischen Verketzerung des Ordens.

202 «Imitatio»: Thomas a Kempis' (1379/80–1471) Andachtsbuch «De Imitatione Christi» (Über die Nachfolge Christi).

203 Filippo Neri (1515–1595), Heiliger, Gründer der Kongregation der Oratorianer, widmete sich mit seiner «Brüderschaft von der Heiligen Dreifaltigkeit» vornehmlich der Krankenpflege.

229 Domenico Zampieri, genannt Domenichino (1581 bis 1641), «Die letzte Kommunion des heiligen Hieronymus» (1610) im Vatikan.

240 Wahre Brüderlichkeit wird auch im Tode nicht getrennt.

253 Der Carcer Mamertinus am Fuß des Kapitols, in dem unter anderen Petrus und Paulus gefangengehalten wurden.